聽彈琴 거문고 타는 소리를 듣다

맑고 고운 일곱 줄의 저 거문고
차가운 송풍곡 고요히 듣는다
옛 가락 스스로 좋아하지만
지금 사람들은 대개 연주하지 않는다

泠泠七弦上
靜聽松風寒
古調雖自愛
今人多不彈

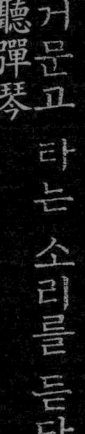

음공의 대가

음공의 대가 6
일성 新무협 판타지 소설

초판 1쇄 찍은 날 § 2005년 4월 10일
초판 1쇄 펴낸 날 § 2005년 4월 20일

지은이 § 일성
펴낸이 § 서경석

편집장 § 문혜영
편집책임 § 서지현
편집 § 장상수 · 유경화

펴낸곳 § 도서출판 청어람
등록번호 § 제1081-1-89호
등록일자 § 1999. 5. 31
어람번호 § 제2-0564호

주소 § 경기도 부천시 원미구 심곡1동 350-1 남성B/D 3F (우) 420-011
전화 § 032-656-4452 팩스 § 032-656-4453
http://www.chungeoram.com
E-mail § eoram99@chollian.net

ⓒ 일성, 2004

ISBN 89-5831-489-3 04810
ISBN 89-5831-346-3 (세트)

※ 파본은 본사나 구입하신 서점에서 교환하여 드립니다.
※ 저자와 협의하여 인지를 붙이지 않습니다.

음공의 대가

功家

Fantastic Oriental Heroes

일성 新무협 판타지 소설

6

목차

제1장 오는 행동이 고와야 가는 행동도 곱다 _7
제2장 추적 _31
제3장 이변 _39
제4장 절반의 성공, 절반의 실패 _48
제5장 위기와 반전, 그리고 또다시 위기 _59
제6장 내면 속의 악마가 되살아나다 _75
제7장 정리 _91
제8장 또다시 불어오는 귀주 혈풍의 조짐 _103
제9장 악몽 _111
제10장 은혜도 모르는 놈 _126

제11장 되찾은 더러운 성격 _134

제12장 이유없는 허락 _152

제13장 설마, 악마금? _167

제14장 기분 좋은 하루 _179

제15장 마창 진립과 태양검선 모용회 _194

제16장 무너지는 만월교 _214

제17장 잔인한 고문 기술자 _223

제18장 괴이한 사건 _245

제19장 사황교주의 조건 _257

제20장 붉은 괴물의 정체 _268

제21장 음공의 대가 vs 창술의 대가 _280

제1장
오는 행동이 고와야 가는 행동도 곱다

삼 일 후 진룡문의 개문식이 시작되었다. 처음의 적으리라는 예상을 뒤엎고 당일 날 상당히 많은 축하객들이 몰려들었다. 대부분 운남금룡회와 관련있는 문파였다. 당연히 보이지 않는 긴장감이 감돌 수밖에 없었고, 진룡문에서도 상당히 경계를 해야 했다. 하지만 개문식은 계획대로 차질없이 진행되었다.

거대한 연무장에 축하객들을 모아놓고 진룡문주 조막의 연설로 시작된 개문식은 저녁이 되자 건물마다 펼쳐져 있는 정원에서 악사들과 광대들이 나누어 배치되어 흥을 돋우었다.

헌원지는 진령과 그 외 다른 기루의 기녀 둘과 함께 초양당에 투입되었다. 하루 전에 도착한 그는 조민을 가르쳤지만 우려와는 달리 조양황을 만나지는 않았다. 그것이 은근히 불안했지만 한편으로는 기대도 되었다. 분명 자신을 괴롭힐 것이라 예상했기 때문이다.

헌원지가 맡은 연회장은 진룡문주가 직접 참가한 자리였다. 전곽당 삼층으로 문주가 참여하는 만큼 모두 나이가 지긋하거나 비교적 큰 문파에서 찾아온 손님들이었다. 술까지 곁들여진 자리였기에 연회 시간은 길 수밖에 없었으므로 헌원지와 진령이 짝을 이루었고, 다른 기루에서 온 두 기녀가 또한 짝을 이루어 반 시진씩 돌아가며 흥을 돋우기로 했다.

삼층 대기실에서 대기하고 있던 헌원지가 슬며시 진령을 바라보았다. 얼마 전 숲에서 있었던 일을 잊지 못한 그였지만 내색을 하지 않고 물었다.

"전에 명화루에서 연주를 들어봤는데 실력이 좋더군요. 누구에게 대금을 배웠는지 물어봐도 되겠소?"

"꼭 알아야 하나요?"

당돌한 말에 헌원지가 무안한 표정을 지었다.

"그런 것은 아니오."

"그럼 묻지 마세요. 당신 같은 사람이 알아서 좋을 것은 없어요."

"무슨 소리요? 나 같은 사람이라니?"

"아니에요. 신경 쓰지 마세요."

헌원지는 속으로 쓰게 웃었다. 그녀가 무림인이라는 것은 알고 있었기에 자신 같은 악사는 무림강호의 일을 알아서 좋을 것이 없다는 소리로 해석됐기 때문이다.

'하기야 나와는 상관이 없지.'

그 후로 두 사람은 연주 시간이 올 때까지 대기실에서 침묵을 지

컸다.

반 시진 후 대기실로 두 기녀가 들어와 헌원지와 진령이 악기를 챙겨 밖으로 향했다. 삼층에는 반 장이 조금 넘는 넓이에 삼 장이나 되는 길이의 탁자를 사이에 두고, 양 옆으로 열두 명씩 자리를 차지하고 앉아 있었다. 그리고 식탁의 상석에는 진룡문주 조막이 앉아 있어 그곳에 자리를 채우고 있는 인물은 모두 스물다섯 명이었다.

식탁 주위로는 손님들의 시중을 들기 위해 하녀들이 벽 쪽에 붙어 조각상처럼 대기하고 있었고, 하인들이 음식과 술이 떨어질 때마다 채워 넣기 위해 간간이 움직였다.

헌원지와 진령의 자리는 진룡문주 조막의 맞은편에 있는 단상 위였다. 각 문파에서도 꽤나 높은 자들만 참석한 자리였기에 악사들의 잔잔한 연주로 흥만 돋우기 위해 만든 작은 단상이었다.

예상대로 서로 이야기를 주고받기에 바빠 헌원지와 진령에게 관심을 보이는 사람은 없었다. 조양황도 자리에 있었지만 의외로 그 또한 헌원지에게 눈길조차 주지 않았다. 하지만 그 속에서도 두 사람이 눈에 이채를 띠었다.

바로 양향과 유대적이었다. 많은 사람들이 있어, 특히 금천방을 좋지 않게 생각하는 자들도 끼어 있어 조심해야 하는 자리. 그렇기에 드러내 놓고 헌원지에게 아는 체를 하지는 못했지만 내심 상당한 관심을 보였다. 학장이라 했던 사람이 이런 연회에 악사로 참가했다는 것과 연주 실력이 상당히 뛰어나다는 것 등에 대한 관심이었다.

반 시진의 연주는 크게 무리없이 끝났다. 헌원지는 무림인들에게 관심을 받기 싫었기에 곡 선정을 크게 튀지 않는 것으로 했고, 진령 또한 그에 동조해 잔잔한 곡들로만 조금은 지루하게 끌었던 것이다.

헌원지와 진령은 다시 대기실로 들어가 교대했다.

"좋은 솜씨더군요."

대기실에 들어가 쉬고 있을 때 진령이 내뱉은 말이었다. 헌원지가 의아함을 드러냈다. 처음으로 먼저 말을 걸어왔기 때문이다. 그래서 음악에 대해 뭔가 이야기를 꺼내려 그녀를 바라보자 진령은 이미 자신의 대금만 바라보고 있었다.

조금 심도있고 진지한 이야기를 나누고 싶었던 헌원지였기에 실망이 될 수밖에 없었다. 악기에 대해, 그리고 연주에 대해 다른 사람의 생각을 알아가는 것은 그에게 있어서 어떤 것보다 흥미와 배움에 대한 욕구를 충족시키는 수단 중 하나였기 때문이다.

그녀가 대화를 피하려 하니 어쩔 수 있나. 헌원지 또한 침묵을 지키며 눈을 감았다. 명상으로 시간이나 때울 생각이었다. 하지만 초양당의 연회는 그가 연주를 마치고 대기실에 들어온 후 이각을 넘지 않고 끝이 났다.

금천방을 돕는 진룡문을 탐탁지 않게 생각하고 있는 사람들과 금천방에서 온 양향과 유대적 때문에 형식적인 이야기가 끝이 나자 모두들 어색한 자리를 떨치고 일어섰기 때문이다. 하지만 헌원지의 일이 그것으로 끝이 난 것은 아니었다.

연회에 참가한 사람들이 자신이 배정받은 처소로 돌아가기에 앞서, 평소 친분이 있는 사람들끼리 오랜만에 회포를 풀기 위해 끼리끼리 술자리를 마련했기 때문이다. 그렇기에 언제 악사를 찾는 술자리가 있을지 몰랐기에 헌원지는 여전히 대기를 해야 했다.

진룡문주 조막도 초양당의 연회가 끝나자 내원 건물에 따로 자리를 마련했다. 거기에 초대된 사람은 조양황과 조민, 그리고 금천방에서 온 양향과 유대적, 진룡문과 친분이 두터운 강양문(罡陽門)의 신패량(申敗量) 장로와 소천문주(所天門主)의 동생이자 부문주인 정자강(政自强), 그리고 그의 조카인 정수(政垂)였다. 그 외 한 사람이 더 있었는데, 흑의 경장에 준수하게 생긴 사십대의 중년인으로, 모두 합쳐 아홉 명이 방 안을 채우고 있었다.

다른 사람들은 서로 알고 있었기에 조막이 처음 모습을 드러낸 흑의 사내를 소개했다.

"이분은 모양각에서 오셨소."

그러자 신패량 장로가 놀랍다는 듯한 얼굴빛을 드러냈다.

"모양각이라면 귀주에 있는 정보 세력이 아니오?"

실제 그는 모양각이 살수 집단이라는 것을 알고 있었지만 당사자 앞에서 뚜렷이 드러낼 필요성을 느끼지 못해 둘러댄 말이었다. 하지만 흑의인이 피식 웃으며 노골적으로 자신을 밝혔다.

"정보도 취급하지만 본래 살수 집단입니다. 배려는 감사하지만 살수라는 말에 기분 나쁘지 않으니 돌려 말하실 필요는 없습니다."

"허허, 그렇소?"

신패량이 잠시 무안한 표정을 드러내자 조막이 화제를 돌렸다.

"우선 따로 여러분을 이렇게 모신 것은 긴히 할 말이 있어서요."

그러자 정자강이 입을 열었다.

"무엇입니까?"

"여러분도 여기 양 소저와 유 총관님을 알고 계실 것이오."

"……?"

"이미 우리 진룡문은 금천방을 돕기로 했소. 하지만 그 세가 아직 미약하여 특히 신 장로와 정 부문주를 초대한 것이오."

"그 말은 강양문과 우리 소천문, 두 문파도 문주님처럼 금천방을 도와 일을 해달라는 것입니까?"

"그렇소."

"하지만 우리로서는 조금 위험 요소가 있습니다. 우리 소천문이 운남금룡회를 돕고 있지는 않지만, 그들은 수많은 문파가 뒤를 봐주고 있는 것으로 알고 있습니다. 금천방을 돕는 것이 무리는 아니나 운남금룡회와 관련있는 문파들과의 사이가 나빠질 우려가 있으니 신중히 결정해야 할 것 같습니다."

"그럼 신 장로님의 생각은 어떻소?"

"저희도 선뜻 받아들이기는 무리입니다. 정 부문주님의 말처럼 위험 요소가 너무 많습니다."

"위험이라고까지 말할 필요는 없소. 금천방은 여러분도 아시다시피 상계 집단이오. 오래전부터 운남에서는 무림 세력과 상계 세력이 은밀히 친분을 유지하며 도와왔소. 무림은 무림인들끼리의 이해관계만 유지하면 될 뿐, 굳이 도와주는 곳이 다르다 하여 사이가 틀어질 이유가 무엇이오?"

은근히 회유하는 말이었지만 신패량과 정자강의 입은 무겁게 닫혀 있기만 했다.

그러자 조막이 다른 면을 슬쩍 끌어다 붙였다. 운남금룡회를 돕는 무리들이 많은 만큼 그는 좀 더 많이 금천방을 도와줄 문파를 만들고 싶었기 때문이다. 그래야 진룡문이 가져야 하는 부담을 조금 벗어버릴 수 있을 것이었다.

"말했지만 굳이 무림 세력 간에 사이가 틀어지는 일은 없을 것이오. 조금 껄끄러운 면이 생기기는 하겠지만 그것으로 얻어지는 이익은 상당할 것이니 생각해 보시오."

"얻어지는 것이라면 무엇입니까?"

"양 소저의 말에 따르면 금천방을 도와주는 즉시 방주님께서 그 문파에 표국 하나를 내어주겠다고 했소. 그리고 금천방에서 운반하는 물건은 그 표국을 이용할 것이라 하니 그 경제적인 이익은 말로 표현할 수 없을 것이 아니겠소?"

"흐음."

"그렇겠군요."

슬며시 고개를 끄덕이는 두 사람의 반응에 힘입어 조막의 설명은 계속되었다.

"상계와 무림의 관계는 무림은 상계의 뒤를 지키고 봐주어 경영에 차질이 없게 도움을 주고, 그 대가로 상계는 매년 무림에 상당량의 금전적인 지원을 해주는 것이 통례였소. 여러분의 문파에서 금천방을 도와주기만 한다면 또한 금천방주님께서 소천문과 강양문에 매년 은전 삼백 냥씩 내놓겠다고 하셨소. 표국과 함께 그 운영을 도와줄 뿐만 아니라 삼백 냥이라는 거금을 매년 얻을 수 있으니 그 경제력으로 문파의 힘도 상당히 키울 수 있을 것이오."

"하지만 운남금룡회를 돕는 문파들이 너무 많습니다. 뿐만 아니라 얼마 전 금천방에서 표물 운송을 할 때 습격을 받았다 들었습니다. 산적들 소행이라고 하기에는 무리가 있으니 당연 운남금룡회를 돕는 문파에서 공공연하게 일을 벌인 것이 아니겠습니까? 그것도 경고 차원에서요. 이런 상황에서 금천방을 돕기가 꺼려지는 것이 사실입니다."

신패량의 말에 이번에는 침묵을 지키고 있던 유대적이 나섰다.

"그 문제는 신경 쓰실 일이 아닙니다."

"무슨 소리입니까? 신경 쓸 필요가 없다니요?"

"지금은 금천방을 돕는 문파가 적어서 저들이 함부로 나서는 것일 뿐, 우리 금천방은 여러모로 타 문파의 포섭에 만전을 기하고 있습니다. 자체적으로도 실력이 뛰어난 무사들을 모집하고 있지요. 조만간 상계 판도가 많이 달라질 것이고, 우리 금천방이 어느 정도 안정을 되찾는다면 자연스럽게 해결될 문제입니다. 게다가 모양각에서도 여러분의 세력을 키우는 데 전폭적인 지지를 해주겠다고 했습니다. 그렇지 않소?"

그의 물음에 흑의사내가 고개를 끄덕였다.

"그렇습니다. 저희 각주님께서 약속한다고 전하라 하셨습니다."

"하지만……."

기분 좋은 술자리는 어느덧 포섭하려는 자와 이해득실을 정확히 따지려는 자의 설전으로 번졌다. 아무리 친분이 중요하다지만 문파의 중대사를 신패량 장로와 정자강 부문주가 단독으로 결정할 순 없기 때문이다.

간간이 술을 마시며 꺼내놓는 이야기가 반 시진까지 이어질 때쯤,

정자강이 고개를 끄덕이며 입을 열었다.

"알겠습니다. 조막 문주님의 뜻은 충분히 알았으니 긍정적인 검토를 해보지요. 하지만 이 자리에서 결정할 수는 없으니 서신 하나만 써주신다면 제가 형님께 보여 결정하도록 하겠습니다."

그러자 신패량도 같은 뜻을 내비쳤다.

"저에게도 문주님께 보일 서신 한 장을 써주십시오. 제가 말하는 것보다 문주님께서 직접 서신을 보내신다면 더 믿음이 갈 것입니다. 그리고 오뢰문(誤雷門)에 한번 찾아가 포섭을 해보는 것은 어떻습니까? 그들이라면 충분히 금천방을 도와줄 것입니다."

"오뢰문이라면 팽거(澎擧)라는 자가 문주로 있는 그 오뢰문을 말하는 것입니까?"

"그렇습니다. 소문이 안 좋은 자들이기는 하지만, 돈만 되면 어떤 일이든 나서주는 자들이니……. 게다가 그들의 실력은 운남에서 알아줍니다. 남무림의 열두 세력 중 하나니까요."

하지만 유대적은 회의적인 반응을 보였다.

"그들의 실력이 뛰어난 것은 알고 있습니다. 하지만 우리 금천방으로 끌어들이기에는 너무 대가가 비쌀 것으로 예상됩니다."

"그렇지 않습니다."

"……?"

"운남금룡회는 수많은 문파들이 돕고 있지만 그중에서도 모용세가가 으뜸입니다. 그들 또한 남무림 열두 강자 중 하나이니까요. 그런데 그 모용세가와 사이가 나쁜 것이 바로 오뢰문입니다. 오래전 오뢰문의 마창(魔槍) 때문에 모용세가가 나선 적이 있는데, 그때 두 세력의 충돌이 상당히 심했다고 들었습니다. 패선문주의 중재로 좋게 끝나기는 했지만 아직도 오뢰문은 모용세가에 원한을 가지고 있습니다. 그 점을 들어 끌어들인다면 충분히 도움을 받을 수 있을 것입니다."

"흐음, 그 이야기는 저도 알고 있습니다. 방주님께 한번 여쭤보겠습니다."

어느 정도 머리 아픈 이야기가 끝이 나자 조막이 미소를 지으며 말을 이었다.

"즐기기 위해 여러분을 초대해 놓고 신경 쓰일 일만 꺼내놓았군요. 자자, 제가 한 잔씩 올릴 테니 받아주십시오."

술이 한 바퀴씩 돌고 그때부터는 자연스러운 우스갯소리와 각자 문파의 은근한 자랑, 그리고 무공 등의 여러 가지 이야기가 술자리의 안주가 되었다. 그렇게 분위기가 좋아지자 조막이 밖에 대기 중이던 하인을 불렀다.

"분부하실 일이 있으십니까?"

문을 열고 들어온 하인이 고개를 숙이자 급하게 연거푸 마신 술 때문에 얼굴이 약간 붉어진 조막이 취기를 드러내며 입을 열었다.

"악사를 불러와라."

"알겠습니다."

하인이 나가려 하자 조민이 급히 그를 불렀다.

"잠깐만!"

"따로 시키실 일이 있으십니까?"

"다름이 아니라, 악사는 다른 사람 말고 헌원 선생님을 불러줘."

"아! 아가씨께 금을 가르쳐 주던 그분을 말씀하시는 거지요?"

"그래."

"알겠습니다."

하인이 밖으로 나가자 조막이 궁금증을 드러냈다.

"너에게 금을 가르쳐 줄 선생을 구했다는 소리는 들었다만, 그분께서 이번 연회의 악사로도 참여하셨느냐?"

"네, 그렇게 됐어요."

"흐음, 엽 총관을 통해 실력이 좋다는 소리는 얼핏 들었다. 한번 들어보고 싶었는데, 잘됐구나."

잠시 후, 헌원지가 방으로 들어왔다. 그리고 보이지 않게 인상을 썼다.

문주가 주관하는 술자리라 조금 신경을 써달라는 하인의 말을 듣고 왔는데, 방 안에는 무려 네 명이나 자신이 잘 알고 있는 사람이 있었기 때문이다. 조민과 조양황, 그리고 양향과 유대적이었다.

헌원지로서는 조민을 빼고는 그리 얼굴을 마주 대하고 싶지 않은 사람들이었다. 조양황이야 당연한 것이고, 양향과 유대적은 혹시 자주 얼굴을 마주치면 일 년 전에 만났던 것을 기억해 낼 수도 있다는 생각이 들었기 때문이다.

거의 표시나지 않게 구겨진 인상이었지만 재빨리 표정을 바꾼 그는 탁자에서 조금 떨어진 구석진 곳에 자리를 잡았다.

그때 그의 얼굴을 살피던 흑의사내의 표정이 경악에 물들었다. 예전 적룡문을 감시할 때 먼발치에서 보았던 자, 악마금이라 불리던 귀주 최강의 고수가 순간 머리 속에 떠올랐기 때문이다.

'설마……'

그는 다시 헌원지를 세심히 뜯어보았다. 그리고는 고개를 저었다.

그때 그자는 분명 기운을 갈무리하기는 했지만 겉으로 드러나는 괴이한 느낌이 강렬했던 자였다. 하지만 지금 앞에 악기를 만지고 있는 자는 그런 느낌이 전혀 없었다. 얼굴이 너무 닮았기는 하지만 똑같다고 하기에는 무리가 있었다. 게다가 그런 고수가 이런 운남의 촌구석에서 악기나 만지고 있을 리가 없지 않은가!

결정적으로 흑의인이 헌원지를 악마금이라 생각하지 않은 이유는 악마금이라는 자가 죽었다고 알고 있기 때문이다.

'아니겠지.'

하지만 닮아도 너무 닮았다는 생각은 지울 수 없는 흑의인이었다.

'하지만 확인을 한번 해보는 것이……'

그의 표정이 잠깐 동안 굳어 있자 옆에 있던 조막이 고개를 갸웃거렸다.

"왜 그러시오?"

"아, 아닙니다. 내일 일찍 떠나야 하니 저는 이만 숙소로 돌아가겠습니다."

"내일 말입니까? 어차피 귀주까지는 상당 거리이니 좀 더 쉬었다 가지 않고요?"

"그러고 싶지만 몸이 조금 좋지 않군요."

조막과 그 외 사람들이 약간의 아쉬움을 드러냈지만 흑의사내가 떠나는 것을 말리지는 않았다.

그가 가고 조막이 주위를 환기시키듯 헌원지에게 말했다.

"선생의 금 실력이 좋다는 소문은 들었소. 한번 들려주시오."

헌원지는 고개를 한번 끄덕이는 것으로 대답을 한 후 연주를 시작했다. 금음이 울려 퍼지자 실내의 사람들이 약간의 놀라움을 드러냈다. 그중 양향과 유대적이 더욱 그랬다.

자연 술자리를 위한 연주가 연주를 듣기 위한 술자리로 전환되었다. 간간이 술을 마시며 금음에 취한 그들은 연주가 끝나길 기다려 나직이 탄성을 지르기도 하고, 감탄을 자아내기도 했다. 그리고 다음 곡이 시작되면 또다시 침묵을 지키기 일쑤였다.

연주는 반 시진 동안 일곱 곡이 연이어 이어졌다. 어느덧 술병이 비게 되고 안주도 바닥을 보이기 시작하자 신패량과 정자강이 취기를 핑계로 숙소로 돌아갈 뜻을 밝혔다. 조막도 사 일간 연회에 참석해 축하객들을 관리해야 했기에 수긍을 하며 그 또한 자리에서 일어났다.

"그럼 편히 푹 쉬시고, 부족한 점이 있다면 하인들에게 말씀해 주시오. 저도 이만 자리를 떠야 할 것 같소."

그러면서 그는 정자강의 조카 정수와 자식들을 돌아보며 미소를 지었다.

"자네들은 어떻게 할 건가? 우리 늙은이들이야 체력이 달려 몸을 쉬게 해야 하지만, 자네들은 좀 더 이야기를 나누는 것이 좋지 않겠나? 오랜만에 무림을 이끌어갈 젊은 후기지수들이 모였는데……."

그 말에 정자강도 조카를 향해 고개를 끄덕였다.

"그간 문에 틀어박혀 무공 수련만 했으니 오늘은 마음껏 마시거라."

"알겠습니다, 사숙."

그러자 모두의 시선이 이번에는 양향에게로 향했다. 양향 또한 무공에 대해 관심이 많았으므로 자신과 같이 젊은 사람들과 그에 대해 이야기하고 싶었다.

"저도 남도록 하겠습니다. 유 총관님은 신경 쓰지 마시고 먼저 들어가 보세요."

"알겠습니다. 그리고 무슨 일이 있으시면 제게 알려주십시오."

그녀와 함께 금천방을 나오면 유대적이 거의 잠을 자지 않는다는 것을 알고 있는 양향이 미소로 답례했다.

술자리는 정자에 따로 차려졌다. 지금까지야 비밀스러운 이야기 때문에 특별히 건물 안에서 술자리를 가졌지만 이제는 그럴 필요가 없었다. 답답한 방 안보다는 사방이 탁 트인 정자에서 술을 마시는 것이 젊은 그들의 기호에도 맞았다.

"준비되었습니다."

하인의 보고에 조양황이 자리에서 일어서며 말했다.

"그럼 모두 자리를 옮기지요."

"잠깐만요."

조민의 말에 모두들 의아한 시선을 던졌다. 그녀는 헌원지를 바라보고 있었다.

"헌원 선생님도 같이 가는 것이 어때요? 분명히 좋은 말씀을 많이 해주실 거예요."

연회실에서부터 헌원지에게 관심을 가지고 있던 양향도 거들었다.

"그렇게 하죠. 저도 안면이 있는 분이니 같이 자리를 해도 괜찮을 것 같네요."

"그렇게 하지요."

조민, 양향뿐만 아니라 정수까지 그렇게 나오자 조양황도 어쩔 수 없었다. 멋쩍은 듯 고개를 끄덕인 후, 모두 밖으로 나와 정자에 자리를 잡았다. 하지만 헌원지는 그들과 마주 앉지 않고 정자 한 켠에 금을 연주할 준비를 했다. 그러자 조민이 미안한 표정으로 말했다.

"선생님을 부른 것은 굳이 연주를 듣기 위해서가 아니라 같이 술을 마시고 이야기를 나누기 위해서예요. 어려워 마시고 저희와 같이 앉아 좋은 말씀 나눠주세요."

"하지만 저는 돈을 받고 일하는 입장이라······."

"그러지 말고 같이 앉으십시오. 선생께서 그러시면 저희들이 오히려 불편해집니다."

실내에서의 연주로 헌원지에 대해 좋은 인상을 가지게 된 정수가 그렇게 그를 불러들였다. 헌원지는 내심 내키지 않았지만 계속 거절할 수도 없어 조심스럽게 그들과 마주 앉게 되었다.

술이 한 차례씩 돌고 난 후, 양향이 그제야 참아왔던 궁금증을 드러냈다.

"여기에서 당신을 만날 줄은 생각하지 못했어요. 어떻게 된 거죠?"

"아, 그러고 보니 안면이 있다고 했는데 어디에서 만났죠?"

조민의 물음에 양향이 미소를 지었다.

"며칠 전 운현으로 올 때 숲 속에서 만난 적이 있어요. 그때는 시골에서 아이들을 가르친다고 하셨는데······."

"개인적인 사정이 생겨 진룡문에서 아가씨를 가르치게 되었습니다."

"그렇군요. 하지만 연주 실력이 그렇게 뛰어나신 줄은 몰랐어요."
"과찬이십니다."
"과찬은요."
 말과 함께 조민은 헌원지를 자랑하려는 듯 주위를 둘러보며 말을 이었다.
"전에 진조경이라는 황실에서 악사를 지내신 분과 같이 만난 적이 있었는데, 선생님의 연주를 듣고 극찬을 했었죠."
 그러자 정수도 감탄한 표정으로 입을 열었다.
"대단하군요. 황실의 악사라면 실력이 상당할 텐데, 그런 분에게 극찬을 받다니……. 언제부터 배웠습니까?"
 모두의 관심이 헌원지에게로 쏠리자 그것을 지켜보는 조양황의 기분이 좋을 리가 없었다. 비꼬아주고 싶었지만 끼어들 수조차 없어 술만 연거푸 몇 잔을 들이킬 뿐이었다. 한참을 그렇게 못마땅한 얼굴로 술을 마시고 있는데 정수가 물었다.
"왜 그러십니까, 조 소협? 어디 불편한 곳이라도 있습니까?"
"아, 아닙니다. 이상하게 목이 마르네요."
 그러면서 그는 다시 한잔을 들이켰다. 그러자 정수가 궁금한 표정을 지었다.
"그런데 조 소협은 무슨 무공을 익혔습니까?"
 그의 물음에 조양황의 표정이 바뀌었다. 일시적이기는 하지만 화제가 옮겨졌던 것이다. 헌원지에게 속으로 은근히 질투심을 느끼던 조양황은 다행이라 생각하며 입을 열었다.
"기본적인 권각술이야 당연한 거고, 아버지 덕에 어릴 때부터 검술을 익혔습니다."

"무슨 검법입니까?"

"기본적인 검술이야 다 익히는 것이니 제외한다면 제가 내세울 수 있는 것은 삼십육풍강검법(三十六風剛劍法)밖에 없습니다."

그러자 양향이 알고 있는 듯 물었다.

"예전에 들어봤어요. 검법인데 초식의 군세기가 도법의 그것처럼 강맹하다고……. 그런데 그것이 정말인가요?"

"글쎄요. 제가 실력이 미천해서 뚜렷이 구별할 재주가 없더군요. 실제 익히고 있는 것은 삼십육법 중 이십이법밖에 되질 않습니다. 그런데 정 소협은 어떤 무공을 익히셨습니까? 소천문은 장법에 조예가 깊다고 들었는데, 정 소협도 장법을 익히셨겠죠?"

"그렇습니다. 저희 문중에서 내려오는 신령장(神靈掌)과 몇 해 전부터는 적해무류권법(赤海霧流拳法)을 익히고 있습니다."

"적해무류권법은 듣기로 손에서 붉은 운무 같은 것이 퍼져 나온다는데 정말인가요?"

역시 무공에 관심이 많은 양향이었다. 그녀의 물음에 정수가 고개를 끄덕였다.

"맞습니다. 하지만 저는 그 정도까지는 안 됩니다. 권법의 초식이야 그렇게 어렵지는 않지만 내공 운용에 난해한 점이 많습니다. 모두 십이단계로 나눠지는데 칠단계를 넘어야지만 붉은 기운이 퍼져 나옵니다. 그리고 십단계부터는 그것을 인위적으로 밖으로 뿜어낼 수 있게 되는데, 저에게는 꿈처럼 높은 경지죠. 내공도 뒷받침이 안 되는 데다 초식에 따라 내공을 옮기는 방법이 서툴거든요."

그때 조양황이 은근히 헌원지 쪽으로 시선을 주었다. 학장이니 무공을 알 리 없을 것이고 그것으로 헌원지에게 창피를 줄 수 있다는 생각이 들었기 때문이다.

"헌원 선생은 혹시 무공을 익혔소?"

"저는 익히지 못했습니다."

말이 떨어지기 무섭게 잘 걸렸다는 듯 조양황이 바로 받아쳤다.

"남자는 자고로 힘이 있어야 하오. 특히 헌원 선생처럼 유약하게 보이는 사람은 더욱더 그렇지. 남들에게 무시를 당하기 쉽기 때문이오. 글을 읽거나 악기를 다룰 줄 아는 것도 좋지만, 그래서야 좋아하는 여자를 지킬 수가 있겠소? 그렇다고 학문에 특출나 관리가 된 것도 아니지 않소."

은근히 학문을 하면서도 과거에 붙지 못한 것을 비꼬는 말이었다. 그러면서도 남자라면 응당 가지게 되는 힘에 대한 자부심을 들어 속을 긁어댔다.

"저는 원래 체력이 뛰어나지 못해 무공에 크게 관심이 없었습니다. 그리고 타인과 다투는 것을 싫어하기에 누군가와 힘을 겨룰 일은 없을 듯합니다."

"그래도 만에 하나, 훗날 좋아하는 여인과 길을 가다가 저잣거리 왈패들이 시비를 걸면 어쩌겠소? 그런 경우에는 다투기 싫다 하여 물러설 수는 없지 않소? 여자를 그들에게 넘겨줄 작정이오?"

순간 헌원지의 인상이 굳어졌다. 슬슬 자신의 화를 돋우는 데 점점 인내심이 바닥나는 것을 느꼈던 것이다. 그것을 조양황도 느꼈던 모양, 그가 회심의 미소를 지으며 좀 더 헌원지의 자존심을 무너뜨리기 위해 입을 떼려는데, 다행히 조민이 나섰다.

"오라버니, 실례되는 질문은 하지 마세요. 그리고 헌원 선생님같이 아이들을 가르치고 주위 평판이 좋은 분께 누가 시비를 걸겠어요?"

"그건 아무도 모르는 일이다. 난 그저 헌원 선생을 위해 하는 말이야. 늦기는 했지만 호신으로 무공을 익히는 것도 그리 나쁘지는 않잖아. 안 그렇습니까?"

양향과 정수가 고개를 끄덕였다.

"배워서 나쁠 것은 없죠."

그들의 찬동에 힘입은 조양황이 더욱 활기를 띠었다.

"배울 마음만 있다면 내가 가르쳐 줄 수도 있소. 조민을 가르쳐 주는 날 따로 시간을 낼 수도 있는데, 헌원 선생 생각은 어떻소?"

"괜찮습니다."

그러자 양향이 말했다.

"그러지 말고 조 소협이 한번 검술을 보여주세요. 꼭 호신용이 아니더라도 심신 수양에 많은 도움이 되는 것이니 조 소협의 무공을 본다면 생각이 달라질 수도 있잖아요."

정수도 수긍을 하고 나섰다.

"맞습니다. 조 소협의 삼십육풍강검법을 저도 구경하고 싶군요. 한번 펼쳐 주십시오."

"흠, 그럴까요?"

조양황은 슬며시 자리에서 일어나 정자를 내려갔다. 헌원지를 지나칠 때 입꼬리를 말아 올려 비소를 던져 주는 것도 잊지 않았다. 지금 검이 없었으므로 그는 옆에 있던 나무로 다가가더니 경공술을 이용해 뛰어올랐다.

"이얍!"

팍!

기합성과 함께 주먹을 내지르자 제법 굵고 긴 나뭇가지 하나가 부러져 바닥으로 떨어져 내렸다. 그는 그것을 검 대신 집어 든 후 정자를 향해 포권했다.

"부족한 실력이지만 보아주십시오."

말과 함께 그가 검초를 펼치기 시작했다. 일법, 일초인 광성낙(光星落)부터 시작한 검법은 양향의 말대로 검법보다는 패도적인 도법에 가까웠다. 그가 알고 있는 모든 초식이 끝나자 역시 포권을 했다.

"여기까지가 제가 익힌 삼십육풍강검법입니다. 어떻소, 헌원 선생?"

평소 때보다 기합이 들어가서인지 더욱 깔끔히 검초가 펼쳐지자 조양황은 은근히 자랑 섞인 투로 물었다. 그러나 헌원지는 고개를 저었다.

"저야 검법에 대해 공부를 한 적이 없어서 어떤지 잘 모르겠습니다. 그런데 화려하기는 한데 그것으로 적을 쓰러뜨릴 수 있습니까?"

그러자 조양황이 잘 걸렸다는 듯 말했다.

"정해진 초식에 따라 움직여서 그렇소. 실전에서는 많은 변초와 허초를 사용해 교란시킬 수도 있소. 못 믿겠다면 한번 나와보시오."

"아, 아닙니다."

"그러지 말고 나와보시오. 실전에서는 어떤 식으로 응용되는지 가르쳐 드리겠소."

조민이 급히 말리려고 했지만 이미 헌원지는 못 이기는 척 정자를 내려가고 있었다. 그러자 그사이 조양황이 나뭇가지 하나를 더 부러뜨려 헌원지에게 건넸다.

"마음껏 공격해 보시오."

그 말에 헌원지는 난감한 표정을 지으며 손에 쥔 나뭇가지를 보았다. 사람을 치는 것이 두렵다는 표정, 능청스러운 연기였다.

"어, 어찌 제가……."

"괜찮으니 마음껏 공격해 보시오. 좀 전에 내가 펼친 검법으로 막아 보겠소."

"그러다 다치시면 어쩌려고 하십니까?"

순간 조양황이 광소를 터뜨렸다.

"하하하, 설마 선생의 공격도 못 막으려고요? 제가 무공 수련에 그렇게 노력한 것은 아니지만, 십오 년을 훌쩍 넘게 검을 휘두르며 살았소. 만약 헌원 선생의 공격도 못 막는다면 검을 버려야지요. 걱정하지 말고 공격해 보시오. 내가 한 수 가르쳐 주겠소."

그는 말을 하면서도 내심 쾌재를 불렀다. 동생이 보고 있으니 몸을 상하게는 못하겠지만 얼굴을 못 들고 다닐 정도로 상당한 모욕을 줄 작정이었던 것이다. 그의 바람대로 다행히 헌원지가 고개를 끄덕였다.

"알겠습니다."

말을 하며 헌원지가 나뭇가지를 들어 올렸다. 어설프게 자세를 잡는데, 그것을 보고 있던 조양황이 피식 웃었다. 그러면서도 두 눈에는 분노의 불길이 일었다.

'오늘 어디 한번 당해봐라!'

"온 힘을 다해 공격하시오."
"그럼 갑니다."
타다다닥!
헌원지가 달려들며 나무를 수직으로 휘둘렀다. 눈에 뻔히 보이는, 눈썰미와 민첩성만 가지고 있다면 무공을 익히지 않았어도 충분히 막을 수 있는 그런 공격이었다. 하지만 조양황은 막지 않았다. 옆으로 몸을 틀어 피해 버렸다. 그래야 상대가 목표를 잃어 앞으로 꼴사납게 넘어질 것이기 때문이다. 그런데…….
"아앗!"
검을 수직으로 내려치던 헌원지의 몸이 꺄우뚱거리며 균형이 흐트러졌다. 오른발이 미끄러졌던 것이다. 그러니 수직으로 내려치는 나뭇가지의 방향이 틀어질 수밖에 없었다. 공교롭게도 나뭇가지의 방향은 조양황이 피한 곳이었다.
'이런!'
설마 이런 상황이 벌어질 줄 몰랐던 조양황이었기에, 그리고 너무 방심했기에 헌원지가 휘두른 나뭇가지를 정통으로 맞았다.
퍽!
내공을 운용하지 않은 조양황의 머리는 당연히 보통 사람의 그것과 같았다. 그 머리 위로 굵직한 나뭇가지가 떨어졌으니 무사할 리 없었다.
"크윽!"
한 소리의 신음과 함께 조양황은 머리를 감싸 쥐며 주저앉았다.
"크으윽!"

얼마나 아픈지 제대로 말도 못하고 연신 신음만 흘리는 조양황이었다. 그리고 아픔보다는 창피함이었다. 동생은 상관없지만 정수와 아름다운 양향까지 지켜보는 가운데 무공의 '무' 자도 모르는 놈에게 얻어맞았으니……!

머리를 감싸 쥐고 쭈그려 앉아 있는 그를 향해 헌원지가 과장스러운 몸짓으로 능청스럽게 미안함을 드러냈다.

"괘, 괜찮습니까? 제가 넘어지는 바람에……."

"됐소."

"죄송합니다."

"됐다고 하지 않았소!"

헌원지의 손을 뿌리친 조양황은 자리에서 벌떡 일어섰다. 생각 같아선 이 빌어먹을 놈을 곤죽으로 만들어 버리고 싶었지만 사람들의 눈이 있으니 참을 수밖에 없었다. 하지만 창피도 이런 창피가 없다. 실제 정수나 양향은 걱정스러운 표정이었으나 조양황에게 있어서는 조롱하는 듯 비쳐지고 있을 정도였다. 당연히 이곳에 오래 있고 싶은 마음이 들리가 없었다.

조양황이 치료를 핑계로 돌아가자 헌원지도 후련한 속마음과는 달리 일각 후 자리에서 일어났다.

"저도 이만 가보겠습니다. 저 때문에 자리를 망친 것 같아 죄송합니다."

그러자 조민이 고개를 저었다.

"선생님의 잘못이 아닙니다. 오라버니의 실수였으니 자책하지 마세요."

"그렇게 말씀해 주시니 한결 맘이 편하군요."

"사실을 말했을 뿐이에요. 아무튼 내일도 연주를 하셔야 하니 돌아가서 쉬세요."

"알겠습니다. 그럼……."

헌원지는 고개 숙여 인사를 한 후 정자를 내려와 자신의 숙소로 향했다. 그러자 그가 멀어지는 것을 보고 있던 양향이 의아함을 드러냈다.

"정말 절묘한 때에 발이 미끄러졌네요."

정수가 어이없다는 표정으로 고개를 끄덕였다.

"그러게요. 하필 그때 넘어져서 조 소협이 난감하게 되어버렸습니다. 오늘 일은 빨리 털어버렸으면 하는데……."

조민과 양향, 정수는 그 이후로도 정자에서 계속 이야기를 나누었다.

제2장
추적

'왔다!'

생각과 함께 조양황은 머리 위에 반만 쓰고 있던 복면을 밑으로 내렸다. 이제 그를 알아볼 수 있는 것은 아무것도 없었다.

"흐흐흐!"

그는 절로 터져 나오는 음충맞은 웃음을 멈출 수 없었다. 그리고 조금이라도 빨리 헌원지가 자신의 앞을 지나기를 기다렸다. 좀 전의 창피를 그냥 넘길 수가 없어 정자에서 벗어나자마자 복면을 구한 후, 내원 밖 악사들이 기거하는 구석진 건물 정원에 몸을 숨기고 있었던 것이다.

협박이고 뭐고 다 필요없는 그였다. 지금 이 순간만큼은 아무런 생각 없이 헌원지를 당한 만큼 분이 풀릴 때까지 두들겨 줄 생각이었다.

그런데 오 장여쯤 가까워졌을까? 헌원지의 걸음이 뚝 멈춰졌다.

'설마 알아차린 것은 아니겠지?'

하지만 그런 것 같지는 않았다. 갑자기 하늘에 떠 있는 달빛을 바라보고 있었던 것이다. 무슨 근심이 있는 사람의 모습이었다.

'젠장!'

헌원지가 미동할 생각도 하지 않고 한참 동안 달만 바라보고 있자 조양황은 내심 조바심을 드러냈다. 그리고 한 발을 앞으로 내디뎠다.

어차피 아무도 보이지 않는 정자. 지나갈 때까지 기다리나, 지금 튀어나가 보복을 하나 아무런 상관이 없었던 것이다. 그런데 채 내딛던 발을 멈추었다. 그리고 더 이상 커질 수 없을 정도로 그의 눈이 커졌다. 갑자기 불빛이 번뜩 하며 무언가가 헌원지에게로 다가들더니 그대로 헌원지의 몸에 맞았기 때문이다. 누가 던졌는지는 모르겠으나 조양황의 경험으로 그것은 분명 표창이었다.

'뭐, 뭐야? 어떻게 된 거지? 나 말고도 저 녀석에게 원한을 가진 사람이 있었나?'

하지만 표창을 던졌다는 것은 상대를 죽이려고 작정했다는 결론밖에 없었다. 그 정도의 원한을 시골 학장이 샀다는 것이 조양황으로서는 믿어지지 않았다. 자신의 동생 때문에 삐딱한 시선으로 보기는 했지만 내심 그도 헌원지의 행실에 크게 어긋남이 없다는 것을 알고 있었기 때문이다.

조양황은 온몸을 경직시키며 숨을 죽였다. 그리고 재빨리 기척도 숨겼다. 누구인지는 모르지만 검은 인영이 쓰러진 헌원지 옆에 나타났기 때문이다. 그 검은 인영도 조양황과 같이 눈만 빠끔히 드러나는 복면을 쓰고 있었다.

'누구지?'

궁금한 점이 한둘이 아니었다. 개문식 때문에 수많은 무사들이 비상시에 대비하기 위해 철저히 경계를 서고 있는 진룡문이다. 그런데 복면을 쓰고 돌아다닌다는 것은 수많은 무사들이 아무도 눈치챌 수 없을 정도로 뛰어난 잠행술을 가지고 있거나 축하객 중 하나, 또는 진룡문 내부의 소행일 것이기 때문이다. 그런데 더욱 놀라운 일은 다음이었다.

복면인이 쓰러진 헌원지를 확인하기 위해 어깨를 잡아 몸을 돌렸을 때였다. 죽은 줄 알았던 헌원지가 갑자기 몸을 일으켰다.

"흐흐흐, 반 시진 전 방에서 보았던 놈이 맞겠지?"

갑작스럽게 몸을 일으킨 헌원지 때문에 복면인이 경악한 눈빛을 드러냈다. 헌원지의 말대로 그는 모양각에서 온 흑의사내였고, 혹시나 해서 헌원지가 무공을 익히고 있는지 시험을 했던 것이다. 멀리서 표창만 던져 확인한 후 사라질 생각이었는데, 생각과 달리 상대가 죽어버리자 사람을 잘못 본 대가로 진룡문과 관계된 자를 죽인 약간의 죄책감 때문에, 또 아무도 몰래 시신을 수습하기 위해 모습을 드러낸 것인데…….

경악한 눈으로 복면인이 아무 말도 못하자 헌원지의 입가가 뒤틀렸다.

"흐흐, 귀주에서 왔다는 말을 듣고 내심 불안했었는데 역시 나를 알고 있는 놈이었군."

"서, 설마… 저, 정말 아, 악마……."

그의 말은 더 이상 이어지지 못했다. 순간 헌원지의 손이 꿈틀거렸기 때문이다. 복면인은 즉시 몸을 틀어 도주를 감행했다. 악마금이 확실하다면 자신 같은 실력의 고수가 열 명이 덤빈다 하더라도 손끝 하나 건드릴 수 없는 자이기 때문이다.

"어딜!"

복면인이 몸을 날리자 헌원지가 왼손에 집어 든 주먹만한 돌멩이를 던졌다. 제법 내력을 실었는지 파공음을 내며 날아든 그것은 복면인이 공중에서 몸을 뒤트는 간단한 동작으로 허공만 갈랐다. 하지만 그것은 미끼였다.

복면인이 옆으로 피하자 헌원지는 예상했다는 듯 복면인이 자신에게 던졌던 표창을 날렸다. 손으로 표창을 잡아놓고 맞은 척 연기를 했었던 것이다.

파웅—!

"이런!"

복면인은 돌멩이와는 판이하게 달리 빠른 속도로 날아드는 표창을 손바닥으로 쳤다. 다행히 한 개였기에 가능한 것이었다. 게다가 악마금이라는 단어가 주는 공포와는 달리 내력이 그리 많이 실려 있지는 않았다.

헌원지는 상대가 두 번째 공격까지 막아내자 급히 자리에서 일어나 쫓기 시작했다. 자신을 봤으니 귀주로 돌아간다면 소문이 날 것이 분명하기 때문이다. 그런 면에서 본다면 헌원지 또한 너무 방심했다고 할 수 있었다. 차라리 쓰러져 있는 자신의 몸을 돌릴 때 복면인을 바로 공격해 죽였어야 안전했을 것이었다.

'빌어먹을! 무리를 해서라도 죽여야 돼!'

하지만 생각과 달리 복면인을 쫓기란 그리 쉽지 않았다. 복면인의 경공술이 상당했던 것이다. 반면, 헌원지의 무공은 예전과 비교했을 때 비참할 정도로 떨어졌으니 그럴 수밖에 없었다. 실제 복면인이 헌원지의 지금 실력을 알았더라면 도망치지도 않았을지 몰랐다. 그런 면에서 본다면 헌원지의 행운, 복면인의 불행이었다.

아무튼 두 사람이 쫓고 쫓기는 신세로 사라지자 처음부터 모든 것을 지켜보고 있었던 조양황은 입을 쩍하니 벌리고 있을 수밖에 없었다. 그리고 정신을 차렸을 때, 그 역시 몸을 날려 두 사람을 쫓고 있었다. 두 사람 사이에 무슨 사연이 있는지는 모르지만 복면인이 누구인지, 또 헌원지가 어떻게, 얼마만큼의 무공을 익히고 있는지 확인해 봐야 할 것 같았기 때문이다. 아니, 그런 생각은 다음이었고 너무 놀라운 마음에 몸이 본능적으로 반응해 저들을 따라가고 있다는 표현이 맞았다.

복면인이 도망친 곳은 공교롭게도 진성장이었다. 물론 복면인은 이곳이 진성장이라는 것을 몰랐다. 진룡문의 지리를 몰랐기에 경계 무사들의 이목을 피해 도주한 결과였다. 거대한 정원 사이사이에 건물들이 들어서 있었고, 그곳 모두 축하객들이 머물고 있었다. 달빛마저 삼켜가는 어둠이 짙게 깔린 시간이라 술을 마시는 사람들은 없었다.

"빌어먹을!"

복면인은 쫓기는 중에도 나직이 욕을 했다. 악마금의 실력이라면 충분히 자신을 잡고도 남았을 텐데, 거리를 유지하며 쫓아오는 것이 흡사 자신을 가지고 노는 것같이 느껴졌기 때문이다. 이쯤 되자 처음 그 실력을 가늠하기 위해 표창을 던진 것이 후회막급이라 생각되었다. 그저 악마금으로 보이는 자를 운남 진룡문에서 발견했다고 상부에 보고를 했어도 됐을 텐데……. 혹시, 악마금이 아니더라도 상관은 없지 않은가.

괜스레 확인 한번 해봤다가 목숨까지 내놔야 할 판이니 짜증이 날 수밖에.

'지금 내가 무슨 생각을 하는 거지?'

목숨이 경각에 달린 상황에서의 쓸데없는 생각은 자칫 위험에 빠뜨릴 수도 있었다.

그는 재빨리 건물 사이로 들어갔다. 우선 은폐물에 몸을 숨겨 상대의 시야에서 벗어나는 것이 좋았다. 그 후 기회를 엿보는 것이 나을 것이었다.

타닥!

이층짜리 건물을 지나 그는 급히 우회했다. 그리고 좌측 건물 옆길로 빠져나갔다.

'아직도인가?'

뒤쫓는 인기척이 멀어지기는커녕 더욱 가까워짐이 느껴졌다.

'어쩔 수 없군! 소동을 피우는 수밖에!'

순간적인 판단으로는 악마금이 자신의 신분을 숨기려 함이 분명했다. 그러니 이런 운남 구석의 악사로 있었을 것이다. 그렇다면 사람들이 많은 곳에서는 경공술을 펼치지 못할 것이라는 계산으로 복면인은 제법 많은 사람들이 지내고 있을 것 같은 큰 건물로 뛰어들었다. 물론 입구로 조용히 들어간 것이 아니라 불이 꺼져 있는 방의 창문을 뚫고 들어갔다.

우지직—!

창문이 부서지고, 순간 방 안에서 거친 음성이 들렸다.

"누구냐!"

하지만 대답은 나오지 않았다. 복면인은 물음이 떨어지기 무섭게 방문을 열고 나가 반대편 방으로 뛰어들었기 때문이다. 그리고 마찬가지로 침입자의 소리에 놀라 깬 무인이 '누구냐!' 라는 외침을 터뜨림과 함께 검을 들고 일어났을 때 복면인은 창문을 뚫고 이미 밖으로 유유히 빠져나가 버렸다.

"빌어먹을!"

헌원지는 복면인의 의도를 알아차리고는 급히 호신용으로 품속에 넣고 다니던 손바닥 정도의 작은 비수를 꺼내 날렸다. 비수는 복면인이 부수고 들어간 창문 안으로 빠르게 들어갔다. 확인할 수는 없었지만 느낌으로는 맞은 것 같았다.

하지만 그리 심한 부상을 당하지는 않은 모양인지 방 안에서 지속적인 소란이 일어났다. 그것은 복면인이 계속 활개치고 다닌다는 증거였다. 그리고 잠시 후,

채채챙!

쇠와 쇠가 부딪치는 소리가 잠깐 들렸다. 그리고 밤 공기를 가르는 비명이 건물을 뚫고 들려왔다.

"크아악!"

'젠장!'

헌원지는 속으로 욕설을 내뱉었다. 그리고는 이제 바닥에 내려서 무공을 익힌 무인이 아닌 평범한 시골 서생의 모습으로 돌아가 있었다. 비명 소리가 상당히 컸기에 많은 사람들이 몰려올 것이기 때문이다.

제3장
이변

    진성장에 일대 혼란이 일어났다. 갑자기 복면인이 창문을 부수고 난입했다가 쫓기듯 사라졌으니 당연한 결과였다. 그 때문에 헌원지는 어쩔 수 없이 추격을 포기했다. 비수에 치명상을 입어 비명횡사하는 요행을 바라는 수밖에 달리 방법이 없었던 것이다. 오히려 지금 문제는 흑의인보다 비명을 듣고 몰려드는 축하객들이었다.

    그중 초록색 비단 장포에 백색 머리카락을 뒤로 곱게 빗어 넘긴 노인이 흉악하게 일그러진 얼굴로 사람들을 돌아보았다. 그는 소란 때문에 진성장 밖에서 경계를 서고 있다 달려온 진룡문의 무사들에게 호통을 쳤다.

    "문주를 불러라! 감히 손님에게 이런 대접을 해도 된단 말이냐!"

    지금까지 경계를 서고 있었기에 그 말이 무슨 뜻인지 알아들을 수 있을 리 없다. 어리둥절해 있는데 노인이 다시 쏘아붙였다.
"설사 진룡문이 꾸민 일이 아니더라도 책임 회피는 하지 못하리라! 빨리 문주를 불러와라!"

다짜고짜 해오는 하대에 무사들의 기분이 더러울 만도 하련만 표정은 오히려 두려움에 떠는 듯했다. 모용세가라는 단어가 주는 공포감은 진룡문의 무사들에게 두려움을 안겨주기에 충분했던 것이다. 그것도 모용세가에 있는 여섯 명의 장로 중 모용편성(慕容偏性) 장로는 더욱 그랬다. 누가 뭐래도 그는 화경의 고수였으니 말이다.

뿐만 아니라 그에 대한 소문은 더럽기 짝이 없었다. 편협하고, 고집과 아집으로 똘똘 뭉친 늙은이! 그의 별명처럼 따라붙는 성격의 묘사였다.

그의 명이 워낙 불같아 진룡문의 무사 중 몇 명이 내원을 향해 달려갔다. 그러자 모용편성이 뒤따라 나온 동문 제자들에게 명했다.

"일장을 날렸으나 어둠 속이라 빗맞았을 것이다. 그래도 멀리 가지는 못했을 터, 너희들도 찾아라!"

"알겠습니다."

덧붙이듯 그가 다시 명했다.

"산 채로 잡아와야 한다."

"존명!"

말과 함께 모용세가에서 온 그의 제자들이 사방으로 흩어졌다. 그때 건물에서 모용편성과 비슷한 나이의 노인이 모습을 드러냈다. 그가 나타나기 무섭게 모용편성이 다급히 물었다.

"현민의 상태는?"

노인은 대답없이 굳어진 인상을 드러내더니 이어 고개를 저었다.
　"응급조치는 취했으나 출혈이 너무 심합니다."
　"끄응!"
　괴이한 침음 후로 모용편성이 이를 갈았다.
　"잡히면 가만두지 않을 것이다."
　몸속에 갈무리된 내력을 숨김없이 밖으로 분출하며 그는 주위 사람들이 경악하든 말든 이만 뿌드득 갈았다. 자신이 가장 아끼던 제자가 복면인에게 당했으니 그럴 수밖에 없었다. 소리와 함께 복도로 뛰쳐나갔을 때 먼저 나온 제자가 복면인과 검을 주고받고 있었다. 어둠 속에서 제대로 구별을 할 수 없었지만 기합 소리는 분명 자신의 제자 모용현민이었고 상대는 얼굴에 무언가를 쓰고 있었다.
　복면인의 검술이 제자보다 높았는지 결과는 순식간에 결정되었다. 모용편성이 도와줄 시간적 여유도 없이 벌어진 일이었다. 모용편성은 급히 복도 끝 창문으로 도주하는 복면인을 향해 일장을 날렸으나 약간의 신음만 들렸을 뿐 상대는 멈추지 않고 그대로 사라져 버렸다. 마음 같아서는 쫓아가 도륙을 내고 싶었지만 제자가 죽어가고 있었기에 추적을 포기했던 것이다. 그래서 이어 뛰쳐나온 몇몇 제자들에게 추격하게 하고 이층에 머물고 있어 이제야 상황 파악을 한 남은 제자들을 지금 추격에 가담시킨 것이다.
　타 문파의 사람들은 모용편성의 눈치만 살피며 웅성거릴 뿐, 감히 나서서 뭐라 말하는 자가 없었다. 그만큼 모용세가의 분위기가 심상치 않았기 때문이다. 헌원지도 그들 사이에서 구경하는 체 모습을 감추고 있었다. 어차피 알아볼 사람은 없겠지만 모두가 몰려드는 상황에서 자신만 빠져나간다면 이상하게 볼 수 있다고 판단해서였다. 이제는 진성장뿐만 아니라 만조장에 머물고 있는 축하객들도 하나둘씩 몰려오고 있었고, 정자에서 술을 마시다 소식을 들었는지 조민과 정수, 양향, 그리고 술을 마시던 금천방 무사의 보고에 놀라 찾아온 유대적도 구경꾼들 틈에 끼어 있었다.

잠시 후 진룡문주 조막이 모습을 드러냈다. 진성장에서 일이 생겼다는 말에 놀라 허겁지겁 달려와 그 중심에 서 있는 모용편성을 보고 물었다.

"모용편성 장로님께서는 어쩐 일이십니까?"

모용편성은 노기를 감추지 않고 으르렁거렸다. 안 그래도 진룡문이 금천방을 돕는다는 소식을 접한 후 탐탁지 않게 생각하고 있었는데, 그 진룡문 내에서 제자의 목숨이 경각에 달리게 되었으니 노골적으로 적의를 드러낼 수밖에 없었다.

"무슨 일인지 몰라서 묻는 거요? 경계를 어떻게 서는 거요?"

"도통 무슨 말씀이신지……."

마른하늘에 날벼락을 맞은 기분이 든 조막이 알 수 없다는 듯 고개를 갸웃거렸다. 모용편성의 말을 전한 무사들 또한 정황을 몰랐기에 당연히 보고를 하지 않았기 때문이다. '트집이나 한번 잡아보려고 그러는 것이겠지'라는 생각에 달려왔는데 분위기나 모용편성의 표정이 심상치 않았다.

모용편성이 대답없이 뒤에 있던 노인에게 명했다.

"현민을 데려 나와라!"

노인은 고개를 숙여 대답한 후 건물 안으로 들어갔다. 그리고 얼마

안 가 옆구리에 깊숙한 상처를 입은 삼십대 초반으로 보이는 젊은 사내를 품에 안고 나왔다. 그것을 보고 사람들이 경악했다.

"저럴 수가!"

"누구 짓이지?"

여기저기에서 웅성거리는 소리가 귀를 어지럽히는데 모용편성이 조막을 향해 거칠게 말했다.

"어떻게 책임지실 작정이오?"

조막은 할 말을 잃은 채 멍하니 현민을 바라보고 있었다.

"도, 도대체 어찌 된 일입니까?"

"방비를 어떻게 한 것이오? 자객이 침입할 정도로 진룡문의 경계가 허술한 것이오?"

"자객?"

"그렇소. 어떻게 책임질 거요?"

역시 조막은 대답하지 않았다. 대답할 수가 없었다. 혼란한 마음이 머리 속을 헤집고 있는 중이었던 것이다. 하지만 결국은 자신이 책임을 져야 한다는 사실을 조막은 잘 알고 있었다. 진룡문에 온 손님이 문내에서 자객의 손에 당했으니 어쩔 수가 없었다. 게다가 상대는 남무림의 열두 세력 중 하나, 모용세가가 아닌가!

책임 회피를 하기에는 상대의 화가, 그리고 배경이 너무 컸다.

"어, 어떻게 책임지면 되겠습니까?"

떠듬떠듬 묻는 말에 한참 동안 그를 노려보고 있던 모용편성이 입을 들썩였다. 그런데 그가 입을 열기도 전에 저 멀리서 섬전과 같은 속도로 두 명의 사내가 접근하며 외쳤다.

"자객을 잡았습니다!"

모용편성의 눈빛에 광기가 흘렀다.

"어디 있느냐?"

"여기에서 조금 떨어진 건물 뒤편, 나무 사이에 숨어 있는 것을 발견했습니다. 사형들이 제압해 끌고 오고 있습니다."

말이 끝나기 무섭게 네 명의 모용세가 제자가 건물을 돌아 복면인을 끌고 오고 있었다. 복면인은 혼절했는지 두 다리를 바닥에 질질 끌고 있었다.

털썩!

잔디 위에 쓰러진 복면인은 꿈쩍도 하지 않았다. 그것을 보던 조막은 내심 안도의 한숨을 쉬었다. 책임을 이 복면인이 모두 떠안게 되었으니 진룡문으로서는 다행일 수밖에 없었다.

"복면을 벗겨라!"

조막은 짐짓 노기가 치미는 듯한 목소리로 매섭게 주위 무사들에게 외쳤다. 그러자 무사 두 명이 잽싸게 복면인에게 다가가더니 돌려 눕힌 후 복면의 윗부분을 잡아당겼다.

"저, 저런!"

순간 여기저기에서 경악성이 터져 나왔다. 복면을 벗긴 무사들 또한 놀라 엉덩방아까지 찧었고, 조막은 입을 쩍하니 벌렸다.

"너, 너는……!"

말도 제대로 떨어지지 않는 조막이었지만 모용편성 또한 적잖이 놀란 모양, 그는 어이없는 표정으로 주위를 둘러보았다. 그리고 지어지는 비소.

"조막 문주의 아들인 조양황 소협이 아니오?"
"그, 그럴 리가 없습니다. 뭔가 잘못된 것일 겁니다."
모용편성이 버럭 소리쳤다.
"닥치시오! 자식을 이용해 우리 모용세가를 암살하려 해놓고 이제 와서 발뺌이오?"
"아닙니다. 뭔가 잘못됐습니다."
"그럼 이건 뭐요? 문주의 아들이 아니란 말이오? 아니면 고명하신 아드님이 독단으로 우리를 죽이려 한 것이오? 대단한 아드님을 두셨군. 감히 모용세가 사람을 암살하려는 음모를 꾸미다니……."
비꼬는 듯한 그의 말이 조막의 심기를 건드렸다. 하지만 꾹꾹 눌러 참아야 했다. 이유야 어쨌든 분명 복면인이 잠입을 했고, 모용세가의 젊은 후기지수 하나를 공격한 후 도망쳤다. 그리고 그 복면인이 아들임에는 변함이 없는 것이다.
'이렇게 되면…….'
순간 조막의 머리 속이 터질 것처럼 굴러가기 시작했다. 책임 회피를 할 수 없는 상황인 지금은, 아니, 이제부터는 모용세가와 철천지원수가 되어버린 지금 어떻게 이 상황을 해결해 나갈 것인가.
다행히 이곳은 진룡문이었고, 모용편성이 화경의 고수이기는 하지만 진룡문 전체를 상대할 수는 없었다. 어차피 모용세가의 공격을 받을 것이라면 지금 이들을 없앤 후, 차후의 공격에 대비하는 것이 빠를지도 모른다는 계산이 나왔다. 하지만 선뜻 결정을 내리지 못하는 것은 주위의 시선 때문이었다. 아무리 문의 존망이 걸린 일이라지만 지금까지 쌓아온 명성을 무너뜨릴 수는 없기 때문이다. 모용편성과 그

제자들을 죽이는 것이 쉽지는 않겠지만 가능한 일이다. 그러나 축하객들에 의해 진룡문의 소문이 퍼질 것이고, 그 다음의 결과는 깊게 생각하지 않아도 뻔했다.

'무림공적이 되어 언젠가는 무너지겠지……'

그의 고심하는 마음이 얼굴에 비쳤는지 모용편성이 눈을 가늘게 뜨고 조막에게 물었다.

"어떻게 하실 작정이오?"

"……"

"……"

침묵이 흐르는 가운데 일말의 기대심을 안고 조막이 되물었다.

"어떻게 했으면 좋겠습니까?"

모용편성은 주저없이 대답했다.

"진룡문 전체에 책임을 묻지 않겠소. 단!"

"……?"

"이 자리에서 이제부터 저놈이 문주의 아들이 아님을 알리고, 문주의 손으로 직접 처단하시오. 물론 모두가 보는 이 자리에서 처단해야 하오. 할 수 있겠소?"

"……!"

"그렇게만 한다면 더 이상의 책임을 묻지 않겠소."

조막의 표정이 점점 일그러지더니 급기야 분개한 표정을 드러냈다. 아무리 못난 자식이라지만 어찌 십수 년간 정을 주었던 자식을 문과 자신의 생존을 위해서 죽이라고 제안을 하나!

'빌어먹을 늙은이!'

하지만 내심과 달리 조막은 그 또한 결정할 수 없음을 한탄했다. 형님과 함께 고생해 키워온 진룡문은 자신만의 것이 아니기 때문이다. 자식의 잘못으로 형님에게 건네받은 가업을 송두리째 없애 버리기에는 진룡문의 식솔과 그에 몸담고 있는 사람들이 너무 많았다.

"잠시 시간을 주시오."

조막은 말과 함께 무사들에게 명했다.

"저놈을 깨워라! 먼저 사건의 진상을 밝혀야겠다!"

제4장
절반의 성공, 절반의 실패

 귀주 동쪽 동연(銅硯)에서 안순 환산으로 가는 길에는 몇 대의 마차와 그것들을 호위하는 무사들의 행렬이 이어지고 있었다. 어둠이 깊숙이 자리한 숲길이었지만 가장 선두에 있는 금색 마차는 달빛에 반사되어 더욱 호화롭게 보였다. 게다가 크기가 가로 일 장 반, 세로 이 장이나 되어 그 위용을 자랑했다.
 마차가 크고 무거워서인지 앞서 끌고 있는 네 필의 말이 힘에 겨워 푸드득거렸다. 그때 마차 안에서 껄끄러우면서도 탁한 여인의 음성이 들려왔다.
 "쉴 만한 곳이 없느냐?"
 마차 바로 앞에서 호위들을 지시하던 검은 무복의 중년 사내가 공손히 대답했다.

"조금만 더 가면 숲을 벗어날 수 있습니다. 거기서부터는 평지이니 많은 인원이 야영을 할 수 있을 것입니다. 불편하시더라도 조금만 참아주십시오, 교주님."

대답은 들려오지 않았다. 교주의 독립 호위대인 파천귀의 수장 금룡(金龍)은 그것이 허락을 의미한다는 것을 알고 있었다. 그가 수하들을 독려하기 위해 나직이 외쳤다.

"밤이 깊었다. 서둘러라!"

말과 함께 금룡은 하늘을 보았다. 보아야 어둠뿐이었지만 그 속에서도 달은 외로이 빛나고 있었다. 그는 슬며시 미소를 지었다. 일 년간 교주를 호위하며 귀주 전역을 돌았다. 이제 모든 일을 마치고 본 교에 복귀할 수 있게 되었다.

이럴 때면 파천귀가 다른 호위대보다 조금은 손해였다. 교주의 독립 호위대 중 파천귀는 교주가 본 교를 나갔을 때 호위를 맡아야 하기 때문이다. 본 교에서의 호위는 쉬울 수밖에 없다. 감히 만월교의 총단으로 암살자가 침입할 리는 없으니까.

'복귀하면 며칠간 늘어지게 잠을 자야겠군.'

생각만 해도 미소 지어지는 입이었다. 그리고 목마름이 그 뒤를 따랐다. 교주의 호위가 감히 술을 마실 수는 없는 일. 그런 관계로 그간 상당히 괴로울 수밖에 없었다.

교주는 귀주 통합을 한 후, 수많은 문파들을 돌아다니며 안심을 시키고 온전히 남무림 통일 계획에 뜻을 함께할 확답을 받아가고 있었다. 이미 만월교가 귀주를 통합했으니 교주가 온다는 것만으로도 각 문파의 수장들은 성대한 만찬을 준비해 놓았는데 금룡과 그의 수하들은 그림의 떡을 보는 마냥 모두 거절해야 했던 것이다. 그러니 일 년이 넘도록 교주를 호위하며 신경을 곤두세운 그와 파천귀였기에 당연히 술이 고플 수밖에 없는데 이제 그 끝이 보이고 있으니 모두의 발걸음이 가벼울 수밖에 없었다.

'열흘 안으로는 도착하겠지.'

그는 더욱 수하들을 채근했다.

"속도를 좀 더 빨리!"

그는 숲이 끝나는 평지에 누워 있었다. 누워 있는다는 것이 사람에게는 지극히 편한 자세임이 분명하지만 지금의 그에게 있어서는 전혀 그렇지 못했다. 누워 있는 곳이 차갑고 습기 찬 땅속임에야 기분 좋을 리가 없는 것이다. 하지만 그는 몇 시진이고, 며칠이고 그 속에 누워 있을 자신이 있었다. 예전에는 도저히 불가능할 것 같았던 먹이, 무당의 말코도사 하나를 죽일 때에도 무려 사 일간이나 땅속에 누워 있었던 적이 있는 그였으니 말이다.

투두둑! 투두둑!

한참 후 간헐적으로 진동이 느껴지고 있었다. 마차가 오고 있다는 것을 그는 경험으로 알고 있었다. 그리고 그 마차는 이곳에 멈출 것이다. 이 밤에 마을에 머물지 않고 계속 길을 재촉하는 것이 이상했지만 그에게는 그런 이유가 중요치 않았다. 정작 그에게 중요한 이유는 상대가 숲을 나와 바로 야영을 할 가능성이 농후하다는 것뿐이었다.

'왔군!'

마차에는 분명 그의 먹이가 타고 있었다. 순간 성공할 수 있을지 격정이 앞섰다.

'할 수 있다.'

어떤 사람이든 하루 종일 내력으로 몸을 보호할 수는 없는 일이니 모습을 드러냄과 동시에 목표물이 호신강기로 몸을 보호하기 전에 목표를 죽인다면 못할 것은 없었다.

그는 생각과 함께 기척을 죽이며 미리 뚫어놓았던 작은 구멍을 다시 확인했다. 고개만 간신히 돌릴 수 있는 공간에 땅 위를 볼 수 있게 몇 개의 구멍을 뚫어놓았던 것이다. 그곳으로 사물을 확인할 수 있었다.

그 후, 언제든지 목표를 죽일 수 있도록 발 사이에 검을 내려 잡았다. 단 일 검에 베어버리는 것이 중요한데, 목표가 자신이 누워 있는 반 장 안에 있어야 가능했다. 며칠 전에도 이런 기회가 있었지만 그때 목표는 자신에게 다가오지 않았기에 포기를 했었다. 만약 오늘도 목표가 자신이 묻혀 있는(?) 곳, 반 장 안으로 다가오지 않는다면 포기를 하고 다음 기회를 엿봐야 할지도 몰랐다. 그리고 확실한 것은 목표가 만월교 총단으로 들어가 버린다면 기회는 없단 것이었다. 그전에 어떤 수를 써서라도 결판을 내야 했다. 만약 오늘도 실패한다면 그는 다른 방법을 사용해 볼 작정이었다.

정확히 일각 후, 사람들이 그를 밟고 지나가고, 곧이어 몇 대의 마차가 또 지나갔다. 그의 예상대로 근처에 마차가 멈추더니 호위들이 부산하게 움직이는 것을 느낄 수 있었다.

그는 더욱 기척을 숨겼다. 이제는 완전히 땅과 동화되어 한 줌의 흙이 되어야 했다. 사전 조사에 의하면 이들 파천귀의 무공은 대부분 상당한 수준, 그러므로 한 치의 실수도 없어야 했다. 약간의 돌출된 느낌이 들면 들킬 위험성이 있었다.

이젠 됐다고 스스로 생각할 때쯤 그는 조심스럽게 구멍을 통해 바깥 동향을 살폈다.

운이 좋았다고 해야 할까? 아니면 나빴다고 해야 할까?

둘 중 하나는 분명했다. 잠시 후 천막 여러 개가 세워지는데 그중 교주가 머물게 되는 천막이 그가 숨어 있는 장소에 세워졌다. 그것만 본다면 운이 좋다고 할 수 있겠지만, 문제는 완전하지 않다는 것이다. 그가 일자로 누워 있는 몸의 반 토막만 천막 속으로 들어갔기 때문이다. 그것도 허리 아래쪽이 천막 안으로 향해 있고, 허리 위는 바깥이었다.

'차라리 입구라면 기회가 더 많았을 텐데……. 별수없군! 그래도 며칠 전보다는 장소가 좋지 않은가!'

하지만 공교롭게도 교주의 침상이 자신이 있는 곳 반대편에 있다는 것이 상당히 아쉬웠다.

잠시 후 멀지 않은 곳에서 인기척이 느껴지더니 그 인기척은 천막 안으로 옮겨졌다.

"교주님, 금룡입니다."

천막 안에 있던 교주가 대답했다.

"무슨 일이냐?"

"드실 것을 준비해 왔습니다."

"들어오라."

천막 문이 열고 들어온 금룡은 교주를 위해 특별히 준비한 조립식 침상 옆에 위치한 탁자에 음식을 놓았다.

"언제 출발하실 생각이십니까?"

"동이 트는 대로 출발 준비를 해라."

"알겠습니다. 편히 쉬십시오."

그가 나가자 이제 교주의 천막 안에는 교주 이외에 아무도 없게 되었다. 사내는 느긋하게 교주가 자신이 있는 쪽으로 오기만을 기다렸다. 밖에 호위들이 경계를 서고 있지만 상관없었다. 목표물을 죽인 후 천막을 뚫고 도망치면 되는 것이니까. 물론 상당수의 고수들이 추격해 오겠지만 그에 대한 대비도 해놓았다.

'와라, 와라, 와라, 와라, 와라!'

그는 끊임없이 속으로 주문을 외웠다. 그런다고 될 일은 아니었지만 이런 식의 주문은 마음을 오히려 편안하게 해주기 때문이다. 그런데 그의 바람을 하늘이 들어주신 걸까? 천막의 중앙에 놓여 있는 불을 끄기 위해 목표물이 침상에서 일어섰고, 불이 꺼진 후에도 어둠을 뚫고 사내에게로 다가오고 있었다.

막상 그녀가 다가오자 사내는 갈등을 해야 했다. 시기가 좋지 않았기 때문이다. 좀 더 시간이 지난 후, 그러니까 호위들이 잠이 들고 경계 무사들이 해이해졌을 때서야 비로소 도주할 때 추격자가 많이 따라붙지 않는 것이다.

'주문이 정말 효과가 있었다면 후에 외울 걸 그랬군.'

그는 자조적인 미소를 지으며 손에 잡힌 묵룡에 힘을 주었다. 기회가 더 있을 것 같다면 좀 더 참았겠지만 마른하늘에 날벼락이 치는 행운이 없는 이상 기대하기 힘들었다. 조금은 무리가 되더라도 지금이 기회였다.

손에 힘을 주었지만 몸에는 완전히 힘을 빼고 있었다. 이제 목표는 반 장 안으로 들어왔다. 하지만 좀 더 완벽한 기회를 포착할 때까지 사내는 참기로 했다. 그리고 잠시 후. 그녀의 발이 자신의 배를 밟았다는 느낌이 그를 움직이게 했다.

교주는 잠을 청하기 위해 불을 끈 후, 천막의 창가 틈으로 언뜻 비치는 밝은 달빛을 발견하고는 그곳으로 걸어갔다. 만월교의 교주답게 다른 날과 달리 밝은 달빛에 끌렸기 때문이다. 그런데 황당한 일을 겪었다. 창가에 부착된 매듭을 떼 가죽으로 만들어진 창문을 열려는 순간 바닥이 들썩였기 때문이다.

어차피 맨 땅에 지어진 천막이니 땅속을 기어다니는 동물이 있을 수도 있겠지만, 문제는 그 움직임의 크기가 크다는 것, 그리고 움직임과 동시에 날카롭고 예리한 어떤 것이 그녀의 회음부를 노리고 찔러 들어왔다는 것이다.

"크윽!"

교주는 제대로 된 신음조차 흘리지 못했다. 본능적으로 몸을 공중에 띄웠으나 온전히 피하지 못하고 허벅지를 찔렸기 때문이다. 동시에 땅에서 검은 인영이 솟구치더니 검을 좌에서 우로 그었다. 순식간에 일어난 일이라 교주가 내력을 끌어올려 호신강기를 만들기도 전에 검은 그녀의 복부를 쓸고 지나갔다.

"크윽!"

허파가 갈리면 소리를 지를 수 없게 된다. 교주 역시 소리를 지르지 못하고 뒤로 훌쩍 물러섰다. 하지만 배에서 흐르는 피는 이미 바닥에 흘러 고일 정도였다. 그것을 보고 있던 인영은 시간을 두지 않고 마지막 일격을 가하기 위해 달려들었다. 하지만 그때 밖에서 경계를 서던 파천귀의 목소리가 들려왔다.

"교주님, 무슨 일 있으십니까?"

사내는 그 즉시 방향을 틀어 천막 문 반대편을 뚫고 나갔다. 상태로 보아 목표물에 마지막 일격을 가하지 않아도 죽을 것 같았기 때문이다. 확실히 매듭지어야겠지만 살수도 살아남는 것이 중요했다. 목표도 죽이고 자신도 죽어야 한다면 그는 살수가 아니기 때문이다. 목표를 죽이고 살아남아야 진정한 살수라고 할 수 있다.

쫘아악!

검으로 천막을 찢은 그는 급히 밖으로 몸을 날렸다. 그리고 이십 장 정도를 달렸을 때 비로소 경악한 외침이 들려왔다.

"교주님!"

"적이다!"

"저쪽이닷!"

그는 달리고 또 달렸다. 뒤돌아볼 여유도 없이 달렸으니 몇 명이 따라붙었는지 파악도 되지 않았다. 예상으로는 이십여 명은 족히 되는 것 같은데. 회의적인 것은 경공에 자신있는 자신과 전혀 거리가 벌어지지 않는다는 점이었다.

"조금만 더! 조금만, 조금만 더!"

그는 또다시 바람 같은 주문을 외우기 시작했다. 그의 바람대로 조금만 더 가면 자신이 만들어놓은 구명삭(救命索)이 있을 것이다. 그것도 은자 이백 냥이나 하는 구명삭이…….

일각을 더 달리자 숲길 중앙에 한 사내가 우뚝 서 있었다. 그리고 그는 쫓기는 사내, 중원제일살수이자 묵룡수라 불리는 남궁훈을 보고 고개를 끄덕였다. 쫓기는 남궁훈 역시 고개를 끄덕여 답례한 후 급히 그를 지나쳤다.

그가, 그리고 그 주위 나무에 몸을 숨기고 있는 그의 수하들이 바로 구명삭이었다.

우연히 알게 된 청부업자들.

돈만 주면 무엇이든 해준다는 소리를 듣고 찾아가 은자 백 냥을 선뜻 내놓았다. 그들이 상대가 누구냐고 물었을 때, 묻지 말라는 조건으로 은자 일백 냥을 더 내놓아 숲 중앙에 매복시킬 수 있었다. 만약 만월교라 했다면 그들은 절대 청부를 받지 않았을 것이었다.

남궁훈은 달리는 중에도 피식 웃었다. 만약 저들이 자신이 막아야 하는 자가 만월교의 고수라는 것을 알게 되면 어떤 기분일까? 귀주에서는 만월교가 절대적인 위치에 있는데 말이다.

'끝까지 날 찾아 복수하려 하겠지. 아니, 그전에 파천귀에게 모두 죽을지도…….'

"미안하게 됐군."

아무튼 그 때문에 그는 시간을 벌 수 있게 되었고, 그 정도 시간이면 충분히 빠져나갈 자신이 있었다. 그런데 그게 아닌 모양이었다. 충분히 거리를 벌렸다고 생각한 그가 무의식적으로 속력을 줄이고 있는데 앞에서 몇 개의 그림자가 솟구치듯 올라왔다.

"즐겁나?"

껄끄러운 목소리가 남궁훈의 머리 속을 울렸다. 그림자는 모두 네 명, 십월령이었다.

그들은 언제나 교주의 곁에서 호위한다. 하지만 이번 경우는 그들이라도 어쩔 수 없었다. 그들 또한 살수의 낌새를 전혀 눈치채지 못했고, 눈치챘을 때는 이미 교주가 당한 후였다. 그만큼 살수의 실력이 좋았고, 움직임이 빨랐던 것이다. 그들은 살수의 실력이 보통이 아니라는 것을 직감하고 역시 살수가 눈치채지 못하게 뒤를 쫓았다.

십월령이 숨어 있는 살수를 감지하지 못했다면, 살수인 남궁훈 또한 그들이 교주의 천막 바로 앞에서 사방으로 몸을 숨기고 있다는 것을 알아차리지 못했다. 서로 주고받은 격이지만 지금 상황은 남궁훈에게 이롭지 못했다.

"우리 눈앞에서 교주님을 암살하려 한 사실에 경의를 표한다. 그리고 우리 눈을 속였다는 것에도 경의를 표하지."

"……!"

남궁훈은 아무런 말 없이 그들을 노려보았다. 이런 녀석들이 교주의 호위를 맡고 있다는 소리는 듣지 못했다. 그리고 그들이 자신과 같이 교주의 천막 근처에 있었다는 사실이 믿어지지 않았다.

'여기에서 끝인가!'

그는 고개를 저었다. 수많은 역경을 딛고 여기까지 올라온 그였다. 그리고 중원제일살수라는 명호는 그냥 붙여진 것이 아니었다. 살수로서도 최고이지만 그런 살수가 되기 위해서는 무공도 뒷받침이 되어야 했다.

스르릉!

절반의 성공, 절반의 실패 57

"나는 목표물 이외에 누구도 죽여본 적이 없다. 비켜서면 그냥 지나치겠다."

그의 말에 십월령이 음침한 미소를 지었다.

"교주님을 시해한 죄, 죽음으로 사죄케 하리라!"

말과 함께 사내와 십월령 간에 접전이 벌어졌다.

채채챙!

순식간에 검이 오가고 남궁훈은 놀랄 수밖에 없었다.

'생각보다 더 강하다.'

솔직한 심정으로는 신법뿐만 아니라 순수한 검술로 따져도 결코 자신에게 떨어지지 않는다는 것이 놀라웠다. 그런 고수가 네 명이나 둘러싸고 있으니 자연스레 불안감이 피어올랐다. 사방에서 쉴 틈 없이 공격이 들어오고, 약간의 틈만 있으면 어김없이 암기가 날아왔다.

'여기에서 끝나야 하나? 중원무림의 제일살수가 남무림에서?'

사내는 이 상황에서도 웃었다.

"나도 늙었나 보군."

의미 모를 말을 듣고도 십월령은 신경 쓰지 않았다. 그들의 목표는 하나였기 때문이다. 교주를 시해한 자를 죽이는 것, 그것뿐이었다.

그리고 잠시 후, 십월령 중 오월령에 의해 사내의 목이 공중으로 떠올랐다. 목과 몸이 분리된 상태에서 남은 세 명이 각각 한쪽 팔과 두 다리를 잘라 버렸다.

그 후 그들은 나중에 금룡에게 질책을 들었다. 생포하여 배후를 알아내야 하는데, 죽였기 때문이다.

제5장
위기와 반전, 그리고 또다시 위기

"전 단지 복면인을 쫓았을 뿐입니다."
"……."
땀을 뻘뻘 흘리며 내뱉는 조양황의 말에 모두가 황당한 표정을 지었다. 모용편성이 그런 조양황을 보고 다그쳤다.
"닥쳐라! 네놈이 뻔히 복면을 쓰고 있으면서 자객을 쫓았다니, 누가 믿을 수 있겠느냐? 사실대로 실토해라!"
"정말입니다! 저는 복면인을 발견해 그를 쫓았을 뿐입니다! 그리고 일이 이상하게 돌아가자 몸을 빼기 위해 나무에 몸을 숨겼을 뿐, 제가 왜 모용세가를……!"
하지만 모두가 믿지 못하는 눈빛으로 그를 바라보았다. 동조의 반응이 나타나질 않자 조양황은 두 눈을 질끈 감고 발악하듯 외쳤다.

"정말입니다! 믿어주십시오!"

"그런 거짓이 먹혀들 것이라 생각했느냐? 내 오늘 너를 가만두지 않으리!"

다짐 같은 말과 함께 모용편성이 찌를 듯한 눈빛으로 한 걸음 다가섰다. 그때 조막이 먼저 나서며 입을 열었다.

"멈추십시오. 아직 확실한 것은 아무것도 없습니다."

모용편성이 이죽거렸다.

"무슨 소리요? 저런 변명을 나보고 믿으라는 것이오? 아들이라고 감싸지 마시오."

"감싸는 것이 아닙니다."

말과 함께 조막은 두려움에 떠는 아들을 속이 타는 표정으로 바라보았다. 그는 아들을 믿고 싶었으나 자신이 들어도 석연치 않은 부분이 많았기 때문이다. 복면인을 쫓기 위해 복면을 했다는 자체가 그리 신빙성이 있는 이야기는 아니었다. 하지만 이대로 물러설 수는 없었기에 그가 나직이 물었다.

"네가 아니라면 복면은 왜 쓰고 있었던 것이냐?"

"그건……."

그는 말을 하려다 사람들 틈에서 자신을 애처롭게 바라보고 있는 조민을 보고 말끝을 흐렸다. 헌원지에게 보복을 하기 위해 숨어 있었다는 사실을 밝히기가 꺼려졌기 때문이다. 게다가 타 문파의 사람들까지 상당수 모인 자리에서 문주의 아들이 복면이나 쓰고 여동생의 선생을 암습하는 치졸한 짓을 하려 했다고 밝히기도 좋은 것은 아니었다.

그가 잠시 주춤거리자 조막이 소리쳤다.

"빨리 이유를 말하거라! 왜 복면을 쓰고 있었느냐?"

"하지만……."

"정말 네 짓이 아니라면 빨리 말해라. 목숨이 달린 일이다."

조막이 그렇게까지 말하자 조양황도 어쩔 수 없었다. 그는 손을 들어 한 사람을 지목했다. 그러자 조막뿐만 아니라 모든 사람들의 시선이 그쪽으로 향했다. 거기에는 유약한 서생처럼 보이는 사내가 사람들 틈에 끼어 있었다.

"저자 때문입니다."

"헌원 선생?"

"그렇습니다."

헌원지를 알아본 조막이 의아함을 드러냈고, 지목당한 당사자 헌원지의 인상은 굳어졌다.

'나를 쫓았다고? 젠장, 일이 꼬이는군.'

하지만 헌원지는 생각과 달리 영문을 모르겠다는 천진난만한 표정을 지었다. 그것을 보고 조막이 다시 물었다.

"왜 헌원 선생 때문에 복면을 썼다는 말이냐?"

"사실은……."

조양황이 간략하게 복면을 쓴 이유와 그에 대한 정황을 설명하자 듣고 있던 헌원지는 당연하고, 조막도 얼굴이 붉어지기 시작했다. 조막으로서는 이런 많은 사람들 앞에서 창피도 이런 창피가 없었던 것이다.

"됐다! 그만 해라!"

설명이 더 이어지려는데 조막이 끊어버렸다. 그리고는 헌원지를 바라보았다.

"헌원 선생, 양황의 말이 사실이오?"

"사실이 아닙니다."

헌원지가 능청스럽게 고개를 젓자 조양황이 소리쳤다.

"내 눈으로 똑똑히 봤는데 거짓말이냐?"

"잘못 본 것이겠지요."

"흥! 그럼 왜 이곳에 네놈이 있는 것이냐? 이곳은 네놈이 있는 숙소와 반대편으로 멀리 떨어져 있는데 말이다. 설마 무공도 모른다는 네가 거기에서 비명 소리를 듣고 왔다는 것은 아니겠지?"

"저는 좀 전 술자리에 조 소협에게 창피를 준 것이 마음에 걸려 잠이 오지 않았습니다. 관계가 껄끄러워질 것 같아서요. 그래서 답답한 마음에 산책을 하고 있었을 뿐입니다."

능청스럽다 못해 가증스러운 그를 보며 조양황이 이를 갈았다.

"닥쳐! 넌 분명히 복면인과 싸움을 했고, 무공을 익히고 있어! 지금까지는 모두 속였지만 내가 본 이상 이제 끝이다!"

조양황이 워낙 거세게 우기자 조막도 헌원지를 약간 의심스러운 빛으로 훑기 시작했다.

"양황의 말이 맞다면, 헌원 선생은 그 복면인과 관계가 있다는 것인데……."

"저는 모르는 일입니다."

헌원지 또한 완강하게 부인했다. 그러자 조막이 잘됐다는 듯 입을 열었다. 시간을 벌 수 있는 기회가 생겼기 때문이다.

"중요한 사건이니 이 자리에서 함부로 결정 지을 수는 없겠지. 그럼 헌원 선생은 진상이 밝혀질 때까지 당분간 우리 진룡문에 머물러 주시오."

말은 부탁이지만 감금을 하겠다는 뜻이었다. 그의 속을 뻔히 들여다본 모용편성이 어림없다는 듯 나섰다.

"무슨 말씀이오? 그렇게 흐지부지 끝낼 수 있을 것 같소?"

"하지만 사람의 목숨이 달린 일입니다. 어찌 함부로 결정을 지을 수 있다는 말입니까?"

"흥! 쉬운 방법이 있는데 왜 돌아가려 하시오?"

"……."

"문주의 아드님은 저자가 무공을 익혔다고 주장하고 저자는 아니라고 하니, 그것부터 짚고 넘어가면 될 것이 아니오. 만약 저자가 무공을 익히지 않았다면 복면인을 쫓은 것은 불가능. 분명히 거짓일 거고, 무공을 익혔다면 문주의 아드님의 말이 사실인 것이 아니겠소?"

조막은 난감함을 드러낼 뿐 반박을 할 수가 없었다. 대충 정리한 다음 시간을 봐서 넘길 생각이었는데, 혹시 아들의 말이 거짓이라면 정말 큰일이었다. 하지만 모용편성은 조막의 결정을 기다리지 않았다.

"내가 확인하지."

말과 함께 그가 헌원지에게 다가갔다.

헌원지의 인상이 급격히 굳어지기 시작했다. 무공을 익힌 무인들은 태양혈이 튀어나오지만 말만 그럴 뿐, 실제 겉으로 확인하기 힘들 정도다. 하지만 진맥을 해보면 확인할 수가 있었다.

'귀찮게 됐군. 어떻게 하지?'

조막과 마찬가지로 헌원지 또한 이 난관을 극복하기 위해 머리가 끓어오를 정도로 돌리기 시작했다. 하지만 뚜렷이 벗어날 방법이 없었다. 그사이 모용편성은 더욱 다가오고 있었다.

'젠장, 운남을 떠나는 수밖에 없겠군. 남만? 아니면 사부님이 있는 북해로 갈까?'

생각이 굳어지자 그는 몇 걸음 물러섰다. 피할 수 없다면 앞의 이 늙은이를 없애고, 기회를 틈타 도망치는 수밖에 없었던 것이다. 노인의 실력을 아직 모르는 헌원지로서는 기습을 가할 생각이었다.

그가 다가올수록 헌원지를 중심으로 사람들이 양편으로 갈라서기 시작했다.

"왜, 왜 이러십니까?"

모용편성이 더욱 다가오자 헌원지는 겁먹은 사람의 그것과 같이 연기를 하며 더욱 물러서기 시작했다. 방심을 유도하기 위해서였다. 그의 계획대로 모용편성은 전혀 경계를 하지 않으며 계속 다가오고 있었다.

"무공을 익혔는지 아닌지만 확인할 것이니 가만있거라!"

"시, 싫습니다. 제가 왜 어르신에게 그런 것을 확인받아야 합니까? 죄를 밝히기 위한 것이라면 관아에 가서……."

"닥쳐라! 지금 분위기 파악이 안 되는 것이냐?"

말과 함께 움찔한 헌원지가 뒤돌아 달리기 시작했다. 역시 겁먹은 유약한 서생의 행동을 과장되게 연기했음은 당연했다. 그것을 본 모용편성이 인상을 찡그렸다. 그는 급히 신법을 이용해 헌원지에게 다가갔다. 그렇게 모용편성과 헌원지의 거리가 두 걸음으로 좁혀졌을 때, 내심 만반의 준비를 하던 헌원지가 막 뒤돌아서 일장을 날릴 기회를 재고 있었다. 그런데 갑자기 여인의 음성이 장내를 울려 그의 행동을 방해했다.

"그만두세요!"

모용편성도 갑자기 움직임을 멈추더니 소리가 들린 곳으로 시선을 돌렸다. 그곳에는 양향이 서 있었다. 그녀를 알아본 모용편성이 험악하게 인상을 쓰며 거칠게 물었다.

"금천방주의 손녀가 아닌가? 왜 멈추라는 거지?"

"힘없는 사람을 괴롭히고 있는 모습이 추해 보입니다. 그만 하시는 것이 좋겠습니다."

"뭐? 지금 뭐라 했느냐? 추, 추해?"

안 그래도 참을성없는 모용편성이 그 말을 그대로 흘려 넘길 리 없었다. 순간적으로 상당한 내력을 몸 밖으로 뿜어내 위화감을 조성했다.

"다시 말해 보거라! 지금 뭐라고 했나?"

화경의 고수가 은근히 방출하는 기운은 양향으로서도 감당하지 못할 엄청난 것이었다. 또한 말속에 들어 있는 은근한 적의가 선뜻 입을 열지 못하게 만들었다. 안면이 있어 헌원지를 도와주려고 했던 것인데, 상대 모용편성의 위협이 상상을 초월했으니 움찔할 수밖에 없었다. 그런 그녀를 보며 모용편성이 피식 웃었다.

"어른들이 행하는 일에 함부로 나서는 것이 아니다. 다음부터는 조심하도록!"

말과 함께 모용편성은 헌원지에게 다시 다가가려는데 또다시 양향이 입을 열었다.
 "강호에서 명망 높으신 어르신께서 어찌 힘없는 사람을 힘으로 제압하려 하세요?"
 조금 전보다는 훨씬 공손한 말투였지만 자신의 일을 두 번이나 막고 나섰으니 모용편성도 부아가 돋는 모양이었다.
 "장사꾼이면 장사에나 신경을 써라! 감히 여기가 어디라고 어린 년이 물불 못 가리고 나서는 게냐? 한 번만 더 나를 화나게 하면 입을 찢어버리겠다!"
 순간 양향의 두 눈에 힘이 들어갔다. 지금껏 금천방이란 온실을 버리고 수많은 어려움을 극복하며 견뎌온 그녀였다. 하지만 그녀 나름대로 아무리 거친 삶을 살았다 하더라도 역시 금천방주의 손녀라는 것이 그녀를 지켜주고 받쳐 주는 배경일 수밖에 없었다. 그러니 모용편성이 내뱉는 저속한 말을 그녀로서는 지금껏 들어봤을 리 없었다.
 하지만 무엇보다 그녀를 분노하게 한 것은 자신이 금천방주의 손녀라는 것을 알면서도 저런 식으로 말을 한다는 것이었다. 그녀보다 그녀의 할아버지인 금천방주를 완전히 아랫사람으로 무시하지 않고서는 모용편성이 그와 같이 말할 수는 없었다.
 하지만 그녀는 침착했다. 오히려 유대적과 그녀를 호위하는 무사들이 인상을 쓰며 나서려는 것을 눈짓으로 말릴 정도였다.
 그녀는 다시 모용편성을 보며 입을 열었다. 차분한 어투로 듣는 사람에게 믿음을 주는 그런 목소리였다.
 "어르신의 심기를 건드려 죄송합니다. 하지만 지금 그 말을 저희 할아버지와 금천방에 대한 모욕으로 받아들여도 되겠습니까?"

모용편성이 대답을 하지 못하고 입을 다물어 버렸다.

"그런 것이 아니라면 실수를 인정하고 사과를 하세요."

"사과를 하라고 했느냐?"

"그렇습니다. 저를 욕하는 것은 참아 넘길 수 있으나 할아버지와 금천방을 욕하는 것은 넘길 수가 없습니다."

모용편성의 이마가 불끈거렸다.

"넘어갈 수 없다면?"

"……."

그녀는 대답없이 모용편성을 바라볼 뿐이었다. 처음과는 달리 담담한, 그래서 그녀 특유의 차분한 모습이었다. 그것이 모용편성의 속을 긁었다. 어린 여인이 자신 앞에서 당당한 모습이 불쾌했던 것이다. 그것도 상대가 평소에 탐탁지 않게 생각하고 있는 금천방주의 손녀라서 더욱 그랬다.

대답이 없자 모용편성이 살기까지 내비치며 다시 물었다.

"넘어갈 수 없다면 어쩌겠다는 것이냐? 날 힘으로라도 꺾어보겠다는 것이냐?"

"저는 힘으로 뭐든 해결하려 드는 사람을 가장 싫어합니다. 그리고 자존심 때문에 자신의 잘못을 뉘우치지 못하는 어리석은 사람은 더욱 싫어합니다."

"뭐라!"

모용편성은 붉게 얼굴이 달아오르더니 이내 씩씩거리기 시작했다. 표정으로 보아 금방이라도 양향을 갈기갈기 찢어버릴 듯한데, 그 모습을 지켜보고 있던 헌원지는 속으로 쾌재를 불렀다. 양향과 모용편성을

위기와 반전, 그리고 또다시 위기

붙여놓으면 자신이 위기에서 탈출할 수도 있을 것 같았기 때문이다.

물론 그렇게 된다면 양향에게는 안된 일일지도 모르지만 그나마 그녀를 지켜주는 유대적의 실력을 헌원지가 잘 알고 있으니 미안한 마음은 별로 없었다. 하기야 헌원지 자체가 남에게 미안한 마음을 가질 위인이 아니기도 했지만.

그런데 일은 헌원지의 생각처럼 되지 않았다. 모용편성이 분노한 표정을 숨기지 않고 드러내더니 헌원지를 가리키며 이렇게 말했기 때문이다.

"이자를 우선 해결하고 너에게 어른을 농락하면 어떤 대가를 치르게 되는지 가르쳐 주마!"

말과 함께 모용편성이 빠르게 헌원지를 덮쳤다. 섬전과 같은 속도는 헌원지로서도 예상하지 못했던 것이었다. 내력을 손바닥에 채 쏟아 붓기도 전에 멱살을 잡히게 생겼으니 고스란이 당할 수밖에.

하지만 이번에도 위기를 모면할 수 있었다. 그것도 확실하게!

모용편성이 막 헌원지를 낚아채려는 순간 유대적이 양향을 뿌리치고 뛰쳐나갔다. 그는 모용편성의 천주혈(天柱穴)을 노렸다. 혈도를 짚어 마비시킬 생각이었던 것이다.

모용편성도 뒷목을 노리고 날아오는 그것을 느끼고 잠깐 갈등을 해야 했다. 헌원지를 잡을 수는 있겠지만 그 후에는 상대에게 제압당해야 할 판이기 때문이다. 결국 어쩔 수 없이 헌원지를 잠시 포기하기로 하고 몸을 틀어 다가오는 유대적의 손을 향해 주먹을 뻗었다. 그 때문에 검지를 일자로 뻗고 있는 유대적도 급히 주먹을 쥐었다.

쾅—!

"크윽!"

 첫 부딪침의 결과는 모용편성의 패배였다. 유대적이 모용편성을 소문으로나마 잘 알고 있는 반면 모용편성은 유대적에 대해 전혀 모르는 상태였다. 그러니 무공, 특히 내력에 대해 자신하고 있는 모용편성이 내력을 제대로 끌어올렸을 리 없었다. 화경의 고수로 엄청난 실력을 자랑하는 유대적과 건성으로 일권을 마주쳤으니 약간의 내상까지 입어 뒤로 한 걸음 물러서 버렸다.

 모용편성의 눈이 잠시 흔들렸다. 연회장에서 양향과 같이 소개됐던 유 총관이라는 사람인 것은 알고 있었지만 설마 무공을, 그것도 자신과 비교해도 전혀 손색이 없을 정도의 고수일 줄은 짐작조차 못했기 때문이다. 자연, 좀 전에 당했던 것에 더해 강자에 대한 호승심까지 피어오를 수밖에 없었다.

 "귀하의 존성대명을 듣고 싶소."

 끌어오르는 분노를 억지로 누르며 모용편성이 입을 열었다. 하지만 유대적은 고개를 저었다.

 "모용편성 장로님에게 말할 정도로 대단한 이름은 아니니 알 필요 없소."

 모용편성의 눈이 가늘어지기 시작했다.

 "겸손도 지나치면 추태가 되는 법이오. 방금 전의 공격을 느껴본 바론 나보다 오히려 뛰어난 실력이오. 그렇다고 생각지 않으시오?"

 "저는 못 느꼈습니다. 죄없는 젊은이가 고초를 당할까 봐 나도 모르게 손이 나갔을 뿐."

 "흐흐, 당신이 느꼈든 못 느꼈든 나는 상관없소. 오늘 당신과 승부를 봐야겠소."

이번에는 유대적의 눈이 가늘어졌다.

"나는 금천방의 총관일 뿐, 무공을 겨루고 실력을 가름하는 무인이 아니오."

"그런 말은 통하지 않소. 모용세가를 공격한 대가를 이렇게 일 대 일 대결로 해결하게 해준 것을 고마워해야 할 것이오."

말과 함께 모용편성이 살수를 펼치기 시작했다. 유대적의 실력을 인정했는지 처음부터 엄청난 내력을 실은 강공(强攻)으로 나왔다. 그러자 유대적도 물러설 입장은 아니었다. 화경의 고수를 상대로 피해만 다닌다면 상당한 손해를 봐야 하기 때문이다. 상대가 지칠 때까지 피할 수도 없을뿐더러 모용편성은 살수를 펼치려 하니 한 번만 잘못 맞아도 목숨을 내놔야 할 판이었다.

"그렇다면 본의 아니게 무례를 범하겠소."

유대적도 물러섬없이 검을 뽑아 들어 본격적인 대결을 펼쳤다.

검과 권법의 대결은 아무래도 검이 유리하다. 권법의 장기는 근접전인데 유대적 또한 그것을 잘 알고 있으니 거리를 벌리며 공격을 시작했다.

하지만 모용편성도 대단했다. 검을, 그것도 서슬 퍼런 검기가 실린 검을 맨손으로 막고 치기를 반복하는데 신기에 가까울 정도로 현란하기 그지없었다. 그의 손도 푸르스름한 강기가 보호하고 있어 유대적이 거리를 너무 벌린다 싶으면 바로 장력을 유형화시켜 공격을 가했다. 하지만 시간이 조금 더 지나자 역시 맨손으로는 무리라 생각했는지 멀리서 구경을 하고 있던 제자에게 외쳤다.

"무기를!"

그러자 제자 하나가 급히 도를 뽑아 던졌다.

모용편성은 무리를 해서 억지로 방어를 무시한 강기 공격에 나섰다. 저돌적인 공격으로 약간의 거리가 생기자 그는 급히 제자가 던진 도를 받아 공중에서 몸을 한 번 비튼 후 바닥에 내려섰다. 그리고는 시간을 두지 않고 공격하는 유대적과 다시 격돌했는데, 보는 사람들이 저마다 감탄을 아끼지 않았다. 모용세가가 모든 무공에 통달했다는 소문은 들어봤지만 설마 정말 그럴까? 라는 생각을 하고 있었던 것이다.

대대로 모용세가에는 타고난 무인들이 많이 배출됐었다. 일명 무림기재라 불릴 만한 재주를 타고난 자들이 모용세가에는 유독 많았다는 말이다.

특히 무공을 따라 하는 재주들이 유별났는데, 그 때문에 모용세가에는 수많은 무공이 존재했다. 검, 도, 편, 봉, 권, 각, 장, 그 외에도 셀 수 없는 무공들이 있었고, 대부분 익힌다고 소문이 나 있었다.

반면 그 때문에 독문무공이 없는 것 또한 유명했다. 모든 무공이 타 문파를 따라 한 것들이었고, 그것만으로도 엄청난 힘을 발휘했기에 굳이 무공을 만들 필요성이 없다고 주장했던 것이다.

하지만 모용세가 정도 되는 문파에서 독문무공이 없다는 것, 심지어는 심법도 무림에서 흔히 구할 수 있고 삼류무사들도 익힐 수 있는 삼배공(三拜功)을 익히고 있다는 것은 세인들에게는 은근히 뒤에서 비웃음을 흘리게 하기에 충분했다. 삼배공이란 세 번 절하면 제자로 받아 주고 무공을 전수해 준다라는 뜻으로 지어진 이름으로 말 그대로 아무나 배울 수 있는 무림에 떠돌아다니는 출처를 알 수 없는 내공심법이

위기와 반전, 그리고 또다시 위기 71

었기 때문이다.

 하지만 그럼에도 불구하고 그 실력만큼은 남무림 열두 세력에 들어갈 정도였기에 무시할 수 없었는데, 오늘 그 실체가 드러난 것이다. 도법을 펼치는데 도에서 퍼져 나가는 기운이 사방을 메우고, 도법의 장점인 강맹함을 그대로 살려 파괴적이었다. 반면, 그에 맞서면서도 전혀 밀리지 않고 오히려 허점을 부드럽게 노리는 유대적의 검법 또한 사람들을 놀라게 하기에 충분했다.

 '재밌게 돌아가는군.'

 뜻밖으로 다시 반전된 상황에 헌원지는 이미 저 멀리 떨어져 있었다. 싸움에 말려들기 싫어 거리를 두고 원을 그리듯 멀리 피한 사람들 틈이었다. 사람들은 평생에 보기 힘든 화경의 고수들의 대결에 한눈이 팔려 있어 헌원지에게는 아무런 관심도 주지 않고 있으니 도망치기 상당히 편할 수밖에 없었다.

 그런데 조양황이 몸을 빼려는 헌원지를 걸고넘어졌다. 조양황으로서는 헌원지를 잡아야 누명을 벗을 수 있으니 경황 중에도 그에게 관심을 쏟고 있는 것은 당연했다.

 "저자가 도망치려 합니다!"

 그의 외침에 모용편성의 대결을 손에 땀을 쥐고 지켜보고 있던 모용세가의 무사들이 정신을 차리고 움직였다. 그리고 그와 함께 양향과 그녀를 호위하는 다섯 명의 금천방 무사들이 득달같이 달려들어 어지러운 한 판 싸움이 다시 한곳에서 벌어지게 되었다. 하지만 모용세가의 실력이 실력인 데다 인원수까지 두 배인 열두 명이었기에 양향 쪽이 밀릴 수밖에 없었다.

"저자를 잡아라!"

모용세가에서 나이가 지긋한 노인의 명령에 두 명이 싸움에서 몸을 빼어 헌원지에게 달려들었다.

'이렇게 되면 나도 어쩔 수 없다.'

생각과 함께 헌원지는 자신의 팔을 잡아 뒤로 꺾으려던 무사에게 기습을 가했다. 헌원지의 행동에 방심하고 있던 모용세가의 무사는 그 돌연한 공격을 그대로 받을 수밖에 없었다.

퍽!

"크윽!"

들키지 않게 서서히 내력을 끌어올려 일장을 먹였기에 죽을 정도는 아니었지만 무사는 이미 바닥에 쓰러져 고통을 호소하고 있었다. 헌원지는 그를 쳐다볼 틈도 없이 앞쪽을 막아선 자에게 주먹을 뻗었다.

"어딜!"

급작스런 사제의 쓰러짐에 당황하기는 했지만 그는 헌원지의 공격을 그대로 맞을 정도로 경험이 없지는 않았다. 급히 고개를 숙여 공격을 피한 후 헌원지의 복부에 손가락을 찔러 넣었다. 우선 죽이기보다는 사로잡아야 한다는 생각이 앞섰기에 혈도를 제압하려 했기 때문이다. 그래서 공격이 위협적이지 않았는데, 헌원지는 그것을 알아차리고 손가락이 유문혈(幽門穴)에 닿기 직전에 발꿈치를 치켜들어 중완혈(中脘穴)에 맞았다. 유문혈이 제압당하면 전신이 마비가 되는 데 비해, 중완혈은 하반신만 잠시 마비가 되기 때문이다.

내공을 찔러 넣는 양에 따라 마비 시간이 길어지겠지만 헌원지는 중완혈을 찍히는 대신 살을 주고 상대의 뼈를 침으로 그것을 극복했다.

중완혈을 찍히는 즉시 주먹을 뻗어 상대의 면상을 강하게 끊어 쳤던 것이다.

퍽!

"크윽!"

잠시 하반신이 마비가 되기는 했지만 혈도가 찍히기 직전에 상대가 쓰러졌기에 잠깐 사이에 몸은 정상으로 돌아와 있었다. 삽시간에 두 명이 어이없이 당하는 것을 보자 또다시 노인이 외쳤다.

"무공을 익히고 있었구나! 저자가 현민을 부상 입힌 복면인과 관련이 있을 것이다!"

말과 함께 다시 두 명의 사내가 금천방과의 싸움에서 몸을 빼 헌원지에게 달려들었다. 그들을 보고 노인이 덧붙였다.

"죽이지 말고 산 채로 잡아야 한다."

하지만 두 명의 무사들은 헌원지에게 다가갈 수 없었다. 자신의 사숙인 모용편성이 어느새 그들을 앞질러 헌원지를 직접 잡으려 했기 때문이다.

제6장
내면 속의 악마가 되살아나다

모용편성은 유대적과의 대결 중에도 자신의 사제가 외치는 음성을 들었다.
'무공을 익히고 있어?'
그는 생각과 동시에 유대적을 버려두고 몸을 돌려 헌원지에게 달려갔다. 지금 유대적과의 대결은 인정하고 싶지는 않았으나 자신이 밀리고 있다는 것을 절실히 느끼고 있었기에 그리 오래 끌고 싶은 마음이 없어서였다. 하지만 가장 중요한 점은 자신의 제자를 공격한 복면인이 누구인지 알아내는 것이 그에게는 급선무였던 것이다.
"비켜라!"
외침과 함께 헌원지에게 달려들려는 두 명의 무사가 움찔해 길을 터주고, 그사이 모용편성이 헌원지를 향해 손을 뻗었다. 유대적이 아차

하며 모용편성을 따라가려 했을 때는 이미 늦어버렸다. 그 앞을 몇 명의 모용세가 무사들이 막아섰기 때문이다.

그사이 모용편성이 헌원지의 멱살을 다시 잡으려 했다. 하지만 헌원지가 뒤로 몸을 눕히며 피함과 동시에 손으로 땅을 짚으며 위로 올렸다.

헌원지는 다리가 모용편성의 복부로 향해 있자 공중에 떠 있는 상태 그대로 무영각을 이용해 수십 번의 각술을 펼쳤다.

타다다다닥!

순식간에 북 터지는 소리가 울렸지만 헌원지의 발은 모용편성의 왼손에 의해 모두 막혀 버렸다. 푸르스름한 빛이 왼손을 보호했기에 공격은 모용편성의 손에 닿지도 않았던 것이다.

'젠장! 화경의 고수인 것은 좀 전에 확인했지만 이 정도 내력의 차이가 날 줄은 몰랐군!'

상대가 모용편성이라 다리에 온 내력을 폭발시켜 터뜨린 공격이었는데, 아무런 타격도 주지 못하고 무위로 돌아가자 그는 손을 찬 탄력을 이용해 몸을 비틀었다. 그리고 그 반동으로 이번에는 얼굴 쪽으로 다리를 돌렸다. 그 행동이 모용편성의 성질을 건드렸다.

"감히!"

일갈을 터뜨린 모용편성은 자신의 얼굴을 돌려차려는 헌원지의 발을 왼손으로 다시 잡았다. 그리고는 힘껏 몸을 몇 바퀴 돌리자 그에 따라 헌원지의 몸도 돌았다.

원심력 때문에 제대로 움직이지도 못하는 헌원지는 급히 반대 발로 자신의 발을 잡고 있는 모용편성의 손을 찍었다. '탁' 소리와 함께 손이 풀리고, 헌원지는 그대로 날아가 군웅들 사이를 뚫고 굵직한 나무에 부딪쳤다.

"콰당!"

경황 중에도 몸을 틀어 머리가 부딪치는 것을 피했지만 충격을 온전히 흡수할 수는 없었다. 소리만큼이나 큰 타격을 받은 헌원지는 비틀거리며 일어서서는 욕지거리를 내뱉었다.

"젠장할!"

생각만큼 몸이 따라주지 않으니 짜증날 수밖에 없었다.

일어선 그를 향해 모용편성이 다시 거리를 좁혔다.

발을 움직인다 싶더니 바로 눈앞에 나타난 모용편성을 향해 헌원지가 다시 기습을 가했지만 정상인 상태에서도 먹혀들지 않았던 것이 지금 성공할 리가 없다.

"포기해라!"

모용편성의 억눌린 목소리 뒤로 헌원지는 목에 거부할 수 없는 압력을 느낄 수 있었다.

"크윽!"

헌원지의 손이 본능적으로 모용편성의 손목을 그러쥐었지만 압력은 풀리지 않았다. 오히려 숨이 막혀 온몸에 힘이 빠져나가고 있는 헌원지의 손이 아래로 늘어뜨려져 버렸다. 하지만 포기하지 않고 정신을 붙잡고 있는 그에게 또 한 번의 행운이 뒤따랐다. 유대적이 모용편성의 지척까지 다가와 검을 휘둘렀던 것이다.

"손을 놓으시오!"

"정말 짜증나게 하는군!"

내면 속의 악마가 되살아나다

모용편성은 어쩔 수 없이 헌원지의 목을 놓고 공중으로 뛰어올랐다. 그리고는 자신이 헌원지를 잡을 시간을 벌기 위해 유대적을 막았던 모용세가의 무사들이 쓰러져 있는 것을 발견하고는 분노한 듯 오른손에 들고 있는 도를 휘둘렀다.

"받아랏!"

쿠아앙—!

순간적으로 도가 번뜩이더니 기괴한 소리를 자아내며 반월형의 강기 여덟 가닥이 유대적을 토막 내려는 듯 무섭게 다가들었다. 그것을 보고 유대적이 급히 검을 휘둘렀다. 유려하면서도 잠자는 듯한 느린 그의 검에서 강렬한 검기가 뿜어지는 것도 그때였다.

유대적은 강기를 검기로 약간씩 건드려 방향을 비켜나게 했다. 그 때문에 그의 주위 바닥에 강기가 부딪치며 엄청난 폭음과 파편을 퍼뜨렸다. 하지만 모용편성은 그것을 확인할 사이도 없이 다시 몇 가닥의 강기를 더 퍼부운 뒤, 약간의 여유가 생기자 다시 헌원지를 향해 몸을 날렸다.

"네놈은 내 손을 벗어날 수 없다!"

헌원지는 급히 바닥을 굴렀다. 처음은 피할 수 있었는데 그가 피한 자리에 모용편성의 손이 땅바닥을 깊숙이 파고들었다. 하지만 두 번째 공격은 도저히 피할 수가 없었다. 급히 바닥을 굴러 두 번째 동작을 취하기도 전에 모용편성의 손이 눈앞에 확대되고 있었기 때문이다.

"이압!"

피할 수 없다면 맞서야 한다는 것을 잘 알고 있는 헌원지는 어쩔 수 없이 마주 손을 뻗었다. 화경의 고수와 내력 대결을 펼친다는 것은 자

살 행위였지만, 그나마 복면인이 누구인지 알 때까지 자신을 죽일 수 없다는 것이 헌원지로서는 다행이었다.

쉬이익!

헌원지가 마주 손을 뻗어오자 모용편성의 입가에 조소가 맺혔다. 내심 서생 같은 놈이 나이에 맞지 않은 내력과 실력을 가지고 있어 놀라기는 했지만 순수한 내력 대결로 들어간다면 끝이 났다고 봐도 무방하기 때문이다. 게다가 자신을 상대로 새파란 놈이 정면으로 도전해 오는 모습이 가소롭기조차 했다.

파곽!

손바닥과 손바닥이 마주치자 놀랍게도 불똥이 튀겼다. 그리고 모용편성과 헌원지의 움직임이 그 자리에서 딱 멈춰졌다. 장심(掌心)이 맞닿아 내력을 상대에게 불어넣는 대결에는 상당한 정신적인 부동심을 요하는 것이고, 몸의 흔들림이 클수록 정신이 흔들려 내력의 이동이 불규칙해질 수도 있기 때문이다.

예상대로 역시 모용편성은 여전히 비소를 흘리고 있었고, 헌원지의 표정은 일그러지기 시작했다. 초반의 팽팽했던 균형은 모용편성이 약간의 내력을 더 씀으로 해서 급격히 무너지기 시작했기 때문이다.

균형이 무너지자 장심을 사이에 두고 밀쳐 내려던 헌원지의 내력이 서서히 밀리기 시작했다. 손목을 타고 팔꿈치까지 모용편성의 내력이 밀고 들어오자 입에서 신음까지 흘러나왔다.

그때 유대적의 차분한 음성이 헌원지의 귀를 때렸다.

"정신을 집중하게."

순간 모용편성의 표정이 일그러졌다. 유대적이 어느새 헌원지의 등 뒤로 와 장심을 헌원지의 등에 대고 내력을 불어넣기 시작했던 것이다. 하지만 이종의 진기를 헌원지의 몸이 받아들일 리 없었다. 자칫하다가는 헌원지와 유대적까지 내상을 입을 수 있기에 유대적이 다시 말했다.

"정신을 차리고 내 기운을 느끼게. 그리고 받아들이게."

그제야 유대적의 내력이 헌원지의 몸을 타고 단전을 돌아 다시 모용편성과 맞대고 있는 팔로 이어졌다. 그러자 이번에는 모용편성이 신음을 흘렸다.

"흐읍!"

헌원지의 기운과 뒤섞인 거대한 기운이 자신의 기운을 밀어내고 서서히 자신의 장심을 넘어 피부 속으로 들어오고 있었기 때문이다.

"크으읍!"

모용편성은 사력을 다해 전신의 기운을 끌어올렸다. 아무리 유대적이라고는 하지만 남의 몸속에 대량의 내력을 불어넣을 수는 없는 일. 그랬다가는 헌원지의 몸이 견디지 못해 내상을 입을 수 있었기에 최선을 다한다면 승산이 있다고 판단했다.

그렇게 되자 밀고 밀리는 접전이 되었고, 헌원지의 장심과 모용편성의 장심에 괴이한 빛이 마찰해 뇌전 같은 것이 치치직거리며 주위를 밝혔다. 그것을 모용세가와 금천방의 무사들도 보았다.

금천방은 방금 전까지의 격전으로 세 명의 무사를 잃었고, 모용세가는 한 명의 제자를 잃었다. 그래도 평수를 유지할 수 있었던 것은 모용세가에서 헌원지를 잡기 위해 달려든 두 명이 쓰러져 버렸기 때문이고, 모용편성이 헌원지를 잡기 위한 시간을 벌려고 유대적을 막아선 다섯 명이 쓰러졌기 때문이다. 사람의 머릿수로 따진다면 모용세가의 패배라 할 수 있었다.

"사형!"

대결이 모용편성에게 힘들게 돌아가는 것 같자 노인이 상대를 떨쳐 버리고 급히 모용편성의 뒤로 가 유대적처럼 등에 장심을 붙였다.

헌원지의 인상과 유대적의 인상이 다시 굳어지기 시작했다. 모용편성을 부르는 호칭으로 보아 사제인 것은 분명한데 내력이 상당했던 것이다.

하지만 더욱 큰 문제는 다음이었다. 노인이 가세를 하자 금천방의 양향과 그녀를 호위하는 남은 두 명의 무사들이 가세를 해왔고, 모용세가에서 남은 세 명도 상대와의 무의미한 대결을 버리고 각자 모용편성과 헌원지를 돕기 위해 달려들었기 때문이다.

우습게도 한 사람의 등 뒤로 여러 사람이 붙어 있어 흡사 줄다리기라도 하는 괴이한 모습이 연출되었다.

"크으으읍!"

갑작스럽게 몸속으로 파고드는 여러 색깔의 이종진기 때문에 헌원지의 입술 사이로 고통의 신음이 흘러나오기 시작했다.

타인의 내력이 몸속으로 들어와 혈도를 타고 흐르는 것은 상당한 집중력을 요하는 일이다. 그렇기에 자신의 몸에 이종진기가 흐른다면 그것을 조절해 받아들여야 몸과 혈도, 그리고 단전이 상하는 것을 막을 수 있다. 하지만 지금 헌원지는 한쪽에서는 받아들여야 하고, 한쪽으로는 밀어내야 하는 복잡한 상황에다가 여러 명이 동시에 자신의 몸을 중간 매개체로 이용하고 있었기에 조절이 불가능한 상태가 될 수밖에 없었다.

고통 때문에 정신이 흐려지고 몸속에 흐르는 진기를 조절할 수 없게 되자 또 다른 고통이 밀려들었다.

그것이 위험한 것을 알면서도 모용세가의 무사들이나 금천방의 무사들은 어쩔 수 없이 내력 대결을 선택했다. 내력 대결로 들어갔을 경우 당사자를 잘못 건드리면 대결하는 두 사람 다 부상을 입을 수 있기 때문에 섣불리 도울 수는 없었다. 그렇다고 지켜보자니 모용편성이 이기면 금천방이 불리해지는 것이요, 유대적과 헌원지가 이기면 모용세가가 불리해질 수밖에 없기 때문에 무리를 해서라도 내력 대결에 동참하는 수밖에 달리 방법이 없었다.

"크윽!"

헌원지는 비명이 튀어나오려는 것을 억지로 참고 있지만 등을 타고 흐르는 이종진기가 몸의 혈도를 돌아 단전으로, 그리고 다시 모용편성과 맞대고 있는 장심으로 들어오며 모든 기관을 뜨겁게 달궈놓는 것은 자신이 얼마 버티지 못할 것을 예상하게 했다.

혈도 자체가 터질 것 같은 기분이 들자 드디어 헌원지의 몸이 떨리기 시작했다. 그때 유대적이 외쳤다.

"정신 차리게!"

하지만 헌원지의 입에서는 결국 비명이 터져 나왔다.

"크아아아악!"

유대적이 인상을 찡그렸고 양향과 금천방 무사들의 얼굴에 불안감이 감돌았다. 헌원지가 무너지면 자신들이 모두 내상을 입을 우려가 있기 때문이다. 반면 모용세가 쪽에서는 승리를 장담한 듯 득의한 미소를 짓고 있었다. 그런데 뜻밖의 일이 벌어졌다.

"치지지직!"

헌원지의 눈이 점점 가늘어지고 정신을 잃어가는 순간에 몸에서 뇌전 같은 것이 일어나기 시작했다. 그리고 또다시 터지는 고함은 모든 사람들의 귀가 멍멍할 정도로 컸다.

"크아아악!!"

고함 소리와 함께 헌원지의 몸이 번쩍거렸다. 그리고 폭음과 함께 빛이 사방으로 퍼져 나갔다.

"크윽!"

"흡!"

모용세가와 금천방에서는 그 빛에 내력을 동반한 뜨거움을 느끼고 암묵적으로 동시에 헌원지의 몸에서 장심을 떼어냈다. 그래야 서로가 내상을 입지 않기 때문이다. 내력을 거둘 때 한쪽이 시기를 잘못 맞춘다면 모두가 내상을 입을 수가 있었다. 아무튼 헌원지의 몸에서 상당히 뜨거운 열기가 느껴지자, 무슨 일이 있을까 봐 사방으로 내력을 거두며 헌원지에게서 최대한 물러섰다.

잠시 후 거대한 바람이 헌원지를 감싸고 돌더니 뜨거운 바람이 서서히 시원해졌다. 그리고 시원한 바람은 점점 온도가 낮아져 차갑게 변하기 시작했다.

"쾅!"

잠깐 사이에 냉기가 흐르던 장내에 폭발이 일어났다. 헌원지의 몸 주위에서 일어난 폭발이었고, 그 때문에 피어올랐던 흙먼지가 서서히 바닥으로 가라앉자 헌원지가 무릎을 꿇고 고개를 땅으로 처박은 채 몸을 떨고 있는 모습이 드러났다.

한번도 경험해 보지 못한 현상에 모든 사람들이 두 눈을 동그랗게 뜨고 헌원지를 바라보기 시작했다.

"저, 저게 뭐야?"

누군가가 경악한 듯 외쳤다. 고개 숙인 헌원지의 몸에서 괴이한 빛이 은은히 퍼져 나오고 있었기 때문이다. 빛은 빛인데 이상하게 어둡게 깔린 안개 같은 빛이었기에 사람들을 놀라게 하기 충분했다. 하지만 그 순간에 모용편성이 기회를 놓치지 않고 헌원지에게 달려들었다. 금천방에서 넋 놓고 있을 때 헌원지를 수중에 잡아놓아야 한다고 판단했던 것이다.

탁!

모용편성의 손이 헌원지의 뒷덜미를 낚아챘다. 헌원지의 얼굴이 들려지고 그것을 본 모용세가의 무사 하나가 경고성을 발했다.

"조심하십시오, 사백님!"

모용편성이 인상을 찡그리며 고개를 내려 헌원지를 확인했다. 순간 모용편성의 눈이 경악에 물들었다. 헌원지의 동공이 돌아가 흰자위밖에 보이지 않았고, 푸르스름한 얼굴 위로 서리 같은 것이 맺혀 있었기 때문이다.

"이, 이건 뭐야?"

급히 잡고 있던 헌원지의 목덜미를 떨치려는데 헌원지의 손이 모용편성의 손을 잡았다.

"이놈이!"

모용편성이 반대쪽 손을 번쩍 치켜들었다. 일장에 헌원지를 쓰러뜨리려 한 것이었다.

"쉬이익!"

유대적과의 대결, 그리고 헌원지와의 내력 대결 때문에 상당한 진기를 상실했던 모용편성이었지만 헌원지의 머리로 빠르게 쏟아지는 손에서는 푸른 빛이 피어올라 화경의 고수의 저력을 보여주었다. 하지만 손이 채 헌원지의 머리를 부수기도 전에 거대한 한기가 헌원지의 주위를 감싸 안아버렸다.

"쾅!"

엄청난 굉음과 함께 모용편성이 충격을 못 이기고 뒤로 몇 걸음 물러섰다.

"크윽!"

울컥거리며 입 안에서 피가 쏟아져 나왔다. 하지만 모용편성은 입은 내상보다 못 믿겠다는 듯 헌원지를 바라볼 뿐이었다.

사람들이 웅성거리기 시작했다. 모두 불신의 눈빛을 드러내며 헌원지가 서서히 일어서는 모습을 바라보고 있었다.

"크흐흐흐."

헌원지의 입에서 가는 웃음소리가 흘러나왔다. 두 눈은 여전히 돌아가 흰자위만 보이고, 파리하게 변해 버린 피부색은 귀기가 흘러 보는 사람으로 하여금 공포를 느끼게 했다. 그 모습에 오히려 분노를 느낀 모양, 모용편성이 일갈을 터뜨리며 헌원지를 향해 쏘아져 나갔다.

"네 이놈!"

모용편성의 붉게 충혈된 눈에서 광기가 흘렀다. 젊은 놈에게 밀렸으니 자존심 강한 그의 분노가 컸음은 당연할지도 몰랐다. 하지만 헌원지를 무너뜨려 그 분노를 삭이기도 전에 고통을 맛보아야 했다.

타다다닥!

헌원지가 땅을 박차고 다가오는 모용편성에게 달려들었다. 그리고 양손을 가슴 쪽으로 접었다가 소매가 펄럭이게 펼쳤다.

쿠아앙—!

순간 헌원지의 몸에서 검푸른 빛이 퍼져 나갔다. 그리고 이어 밝은 빛을 뿌리더니 순식간에 오 장여를 휩쓸어 버렸다.

쿠콰광—!

강한 폭발 속에서 모용편성이 두 손을 뻗은 채 기마 자세로 서 있었다. 호신강기를 최고로 끌어올린 모양이지만 헌원지의 공격에 옷은 주요한 부분만 가려져 있고 모두 검게 타 흘러내리고 있었다.

"너, 너는 누구냐?"

내력이 바닥나 부들부들 떠는 그의 말에 헌원지의 대답은 없었다. 연신 괴이한 웃음만 흘리더니 주먹을 뻗었다. 그러자 주먹에서 일자형 강기가 튀어나갔고 모용편성이 급히 고개를 숙였다.

쾅!

머리 위로 한기가 감도는 강기가 스쳐 지나가자 모용편성은 가슴을 쓸어내렸다. 정면으로 맞았다면 몸에 주먹만한 바람 구멍이 생기고도 남았을 것이기 때문이다. 하지만 그의 위기는 그것으로 끝이 아니었다.

우지직!

강기에 맞은 나무가 부서지더니 모용편성의 머리 위에서 빛이 번쩍거렸다.

"저럴 수가!"

사람들이 기겁하는 가운데 허공에서 강기가 번뜩이더니 모용편성에게 떨어져 내렸다.

"크윽!"

모용편성은 번쩍이는 빛을 보고 움직이지 않았다. 움직일 힘도 없었고, 피할 시간적 여유도 없었던 것이다. 약간의 신음 뒤로 그의 머리에서 피분수가 터져 나왔다.

털썩!

운남에서 화경의 고수로 이름을 날리던 모용편성이 너덜너덜한 고깃덩이처럼 땅에 널브러지는 모습은 허무하게 비쳐졌다. 그것을 보고 사람들이 입을 쩍하니 벌렸지만 말없이 서 있을 뿐, 선뜻 나서려는 자는 없었다. 그들로서도 어떻게 된 것인지 혼란했기 때문이다. 허공에서 강기가 떨어진다는 자체가 이해될 리 없었으니 말이다.

가장 먼저 정신을 차린 자는 모용편성의 사제였다.

"사형을 구해라!"

이미 죽은 것을 알면서도 그가 달려가자 남은 제자들도 헌원지에게 달려들었다.

"흐흐흐!"

헌원지의 입가에 다시 음침한 미소가 감돌았다. 그리고 바닥을 찍는 발.

쿵!

선두에 선 노인의 몸이 터지는 것은 순간이었다. 비명을 지를 시간도 없이 말 그대로 공중에서 산산이 찢겨지는 몸은 뒤따라오던 젊은 고수들을 두려움에 떨게 했다. 하지만 이미 내친걸음이라 생각했는지 그대로 헌원지에게 다가가는데 헌원지의 손이 좌에서 우로 휘저어졌다. 그리고 동시에 헌원지와 그들 사이에 거대한 반월형의 강기가 형성되더니 모두 아래위로 분리시켜 버렸다.

투두두둑!

사람의 신체 토막이 소리를 내며 바닥에 떨어지는 광경은 징그럽다기보다는 잔인하게 보였다. 그것을 지켜보던 사람들이 슬슬 뒤로 물러서기 시작했다. 아직도 헌원지는 정신을 잃은 것처럼 허연 동공을 드러내며 피를 갈구하고 있는 듯한 표정이었기 때문이다.

터벅! 터벅!

헌원지가 한 걸음씩 떼며 걸어가기 시작했다. 여전히 괴이한 웃음을 흘린 채였다. 그가 다가올수록 사람들이 점점 뒷걸음질을 치자 원형에 가까운 사람의 벽이 타원형으로 변하기 시작했다. 잠시 후 조막이 똥씹은 표정으로 조심스럽게 말을 건넸다.

"저, 정신 차리게."

차라리 말을 걸지 말았으면 좋았을지도 몰랐다. 그 말이 헌원지가 움직이는 신호가 되어버렸다.

조막의 말과 함께 헌원지의 손이 시원스럽게 휘저어졌다. 그러자 거대한 강기가 사방으로 날아들고 그에 맞은 사람들은 도륙되기 시작했다.

콰콰콰광!

사람을 토막치고 날아간 강기가 나무와 바위, 건물에 상관없이 부딪쳐 굉음을 냈다. 그사이 사람들이 비명을 지르며 달아나기 시작했다.

무공을 익힌 고수들이 대부분이었지만 흡사 무공을 모르는 사람처럼 두려움에 떨 뿐이었다. 하기야 자신이 목숨을 걸고 막아봐야 가능성이 없어 보일뿐더러, 설사 막을 수 있다 해도 목숨을 걸고 진룡문을 위해 살인귀를 막을 이유가 전혀 없는 것이다.

순식간에 강기가 터지는 소리와 건물이 부서지는 소리, 사람들의 비명 소리로 장내는 아수라장이 되었다. 그 지옥도 같은 장면 속에서 헌원지의 입가가 슬며시 비틀렸다. 그리고 거기에서 타액이 흘러 그를 피에 굶주린 야수처럼 보이게 했다.

쿵!

그의 발이 땅을 찍었다. 살짝 찍었을 뿐인데 소리와 진동이 정원 전체를 뒤흔들어 놓을 정도로 컸다. 그리고 수십 명의 사람들이 공중에 떠올랐다.

도망치려 발을 구르는데 몸이 공중에 떠서 꼼짝도 하지 않으니 도망칠 수가 있나.

그에 경악하며 있는데 누군가가 소리쳤다.

"천근추를 이용하시오!"

몇몇이 즉시 내력을 이용하여 몸을 무겁게 했다. 하지만 내력이 약한 자는 여전히 공중에서 발버둥을 치고 있을 뿐, 공중에 뜬 사람들 중 빠져나간 사람은 절반도 되지 않았다.

어느 정도 시간이 흘렀을까? 헌원지의 입에서 야수의 포효(咆哮) 소리가 터져 나왔다.

"크아아―!"

엄청난 내력이 실려 있는지 정원을 이미 빠져나온 자들도 귀를 틀어

막아야 간신히 진정될 정도의 소리였다. 그 외 내력이 약한 자는 귀를 막아도 내상을 입었다. 그들이 그 정도니 헌원지에게 잡혀 공중에 떠 있는 사람들은 안 봐도 뻔했다.

제7장
정리

　조용한 침묵이 한 시진이나 흘렀다. 그 시간 동안 조막은 놀란 마음을 진정시킬 사이도 없이 축하객들을 정리하기에 바빴다. 혹시 헌원지가 진성장에서 나올까 두려워 대부분의 사람들이 진룡문을 빠져나가려 했는데, 그 때문에 일어난 소란을 통제하기가 상당히 힘이 들었던 것이다. 그 외에 진룡문의 무사들을 불러 모아 진성장을 겹겹이 포위하는 한편, 주위 친분이 있는 문파에 도움 요청까지 한 상태였다.
　축하를 받아야 할 개문식 날 지옥도가 펼쳐졌으니 액땜이라고 하기에는 무리가 있었다. 다행이라면 한 시진 전 들렸던 헌원지의 포효 소리 후 진성장에서는 더 이상의 소란이 일어나지 않았다는 것이었다. 하지만 그것이 더욱 불안했다. 확인할 방법이 없으니 말이다.

"어떻게 됐나?"

축하객들을 모두 돌려보내고 집무실에서 한숨 돌린 그가 엽 총관에게 물었다. 엽 총관 또한 한 시진을 열흘같이 보냈는지 진땀을 빼며 대답했다.

"경계를 서는 무사들을 제외하고 모두를 진성장 밖에 대기시켰으나 아직 아무런 움직임도 보이지 않고 있습니다."

"들어가 확인은 해봤나?"

엽 총관이 난감한 표정을 지었다.

"그게… 아직……."

"휴!"

한숨을 쉰 조막이 이해한다는 표정으로 입을 열었다.

"알겠네. 좀 더 상황을 지켜보세. 그리고 남아 있는 손님은 몇 명이나 있나?"

"아직 파악하지 못했습니다. 갑작스럽게 축하객들이 도망치듯 돌아가는 바람에 만성장에 많은 방이 비어 있습니다. 그래서 남아 있는 손님들을 그곳에 묵게 했을 뿐……. 사람을 시켜 확인해 보겠습니다."

"그렇게 하게. 그리고 금천방에 의논할 일이 있다고 전해주게."

"알겠습니다."

한참 후, 소식을 들은 양향과 그녀를 대동한 유대적이 문주의 집무실로 들어섰다. 그들이 자리에 앉기 바쁘게 조막이 걱정스러운 표정으로 물었다.

"모두 지켜보셨을 테니 굳이 다른 설명은 하지 않겠습니다."

"……."

"우리 진룡문이 상당히 난감한 처지에 놓였습니다. 앞으로 어찌하면 되겠습니까?"

양향과 유대적은 말없이 조막의 표정만 살필 뿐, 섣불리 입을 열지 않았다. 실제 무엇을 물어보는 것인지 난해했던 것이다. 잠시 후 유대적이 이해를 요구하는 눈빛으로 되물었다.

"지금 진룡문의 처지가 좋지 않은 것을 알고 있습니다. 하나 문주님께서 우리 금천방에게 무엇을 요구하시는지 이해하기가 힘이 듭니다. 원하시는 것이 있다면 말씀해 주십시오."

"원하는 것도, 무엇을 원해야 하는지도 모르겠기에 묻는 것입니다. 실제 우리 진룡문은 이제부터 모용세가에 원한을 가지게 되었습니다. 우리가 원흉이 아니지만 축하객으로 온 모용세가의 무사들이 전부 죽었으니 조만간 모용세가에도 소식이 전해질 것입니다. 안 그래도 모용세가에서 우리 진룡문이 금천방을 돕는 것을 탐탁지 않게 생각하고 있었는데, 이 기회를 놓치겠습니까?"

양향이 차분한 어조로 입을 열었다.

"말씀은, 우리 금천방을 돕지 않겠다는 뜻인가요?"

"그것이……."

말끝을 흐리는 조막의 표정에는 양향의 말처럼 인연을 끊었으면 좋겠다는 의미가 은근히 담겨 있었다. 그것을 보고 조심스럽게 한숨을 내쉰 양향이 말했다.

"그렇다면 어쩔 수 없군요. 알겠습니다. 진룡문을 위기에 빠뜨리면서까지 도와달라고 할 수는 없으니까요."

조막이 얼굴을 붉혔다.

"이, 이해해 주서서 고맙습니다. 방주님께는 잘 말씀드려 주시오."

"알겠으니 걱정하지 마세요."

그녀의 자조적인 미소 띤 말에 조막의 얼굴이 점점 더 붉어졌다. 모용세가의 위협 때문에 도와주기로 한 약조까지 뒤엎은 자신에 대한 창피함 때문이었다. 그는 미안한 표정으로 입을 열었다.

"지금까지 금천방에서 받은 모든 것을 정리해서 보내 드리겠습니다. 약조를 못 지켰으니 받을 수가 없습니다."

"아니에요. 그것은 진룡문에 준 선물일 뿐입니다. 굳이 그러지 않으셔도 됩니다."

"제가 워낙 미안해서……."

"괜찮습니다. 그런데 어떻게 해결하실 생각이세요?"

"무엇을 말입니까?"

"모용세가에 소식이 전해진다면 가만있지 않을 거예요. 해결 방안이라도 있나요?"

"우선 소문을 통해 전해지기 전에 우리 진룡문에서 사람을 시켜 소식을 전할 생각입니다. 그리고 진룡문 내에서 일이 벌어졌으니 그에 대해 충분히 보상할 생각입니다."

그러자 유대적이 안타깝다는 듯 말했다.

"그것가지고 모용세가를 잠재울 수 있겠습니까? 이번 일로 열 명이 넘는 동문 제자들과 화경의 고수까지 잃었습니다. 모용편성의 성격이 편협하고 괴팍하기는 하지만 모용세가에서는 배분이 상당히 높은 것으로 알고 있습니다."

"하지만 달리 방법이 없으니……."

"만약 그래도 모용세가에서 원한을 갚겠다고 나서면 어쩌실 생각이십니까?"

잠시 생각하던 조막이 조금은 분개한 듯 말했다.

"그렇게까지 성의를 보였는데도 공격을 하겠다면 우리도 당연히 맞서야지요. 사실 우리 진룡문은 죄가 전혀 없습니다. 제 아들이 모용세가를 공격하지 않은 사실이 밝혀졌으니 말입니다. 단지 책임은 우리 진룡문 내에서 일이 벌어졌다는 것뿐이 아닙니까?"

그때 양향이 신중한 표정으로 고개를 끄덕였다.

"아무튼 잘 해결하시길 바랍니다. 그리고 만약 뜻하지 않은 일이 벌어진다면 우리에게 연락을 주세요. 도울 수 있는 데까지 돕겠습니다."

"염치없이 어찌……."

은근히 미안하게 하는 그녀의 말에 조막은 다시 얼굴을 붉힐 수밖에 없었다. 그 표정을 보고 양향이 화제를 돌렸다.

"그런데 그 헌원지라는 사람은 어떻게 됐죠?"

"무사들을 시켜 진성장을 포위하고 있습니다. 한 시진 전부터 아무런 변화도 없다고 보고를 받았으니 조만간 진성장 안으로 들어가 확인해 봐야지요."

"만약 헌원지라는 사람이 살아 있다면 어떻게 하시겠어요?"

순간 조막이 난감한 표정을 지었다. 눈으로 확인한 헌원지의 실력이라면 진룡문은 상당한 피해를 예상해야 하기 때문이다.

"만약 살아 있다면 우리 금천방에 그의 신변을 넘겨주실 수 없겠어요?"

양향이 조심스럽게 제안을 했다. 실제 그녀가 가장 하고 싶은 말이기도 했고, 그렇기에 진룡문이 금천방을 돕지 못한다고 했을 때 순순히 허락을 하고 오히려 도움까지 주겠다고 한 것이었다.

"그건… 조금 곤란합니다. 그가 살아 있다면 잡은 다음 모용세가에 넘기는 것이 좋을 겁니다."

"하지만 피해가 상당하지 않겠어요? 게다가 그의 실력이면 피해를 보고도 놓칠 우려가 있을 것 같은데?"

조막은 입을 다물어 버렸다. 그러자 양향이 다시 은근한 어조로 말했다.

"우리에게 신변을 넘긴다면 그를 제압하는 데 도움을 주겠어요. 유 총관님의 무공을 보셨으니 아실 거예요. 유 총관님은 화경의 고수이니 피해를 상당히 줄일 수 있을 거예요."

"하지만 그를 금천방에 넘긴 사실이 알려진다면 모용세가에서 우리는 물론이고 금천방에도 상당한 위협을 가할 겁니다. 게다가 축하객으로 온 손님들 대부분이 유 총관님이 모용편성 장로와 싸운 것을 지켜봤는데……. 지금 우리 진룡문만 걱정하실 것이 아니라 금천방도 모용세가의 공격에 대비를 해야 할 것입니다."

"어차피 우리는 모용세가에 미운 털이 박혔으니 상관없어요."

"하지만 견제를 하는 것하고, 원한을 가진 것하고는 차이가 상당합니다."

"그것은 우리 금천방에서 알아서 하겠습니다. 아무튼 그를 넘겨주신다면 도와드리겠어요. 그리고 소문은 걱정 마세요."

"……?"

"문주님만 비밀을 지켜주신다면 진룡문의 무사들 아무도 알 수 없게 유 총관님이 몰래 그를 빼낼 수 있어요. 혹시 모용세가에서 묻는다면 이미 그가 도망쳐 사라졌다고 말하면 크게 문제가 되지 않을 것 같은데…….”

"흐음…….”

섣불리 결정할 사안이 아니었기에 조막은 침음을 흘리며 생각에 잠겼다. 그리고 잠시 후 고개를 끄덕여 그녀의 말에 동조를 했다. 혹시 모용세가와 잘못될 수도 있었기에 금천방과 친분을 유지할 필요성을 느꼈기 때문이다. 엄청난 피해를 감소하고 헌원지를 모용세가에 넘겼음에도 공격을 해온다면 낭패일 수밖에 없다. 게다가 실제 잡을 수 있을지도 의문이고…….

만약 그대로 죽어버렸다면 다행이겠지만 요행을 바랄 수는 없는 일.

"알겠습니다. 잠시 틈을 줄 테니 그를 몰래 빼내십시오.”

"감사합니다. 그의 신변을 확보하면 바로 떠나겠으니 그리 아시고 걱정하지 마세요.”

말과 함께 양향과 유대적은 집무실을 나왔다.

"정말 괜찮겠습니까?”

유대적의 물음에 양향이 고개를 갸웃거렸다.

"뭐가요?”

"위험한 인물 같아 보였습니다. 그런 자를 금천방에 끌어들이는 것은 방주님과 상의를 한 후에 결정하시는 것이 좋지 않겠습니까?”

"지금은 이것저것 따질 때가 아니에요. 그리고 그의 성격은 유 총관님도 잘 아시잖아요. 무슨 이유 때문에 무공이 그렇게 갑자기 높아졌는지는 모르겠지만 예전 인신매매단에게서 여인들을 구하려고 나선 것을 보면 나쁜 사람은 아닐 거예요."

"하지만 그 음산한 기운이 마음에 걸립니다. 게다가 정신을 잃어 폭주했다고는 하지만 그렇게 거리낌없이 사람들을 죽인다는 것도 걸리는군요."

양향이 미소를 지었다.

"우선 결정을 했으니 제 의견을 따라주세요. 그런데 정말 정신을 잃은 것이 확실한가요? 유 총관님을 믿고 우리가 빼내겠다고는 했지만 그 상태 그대로라면 위험할 텐데."

"정신이 없는 상태에서 그 정도 내력을 뿜어냈으니 진기를 완전히 소모했을 것입니다. 만약 아니라고 해도 탈진 상태일 테니 제 선에서 해결할 수 있을 것 같습니다."

"그렇다면 다행이지만……."

"괜찮니?"

조양황은 걱정스러운 듯 조민을 바라보았다. 헌원지의 잔인한 행동을 목격한 후 지금까지 몸을 떨며 넋을 잃은 듯했기 때문이다. 엽 총관이 급히 그녀를 빼내지 않았다면 그녀 또한 진성장에서 목숨을 잃었을지도 몰랐다.

"어, 어떻게 그럴 수가 있죠?"

지금까지 아무런 말 없이 창밖만 바라보던 그녀의 첫마디였다. 그러자 조양황도 진저리를 쳤다.

"나도 잘 모르겠다."

사실 조양황이 가장 뜨끔했다. 태산을 몰라보고 보복할 생각을 했었으니……. 만약 아무도 없는 곳에서 복면인이 나타나지 않았다면 어떻게 됐을까?

분명 자신은 헌원지를 공격했을 것이다. 그리고 헌원지 또한 아무도 없으니 자신을 공격했을 것이 분명했다. 그 정도 실력이면 한순간에 자신의 목숨이 날아갔을지도 몰랐다. 쥐도 새도 모르게 말이다.

무시무시했던 헌원지의 표정을 떨쳐 버리려는 듯 조양황은 고개를 몇 번 젓더니 말했다.

"안 좋은 기억은 빨리 잊을수록 좋다."

"하지만 잊혀지질 않아요. 아니, 도저히 잊을 수 없을 것 같아요."

뭔가 홀린 듯한 그녀의 말에 조양황은 나직이 한숨을 쉬었다. 그때 그녀가 정신을 차리며 물었다.

"그런데 헌원 선생님은 어떻게 됐죠?"

"나도 잘 모르겠다. 무사들이 진성장을 포위하고는 있지만 좀 더 지켜보기로 한 것 같더구나. 사실 들어가기가 상당히 꺼려지지. 두 눈을 번뜩이며 먹이가 올 때까지 기다리고 있을 수도 있으니까."

"그렇다면 진성장을 나와 사람들을 공격해야 하잖아요."

"글쎄……. 지금쯤이면 분명 무슨 문제가 일어났을 거란 생각도 들지만 혹시 모르니까 좀 더 상황을 지켜보기로 한 것이겠지. 어차피 모용편성 장로와의 내력 대결 때문에 상당한 내상을 입었을 테니까 오래 버티기는 힘들 거다."

그러자 그녀의 표정이 어딘가 모르게 어두워지기 시작했다. 그녀의 시선은 방 안 탁자 위에 올려져 있는 금에 가 있었다. 헌원지에게 매일 금을 배운다는 생각으로 기대에 부풀어 있었는데…….

그녀는 아직도 두 눈을 감고 진지하게 금을 켜는 헌원지와 좀 전의 악마 같은 헌원지가 동일 인물이라는 것을 믿고 싶지 않았다.
"분명 느낌이 좋은 분이셨는데······."
알아들을 수 없을 정도의 작은 말에 조양황이 물었다.
"뭐?"
"아, 아니에요."

유대적은 처음엔 인상을 찡그렸고 다음엔 두 눈을 부릅떴고, 다음은 경악한 표정이 되었다.
인상을 찡그린 것은 아직도 가시지 않은 진한 피 냄새 때문이었고, 눈을 부릅뜬 것은 수를 알아볼 수 없을 정도로 토막나고 찢겨진 시체들 때문이었다.
그리고 경악한 이유는 시체들 사이에 쓰러져 있는 헌원지 때문이었다. 그의 예상대로 탈진해 정신을 완전히 잃은 상태였지만 피부 위로 허연 서리 같은 것이 서려 있었기 때문이다.
"보아하니 음기가 강한 무공을 익힌 것 같은데, 이상하군."
그는 헌원지에게 다가가 유심히 살펴보았다.
"처음 모용편성을 상대할 때는 양기가 충만한 양강의 심법을 익힌 것 같았는데 어째서 갑자기 양기는 줄어들고 한기가 급격히 늘어난 거지? 정신을 잃은 것도 그 때문인 듯한데······. 혹시?"
그는 고개를 저었다. 모용편성과의 내력 대결에서 혈도와 단전이 파괴될 수는 있어도 그 안에 흐르는 내공의 성질이 변한다는 것은 결코 있을 수 없는 일이기 때문이다. 게다가 변하는 것을 넘어 몇 배의 내력을 보유하게 된다는 것조차 불가능한 일이었다.

"설마 그전에 엄청난 경지의 고수였다가 어떤 이유에 의해서 단전과 혈도가 뒤틀렸거나 막혀 버렸던 것인가?"

그럴 수도 있다는 생각이 들었다. 그랬을 경우, 혈도와 단전에 가해진 충격이 예전 상태로 돌아오게 했을지도 몰랐다. 하지만 이론만 그렇다는 것일 뿐, 그런 경우가 있을지는 의문이었다. 그 이론 또한 유대적이 방금 생각해 낸 것이었으니 신빙성이 확실히 떨어졌다.

"하지만 달리 생각할 수 있는 사유가 없지 않은가! 하지만 그 또한 아닌 것 같군. 내 생각이 맞다면 환골탈태를 경험해 몸의 재생 능력이 남들보다 월등해야 하는데, 그럼 화경의 경지를 넘어섰다는 말. 무공을 익혀 노화가 느리다고는 하지만 아무리 많아 잡아도 이십대 중반은 넘지 않은 것 같은데……. 그 나이에 화경에 올라설 수 있을까?"

그는 생각을 지우며 미리 준비한 포대를 풀렀다. 그리고 헌원지의 혈도를 찍은 후 포대 속에 집어넣어 진룡문 밖에서 기다리고 있을 양향과 이제 두 명밖에 남지 않은 호위 무사들이 있는 곳을 향해 몸을 날렸다.

다음날 아침 진룡문에서 엽 총관이 예물을 가지고 모용세가로 향했다. 그리고 며칠 후 엽 총관이 도착했을 때 조막은 암담한 기분일 수밖에 없었다.

"가주도 만나뵙지 못하고 왔습니다. 그리고 며칠간이나 기다렸지만 아무런 답변도 듣지 못했습니다. 우선 돌아가라는 말밖에는……."

조막이 실소를 머금더니 허탈하게 말했다.

"처벌을 기다리라는 것인가?"

순간 그가 웃었다. 하지만 눈에는 광기가 흘렀다.

"모용세가라고 별게 있겠나? 엽 총관!"

"네, 문주님."

"지금 즉시 무사들에게 사실을 알리고 경계에 차질이 없도록 철저히 서라고 하게."

"알겠습니다."

"그리고 실력있는 몇몇은 모용세가에서 오는 길목에 매복을 시켜 혹시 있을지 모를 공격을 사전에 파악하고, 연락할 수 있도록 조치를 취하게."

"알겠습니다."

제8장
또다시 불어오는 귀주 혈풍의 조짐

어둠이 깔린 숲 속의 작은 초옥. 쓰러져 가는 초옥의 겉모습과는 달리 안은 깔끔하고, 방 안 중앙에 놓인 탁자는 한눈에 보기에도 값비싼 것임을 알 수 있었다. 그것으로 보아 남들의 이목을 숨기기 위한 초옥임이 분명했다.

스스슥!

잠시 후 몇 명의 복면인이 초옥에 모습을 드러냈다. 그중 한 명이 방 안으로 들어서더니 복면을 벗었다. 놀랍게도 그는 칠십은 훌쩍 넘어 보이는 노인이었다.

노인이 방 안으로 들어가자 남은 복면인들은 사방으로 흩어져 초옥을 보호, 경계하는 듯한 진을 쳐 몸을 숨겼다.

그리고 잠시 후, 또 다른 부류의 복면인이 모습을 드러냈고, 처음과 마찬가지로 그중 하나가 방 안으로 들어섰다. 역시 남은 복면인들은 사방으로 흩어졌다.

그리고 일각 후 나타난 복면인들. 그들 또한 별반 다르지 않는 행동을 보였다.

이제 초옥에는 모두 세 명의 사내가 마주 앉게 되었다. 가장 먼저 입을 연 것은 노인, 바로 혈천문주인 당천이었다. 남은 두 사내는 적룡문주 야일제와 단목문주 가태호였다.

"모양각에서 목표물을 제거했다는 정보를 입수했소. 그래서 여러분을 만나자고 한 것이오."

단목문주 가태호가 입을 열었다.

"우리 단목문도 소식을 접했습니다. 일 년이란 시간이 지나도 별반 변화가 없어서 포기할까 생각했었는데 다행입니다. 이제 서서히 계획을 실행할 때가 됐으니 어떻게 시작할 생각이십니까?"

"시작하고 말고 할 것도 없지 않겠소? 교주가 암살당했는데도 만월교에서는 아무런 낌새도 드러내지 않았으니 그것으로 보아 밝히고 싶은 생각은 전혀 없는 것임이 드러났소. 알려진다면 귀주의 모든 문파들이 등을 돌릴 것이니 당연한 것이겠지만……."

말이 끝남과 동시에 조용히 찻잔을 들고 있던 야일제가 입을 열었다.

"언제 공격할까요?"

가태호가 의견을 제시했다.

"빠르면 빠를수록 좋은 법! 지금 만월교는 교주가 암살된 것으로 인해 혼란에 빠졌을 것이오. 바로 공격하지 않고 때를 기다리는 것은 우리에게 손해요."

당천이 고개를 끄덕이며 동조했다.

"맞는 말이오. 지금부터 보름 안에 고수들을 정비한 후, 은밀히 안순에 집결시킵니다. 그 후 적당한 때를 봐서 일시에 환산으로 기습해 들어간다면 만월교도 어쩔 수 없을 것이오. 그들을 처단한 후, 우리 세 문파가 힘을 합쳐 따로 맹을 만들고 귀주 전체에 알려 각 문파를 포섭한다면 그리 어렵지는 않을 것이오."

"만월교를 처리한 후는 조금 신중해질 필요가 있습니다."

야일제의 말에 당천이 의아함을 드러냈다.

"무슨 소리요?"

"만월교가 무너진다면 귀주는 예전처럼 흩어질 것이 분명합니다."

"방법이 있다는 말씀이오?"

"그렇습니다. 만월교를 완전히 무너뜨리지 말고 일정 부분만 무너뜨려 힘을 상실하게 하는 것이 중요합니다. 그 후 우리 사람으로 교주를 세워 그를 조종한다면 귀주 전체에 혼란이 야기되지는 않을 것입니다. 차후 온전한 하나의 맹으로 결속이 될 때를 기다린 다음에야 교주를 폐하고 우리들이 맹을 다스리는 것이 좋을 것 같습니다."

"흐음!"

곰곰이 생각하던 당천이 고개를 끄덕였다. 그러자 가태호도 동의를 했다.

"일리가 있는 말씀입니다. 그럼 이번에도 모양각에 의뢰를 해 우리가 만월교를 공격한 사실이 새어나가지 않도록 해야겠군요."

"그렇습니다. 만월교야 어차피 알릴 수 없는 입장이니 그쪽은 신경 쓰지 않아도 될 것입니다."

결론이 서자 더 이상 마주하며 이야기할 필요성을 못 느낀 그들은 자리에서 일어섰다.

"보름 후에 뵙겠습니다."

야일제의 말에 당천과 가태호가 마주 포권했다.

"알겠습니다. 계획에 차질이 생긴다면 따로 연락을 넣을 것이니 보안 유지를 철저히 해주십시오."

"걱정 마시오. 그럼."

나타날 때와 같이 사라짐 또한 은밀한 그들이었다. 복면인들이 모두 가고 난 후, 달빛만이 그들의 대화를 엿들은 듯 음침하게 빛나고 있었다.

* * *

거대한 실내 바닥은 파리가 앉으면 미끄러질 듯 반들반들하게 빛나고 있었다. 고풍스런 가구가 주인의 신분을 말해 주었고, 방 중앙에는 괴이하게도 지름 일 장이 넘는 원형의 대리석으로 만들어진 작은 호수가 있었다.

방의 주인은 이제 소녀에서 여인으로 넘어가려는 듯 풋풋한 청순함을 뽐내고 있었고, 도발적인 복장으로 요염함까지 드러냈다. 그녀는 작은 인공 호수가 보이는 의자에 앉아 멍하니 비단잉어의 움직임을 바라보고 있었다. 그때 방문이 열리며 삼십대 초반의 준수한 사내가 들어서 고개를 숙였다.

"준비되셨습니까, 소교주님."

"조금만… 조금만 더."

소교주 마야는 사내에게는 눈길도 돌리지 않은 채 잉어의 움직임만을 쫓고 있었다. 한참 동안의 시간이 흐르자 사내가 다시 입을 열어 재촉했다. 하지만 마야는 요지부동이었다.

"시간이 다 되어갑니다."

"……."

"소교주님!"

"……."

사내는 조심스럽게 한숨을 쉬었다. 하지만 그녀의 마음을 잘 알고 있었기에 더 이상 말하지 않고 지켜보기로 마음먹었다. 교주의 죽음이 주는 충격은 소교주에게 있어 정신적으로 상당한 혼란을 주었을 것이기 때문이다. 그리고 이제 십육 세, 두 달만 지나면 십칠 세의 여인이 된다지만 그만한 나이에 이십만의 교도들을 책임지고 수천의 고수들을 이끌어야 한다는 부담감 또한 상당할 것이 분명했다.

사내가 침묵을 지키자 방 안에는 숨소리조차 들리지 않았다. 그렇게 이각이 더 지날 때였다. 문득 마야가 입을 열었다.

"얼마나 모였느냐?"

갑작스런 질문에 놀란 사내가 떠듬거렸다.

"화, 환산에 있는 모든 교도들이 소교주님께서 교주가 되시는 축복을 찬양하기 위해 총단 중앙 제단에 모였습니다. 이제 정말 시간이……."

"내가 과연 자격이 있느냐?"

또다시 불어오는 귀주 혈풍의 조짐 107

"무슨 말씀이십니까?"

"교주님이 월신(月神)이 되신 지 이제 오 일이 지났다. 교도들의 슬픔이 채 아물기도 전에 내가 교주가 되어 그들을 어루만져 줄 자격이 되느냐는 말이다."

사내는 그에 대답하지 않았다. 그리고 잠시 후 믿음이 가득 담긴 눈빛으로 입을 열었다.

"모든 교도들이 소교주님을 사랑하고 존경합니다."

"사랑, 존경?"

"그렇습니다. 그러니 걱정하시는 바는……."

마야가 그의 말을 끊었다.

"그런 것이 만월교을 지탱할 힘이 될 수 있겠느냐?"

"우리 교도들은 교주님의 위대함 아래 뭉친 자들입니다. 소교주님이 이제 교주가 되시면 그것만으로도 또 다른 만월교가 탄생될 것입니다. 부디 암울한 말씀은 마시고 교도들을 위해 교주님의 자리에 올라서 주십시오."

"……."

한참의 침묵이 다시 흐르고 마야가 자리에서 일어났다.

"나는 두렵다."

말과 함께 그녀는 침상으로 가 침상에 올려져 있던 화려한 비단 장포를 입었다. 검은색에 등에는 금색 만월이 수놓아져 있는 장포였다.

"역대 교주님들은 모두 서른이 넘어서 교주에 올라섰다. 나는 아직 준비가 되지 않았어. 배워야 할 무공이 태산이고, 알고 몸에 배어야 할 교주로서의 덕목도 없다."

"당치 않은 말씀이십니다. 첫술에 배부를 수는 없습니다. 모든 교주님들이 교주 자리에 등극했을 때 소교주님과 같은 심정이셨을 것입니다. 부족한 무공은 저와 많은 고수들이 채워줄 것이며, 교주님으로서의 덕목은 장로님들이 받쳐 주실 것입니다."

"휴."

답답한 한숨을 내뱉은 마야는 창밖을 바라보았다. 반 넘어 잘린 달이 밝게 빛나고 있었다.

'시간이 좋지 않아!'

그녀는 내심 그런 생각을 했다.

만월교의 소교주는 만월이 떴을 때 교주 자리를 자리를 물려받는 것이 통상이었다. 그런데 교주가 암살당한 관계로, 또 수많은 귀주의 문파들이 귀를 밝히고 있는 관계로 자리를 오래 비울 수가 없었다. 교도들에게도 교주의 죽음을 알리지 않았고 무한정 연공에 들어간다고 알렸을 뿐이었다. 혹시 동요할지도 모른다는 생각과 함께 교도들 모두에게 알려진다면 귀주에도 소문이 퍼질 우려를 생각해서였다.

마야는 이상하게 그것이 불안하게 느껴지고 있었다. 교주가 죽었다는 소식을 들었을 때부터 불안했었지만 오늘은 특히 더 심했다. 가슴이 두근거리기도 하고, 무언가가 답답하게 억누르는 듯한 기분도 느꼈다. 반만 밝혀진 달이 왠지 자신을 뜻하는 것 같은 그런 기분이었기 때문이다.

완전하지 않은 교주.

하지만 그녀의 불안을 가장 부추긴 것은 이제는 의지할 수 있는 사람이 없다는, 혼자만의 세상에 갇혀야 한다는 점이었다. 모든 것을 스스로 결정하고 책임져야 하는 부담은 불안감으로 다가오고 있었다.

"그라면 이런 걱정은 하지 않을 텐데……."

문득 마야의 머리 속에 한 남자가 스쳐 지나갔다. 거칠 것 없는, 자신이 하고자 하는 것이라면 무슨 수를 써서라도 성공해 내는 완전한 남자였다.

거칠고 자기 마음대로 행동하지만 마음만은 따듯하고 누구보다 순진한 남자. 가장 중요한 것은 그녀의 마음을 뺏어버렸다는 것, 그리고 아직도 만나고 싶은 마음이 간절하다는 것. 마지막 헤어질 때 자신에게 했던 원한 섞인 말이 그녀의 마음을 아프게 했지만 그전의 모든 기억은 그녀를 미소 짓게 하는 남자였다.

"그때로 돌아갈 수만 있다면……."

"무슨 말씀이십니까?"

그녀의 중얼거림에 사내가 의아함을 드러냈다. 그러자 마야가 고개를 저었다.

"아니다. 이만 나가보거라. 곧 따라가겠다."

"알겠습니다."

그가 나가자 마야는 방 한쪽에 장식품처럼 세워져 있는 금을 보며 다시 중얼거렸다.

"지금 뭘 하고 있을까?"

제9장
악몽

"크아악!"

갑자기 터지는 비명에 유대적이 급히 헌원지의 몸을 잡았다. 진룡문을 떠나온 지 벌써 오 일째가 다 되어가는데도 헌원지의 발작은 끊이지 않았다. 그것 때문에 마차가 요동칠 지경이었다.

반대편에서 지켜보던 양향이 걱정스럽게 물었다.

"의원에게 보여봐야 하는 것 아닐까요? 대리까지 가기에는 조금 무리겠는데요."

"하지만 이런 시골의 의원이 봐서 치료를 할 수 있겠습니까? 괜스레 시간만 지체할 뿐이니……. 이자야 고통에 힘들기는 하겠지만 제 말대로 대리로 가서 진 선생에게 보이는 것이 낫습니다."

"하지만 지켜보는 것도 고역이네요. 도대체 왜 이런 걸까요? 처음에는 내상 때문인 줄 알았는데, 혈기가 다시 돌아오는 것을 보니 치료는 다 된 것 같고. 그러고 보니 그것도 이상하네요. 그렇게 심한 내상을 입었는데 벌써 다 낫다니……. 이 정도의 치유력이 있는 사람이 있을 줄은 몰랐어요."

"아마 몸속이 변하고 있는 것 때문일 겁니다."

"며칠 전에 말했던 환골탈태라는 말인가요?"

"환골탈태라고 하기에는 조금 무리가 있겠군요. 그간 진맥해 본 제 추측이 맞다면, 이자는 예전에 환골탈태를 경험했을 것입니다. 그런데 어떤 이유로 인해 몸에 이상이 생겨 상당수의 내공을 상실했고, 내상을 입음으로 다시 몸속의 혈도나 단전의 성질이 바뀌어 예전의 것으로 돌아가는 과정일지도 모릅니다. 자세한 것은 그쪽으로 전문가인 진 선생에게 물어봐야 할 겁니다. 치료는 그때나 가능하지요."

그의 말에 양향이 믿을 수 없다는 표정을 지었다.

"하지만 나이가 너무 젊잖아요."

"그러니 저도 이상하게 생각하고 있는 것입니다. 겉으로 보기에는 약관 정도? 오히려 더 젊게도 보이는데, 아무리 무공을 익힌 사람들이 젊게 보인다고는 하지만 그렇게 따져도 이자의 나이는 이십대 중반을 넘을 것 같지는 않거든요."

"만약 유 총관님의 말처럼 환골탈태를 겪었다면 현 무림에서 가장 나이 어린 화경의 고수가 되겠군요."

"그럴지도……. 하지만 확실한 것은 아무것도 모릅니다. 이자가 깨어나면 예전에 무엇을 했었는지, 어느 정도의 무공을 익혔는지 알아볼 수 있겠지만 정신도 못 차리고 있으니……."

"설마 이대로 죽는 것은 아니겠죠?"
"그렇게 되지 않으려면 조금이라도 빨리 대리에 도착하는 수밖에 없습니다."
"하지만 이 마차로는 이틀이 더 걸릴 텐데……. 다음에 도착할 마을에서 말을 구해서 이분을 먼저 대리에 도착하게 하는 것은 어떨까요?"
"몸이 성치 않아 그것도 위험합니다."
그러자 양향이 밖을 향해 외쳤다.
"좀 더 속력을 내주세요!"
"알겠습니다."
그동안 헌원지는 다시 거친 숨을 토해내며 다시 쥐 죽은 듯 잠이 들었다.

대리에 도착한 것은 이틀 후 새벽이었다. 다행히 헌원지의 상태는 악화되지 않고 금천방의 총단에 들어오는 즉시 방으로 옮겨져 진 선생의 치료를 받게 되었다. 그를 진 선생에게 맡긴 후 양향과 유대적은 방주 양사진을 찾았다.
양향과 유대적이 자리에 앉기 바쁘게 양사진이 물었다.
"어떻게 됐나?"
유대적이 어두운 표정으로 고개를 저었다.
"의외의 일이 벌어지는 바람에 진룡문이 우리를 돕지 못하게 되었습니다."
"의외의 일?"
"사실은……."

유대적은 진룡문에서 일어났던 일을 소상히 말하기 시작했다. 그의 설명을 다 들은 양사진이 그럴 수도 있냐는 표정을 지었다. 그러자 양향이 말했다.

"어쩔 수 없는 일이었으니 노여움을 푸세요."

"화가 난 것이 아니다. 아무리 생각해도 하늘이 운남금룡회를 돕는 듯하여 조금 씁쓸할 뿐이야. 어떻게 그런 일이 하필 그때 벌어진단 말이냐?"

"운이 따라주지 않은 거죠. 하지만 그 헌원 선생이라는 분을 모셔왔어요."

하지만 양사진이 고개를 저었다.

"그것은 경솔한 행동이었다."

"네?"

"그렇지 않느냐? 아무리 아무도 모르게 처리했다고는 하나 폭탄을 가지고 들어온 격이나 다름없으니……. 만약 그 일이 알려지기라도 한다면 어찌겠느냐? 지금까지 모용세가가 간접적으로 우리 금천방을 방해해 왔지만, 그것을 빌미로 직접적인 공격을 해올 수도 있는 일이 아니겠느냐?"

"하지만 아무도 볼 수 없게 마차를 구해서 왔는걸요."

"세상에 완벽한 비밀은 없는 법이다. 게다가 그자의 무공이 대단하다고는 하나 그때만 그랬을지도 모르지 않느냐. 설령 정말 대단한 고수라고 해도, 치료 후 제대로 움직일 수나 있을지 모르는 일이니 도움이 될지 짐 하나를 더 짊어진 셈인지는 아무도 모른다."

헌원지의 상태를 확인해 보지 않은 양향이었기에 선뜻 대답할 말이 없었다. 하지만 그녀는 그래도 후회가 없다는 듯 말했다.
"그대로 진룡문에 놔두었다면 분명히 모용세가에 넘겨져 고초를 당했을 텐데, 어떻게 두고 볼 수가 있겠어요? 그리고 할아버지는 평소에 돈보다는 사람 장사를 하라고 하지 않으셨나요?"
양사진이 재밌다는 듯 피식 웃었다.
"그래서 사람 장사를 해볼 생각으로 데려왔다는 말이냐?"
"굳이 그럴 생각은 없었지만 도와주면 언젠가는 우리 금천방을 위해 큰일을 해낼 사람이라고 생각했어요."
"흐음……."
잠시 생각하던 양사진이 유 총관에게 물었다.
"자네가 보기에도 그렇던가?"
"글쎄요……. 제가 사람을 볼 줄은 모르지만 평범한 사내가 아닌 것은 분명합니다."
"외모는?"
"네?"
"외모 말일세. 양향이 반할 정도로 잘생겼던가?"
슬며시 웃으며 하는 그 말에 유대적이 엉뚱하다는 표정을 지었다. 그러자 대꾸없는 그를 일별한 양사진이 이번에는 양향에게로 시선을 돌렸다.
"네가 말해 보거라. 위험을 무릅쓸 만큼 잘생겼더냐?"
그러자 양향이 살포시 웃으며 과장된 어투로 대답했다.
"잘생겼죠. 아니, 예쁘게 생겼다는 표현이 그럴듯하겠네요."
수줍어하는 손녀의 얼굴을 보고 싶었던 것일까? 그녀를 놀리기 위해 장난으로 던진 말인데, 그것을 장난스럽게 받아넘기는 손녀의 대꾸에 양사진이 끌끌 혀를 찼다.

"허허, 내 너는 못 당하겠구나!"

"저는 솔직히 대답했을 뿐이에요."

"그래! 내가 졌다, 졌어! 하지만 그에 대해서는 보안을 철저히 유지해야 한다."

"그 때문에 내원에서도 가장 안쪽에 있는 별채에 머물게 했어요."

"그럼 나중에 몸이 괜찮아지면 나에게 보여봐라. 장사꾼의 눈으로 그의 됨됨이를 한번 살펴보고 싶구나."

"알겠습니다."

말이 끝나자 유대적이 슬며시 물었다.

"그런데 무슨 안 좋은 일이라도 벌어졌습니까? 이곳에 올 때 보니 분위기가 심상치 않던데요?"

그 말에 양사진의 표정에 어두움이 서렸다.

"며칠 전에 남만 사황교에 보낼 표물이 털렸네. 상당한 고수들을 보냈는데도 당한 모양일세. 그 때문에 비상이 걸렸지."

유대적이 놀라움을 드러냈다.

사황교는 남만에 있지만 남무림의 열두 세력으로 평가되는 종교 집단이었기 때문이다. 종교 집단인만큼 그 추종자들이 상당했고, 남만뿐만 아니라 운남에까지 교도들이 퍼져 있었다. 그러니 그들과 거래를 튼다면 엄청난 이득이 보장되는 셈이었다.

다만 문제는 그들과의 교류가 지금까지 운남금룡회에서 거의 독점하다시피 했다는 것이었다. 운남금룡회는 사황교가 필요로 하는 물목을 건네주고, 사황교의 뱀과 독을 들여와 중원에 비싼 값으로 되팔았었다. 그 외에도 사황교와 친분이 있는 남만의 부족들이 상당히 많았기에 사황교와 교류를 하면 사황교 교도들뿐만 아니라 그 외의 엄청난 사람들이 쓸 수 있는 물목을 되팔 수 있었다.

금천방이 사황교를 상대로 거래를 할 생각이었다면 그것은 분명 운남금룡회에 상당한 위협이 될 수밖에 없었다. 유대적이 고개를 절레절레 저었다.

"너무 경솔한 판단이었습니다. 사황교와의 교류는 재고하십시오. 운남금융회의 밥줄이 걸린 곳인데 가만히 당하고 있을 리가 없습니다."

"나도 알고 있네. 하지만 그곳을 터야 돼. 그렇지 않고서는 운남금룡회에 언제나 위협을 받을 걸세. 그곳을 터 우리의 힘을 과시한다면 초반에 격돌이 예상되겠지만 그 후에는 함부로 나서서 우리를 방해하지 못할 거야. 장사꾼은 장사하는 실력으로 커야지, 운남금융회처럼 무력을 동원한 치졸한 짓을 하면 되겠나? 그들을 그냥 지켜보고 있을 수가 없네."

"하지만 아직은 시기가 아닙니다."

"아니! 그들이 사황교와의 교류를 막지 않았다면 나도 다시 생각했을 걸세. 장사꾼에게도 영역이 있는 법이니 침범할 수야 없지 않겠나? 하지만 그들의 하는 꼬락서니를 더 이상 간과할 수 없군. 나는 여태껏 힘에 굴복해 본 적이 없고, 앞으로도 그럴 것이란 걸 그들에게 확실히 보여줄 걸세."

유대적은 걱정스러운 듯 양사진을 바라보았다.

"그럼 다시 사황교로 사람을 보낼 생각이십니까?"

"물건이 준비되는 대로."

"그럼 이번에는 제가 표행(鏢行)에 나서지요."

그러자 양향이 나섰다.

"그렇게는 안 돼요."

양사진도 고개를 끄덕였다.

"양향의 말이 맞네. 자네는 여기에 있어야 돼."

"하지만 또 적들에게 표물을 털리면 어쩌실 생각입니까?"

"이제부터 그에 대한 준비를 해야지."

"뚜렷이 준비할 방법이 없는 줄 압니다. 무공이 뛰어난 표사들을 보내는 수밖에요. 방주님의 말처럼 꼭 성사시켜야 할 일이라면 제가 가는 것이 낫지 않겠습니까?"

양사진은 단호하게 거절했다.

"아무튼 자네는 안 돼."

"……?"

"모용세가에 얼마간의 위로금을 전달하겠지만, 자네와 양향이 그들과 검을 겨뤘으니 가만있을 리 없지 않은가. 그 이유 때문이야. 자네만은 여기를 한동안 지켜야 해."

"그럼 표사는 누구를 쓰실 생각이십니까? 특별히 믿을 만한 표사가 없지 않습니까?"

"그래서 모양각에 사람을 보내 각주를 초대했네. 조만간 당도할 테니, 그때 각주와 따로 상의를 해볼 생각일세."

* * *

사방에 얼굴을 알아볼 수 없는 사내들이 그를 둘러싸고 있었다. 한 손에는 칼을 든 것으로 보아 좋은 의도가 아닌 것은 분명했다.

"다가오지 마!"

불안에 휩싸인 그가 외쳤지만 사내들은 바람대로 움직여 주지 않았다.

그들은 점점 다가들더니 칼을 번쩍 치켜들었다.

그것을 보고 그는 분노했다. 사람을 죽여야 한다는 것이 저주스러웠던 것이다.

사람과 적이 되기 싫어, 적을 만들지 않기 위해 지금까지 잔인할 정도로 피 맛을 보아왔지만 또다시 이들을 죽여야 한다는 것이 두려웠다.

"모두 사라져 버려!"

하지만 역시 사내들은 그의 말을 따라주지 않았다. 달빛을 받아 번뜩이는 칼이 아래로 떨어져 내리는 모습을 보며 그는 진저리를 쳤다. 그리고.

"정 원한다면 뜻대로 해주지. 네놈들이 원한 것이니 날 원망하지 못하리!"

그는 말과 함께 양손을 사방을 가르듯 펼쳤다. 그러자 하늘에서 수십 개의 번개 같은 강기가 내려치며 사내들의 몸에 구멍을 내기 시작했다. 한순간에 피 분수가 사방으로 뿌려지며 사내들이 쓰러져 갔다.

살아 있는 것은 없었다. 하지만 그것도 잠시… 또다시 수많은 사내들이 나타나더니 전과 같이 그를 둘러싸기 시작했다.

"꺼져!"

그는 재차 같은 일을 반복했고, 그렇게 쓰러진 사내들을 밟으며 또다시 나타난 사내들을 계속해서 죽여나갔다.

몇 번이나 그렇게 반복했을까? 그의 숨이 거칠어지기 시작했다. 지쳐 가고 있었던 것이다.

하지만 멈출 수가 없다. 죽이면 죽일수록 계속 나타나 자신을 도륙할 것이 뻔했기 때문이다.

그는 죽을 수가 없었다.

그래서 계속 죽여나갔다.

어느 순간 모두를 죽이고, 또다시 나타났던 사내들의 얼굴이 뚜렷이 보이기 시작했다.

"너, 너는?"

그의 인상이 찌푸려졌다. 가장 눈에 띄는 사내는 언젠가 보았던 자였기 때문이다.

자신을 잡으려던 노인, 바로 모용편성이었다. 그 외의 인물들도 진룡문에서 보았던 모용세가의 고수들이 분명했다.

"나에게 칼을 겨눈 자 용서치 않는다."

순간 그의 눈에 불길이 일었다. 지친 육신은 온데간데없고, 온몸에서는 괴이한 힘이 용솟음치기 시작했다. 그것을 느꼈던 모양이다. 모용편성과 모용세가의 고수들이 두려운 빛을 보이기 시작했다.

그는 갑자기 살심이 일었다. 죽여야 한다는, 죽이고 싶다는 하나의 욕망 같은 것이 가슴속에서 끓어오르고 있었다. 그럴수록 그의 몸에서는 검은 안개 같은 것이 퍼져 나가기 시작했고, 사람들은 사방으로 도망쳤다.

"내 손을 벗어날 수는 없어. 모두 죽어!"

그는 말과 함께 발을 땅에 찍었다. 그렇게 하면 사람들이 움직이지 못할 것이라는 황당한 생각과 함께였다. 그런데 놀랍게도 그대로 이루어졌다.

모용편성은 물론이고 이십여 명의 무사가 공중에 떠오르며 시간이 정지된 듯 움직이질 못하고 있었다.

그는 그것을 보며 하나씩 머리가 터지는 상상을 했다.

퍼펵!

한 명씩 그의 생각대로 공중에 떠 있는 채로 머리가 터져 뇌수를 바닥에 흘리기 시작했다. 쿵쾅거리는 심장의 고동 소리가 들린 것도 그때였다. 그의 심장 소리였으나 시간이 지나자 모용편성의 심장 소리, 다른 무사들의 심장 소리 하나까지 세세히 들려왔다.

그의 심장이 흥분으로 빠르게 두근거린다면, 상대들은 공포감에 빠르게 뛰고 있었다. 그는 그것이 좋았다. 빠르게 뛰는 심장 소리, 그리고 박자가 그를 흥분시키고 있었기 때문이다.

짜릿한 희열이 그를 감싸 안았고 그는 한 명 한 명의 심장을 터뜨리기 시작했다.

푹 하는 소리는 답답하게 들렸지만 어딘가 모르게 경쾌하게 들리는 듯도 했다.

"사, 살려줘!"

누군가가 외쳤지만 그는 멈추지 않았다. 마지막 남은 자의 심장을 터뜨릴 때까지…….

모두 피를 쏟으며 공중에 떠 있는 모습이 잔인하게 보였다. 그런 모습을 보며 그가 기분 나쁘다는 듯 중얼거렸다.

"너희들이 원한 거다. 난 이렇게까지 할 마음이 없었어."

그때 갑자기 그들이 사라지더니 어디선가 음산한 목소리가 들려왔다.

"거짓말."

그는 소리가 들리는 쪽을 바라보았다. 거기에 흑의를 입은, 얼굴의 형체가 모호해 알아볼 수 없는 사내가 서 있었다.

"누구냐?"

"알고 싶나?"

"죽고 싶지 않으면 말해!"

"ㅎㅎㅎ."

사내는 대답없이 계속 다가오기 시작했다. 그는 다시 발을 땅에 찍었다.

쿵!

생각보다 거대한 소리가 땅을 울리는데 이상하게 사내는 공중에 떠오르지 않았다. 사내의 조롱 섞인 목소리가 그를 자극했다.

"왜 그래? 좀 전까지 잘도 사람을 죽여대더니?"

더욱 가까워지는 사내를 보며 그는 다시 땅을 찍었다. 그가 들어도 귀를 막고 싶을 정도의 큰 소리가 울렸지만 사내는 떠오르지 않았다.

"누, 누구야?"

다시 두려움이 밀려왔다. 자신의 힘으로 어떻게 해볼 수 없는 상대가 있다는 것이 두려움의 정체였다.

"누구냐니까!"

발악하며 뒷걸음을 치려 했지만 발이 움직이지 않았다. 곧이어 몸이 서서히 굳어가더니 결국 고목나무라도 된 듯 그 자리에서 손가락 하나 까딱거릴 힘이 생기지 않았다.

그는 천천히 다가오는 사내를 바라보았다. 순간 공포가 엄습했다. 그런데 이상하게 몸이 떨리지 않았다.

온몸이 사시나무처럼 떨리길 바랐는데 꼼짝도 하지 않으니, 본능적인 몸짓이 정지된다는 것이 이처럼 고통스럽다는 것을 그는 이 순간 처음 알았다. 두려움에 떨고 싶은데, 그래야 두려움을 떨쳐 버릴 수 있을 것 같은데 떨리지 않는 몸은 저주스러울 뿐이었다.

어느 순간 그의 두 눈이 부릅떠졌다. 사내의 얼굴이 확대되더니 그것은 이내 자신의 얼굴을 하고 있었기 때문이다.

"누, 누구야? 어떻게……!"

사내의 음침한 목소리가 느긋하게 들려왔다.

"너."

"……?"

"난 너다."

"거짓말하지 마! 나일 리가 없어!"

"그럼 이 얼굴은 어떻게 설명할 거지? 이 잔인한 표정이 너 말고 누가 지을 수 있는 거지?"

"닥쳐!"

"흐흐흐, 죽이고 싶지? 그럼 죽여봐."

"크으으윽!"

그는 비명을 지르며 힘을 주려 했지만 몸은 움직일 생각을 하지 않았다. 그때 사내의 손이 그의 목을 잡았다. 서서히 힘이 들어가는 손 때문에 숨이 턱밑까지 찰 수밖에 없었다.

"왜 그래? 왜 아무런 반항을 하지 않는 거지? 날 죽이기 싫어?"

"크윽, 크으윽!"

"왜? 고통스럽나? 이 고통에서 벗어나고 싶나? 그럼 네가 지금까지 했던 것처럼 날 죽여!"

그는 마음만으로는 죽이고 싶었지만 여전히 몸은 요지부동이었다. 사내의 음산한 웃음이 뒤따랐다.

"ㅎㅎㅎ, 벌써 잊어버렸나? 좀 전까지만 해도 마음만으로 소리를 지배하더니, 결국 잊어버렸나? 네가 그랬잖아? 소리를 지배하는 자 공간을 지배하리라고. 아니었나?"

사내의 손이 점점 더 조여들고 있었다.

"크으윽!"

그는 비명을 지르기 위해 발악을 했다. 조금이라도 움직일 수 있다면, 소리칠 수 있다면 이 답답한 공포에서 벗어날 수 있을 것 같았다.

하지만 소리는 나오지 않았고, 그의 목은 결국 사내의 손이 조임에 따라 완전히 조여들더니 놀랍게 잘려 버렸다.

트르르륵!

머리가 아래로 떨어져 바닥을 굴렀다. 그는 땅이 눈앞을 돌아 지나친다는 느낌으로 자신의 목이 잘려 바닥을 구르고 있다는 것을 알 수 있었다. 그리고 움직임이 멈췄을 때 그의 눈에 사내에게 목을 졸리고 있는, 머리가 떨어져 몸만 바닥에 서 있는 자신의 몸을 볼 수 있었다.
 그제야 그의 입에서 비명이 터져 나왔다.
 "크아아악!"

제10장
은혜도 모르는 놈

"크아아아악!"

"잡아!"

진 선생의 외침에 세 명의 하인이 급히 헌원지를 붙잡았다. 힘깨나 쓰는 장정 셋이나 잡았음에도 헌원지의 발작은 멈추지 않았다. 오히려 장정들이 이리 몰리고 저리 몰려 진땀을 뺄 정도였다.

일각이라는 시간이 지나서야 헌원지의 움직임이 잦아들더니 잠잠해 졌다. 그 잠깐의 시간 동안 하인들은 녹초가 되어 바닥에 주저앉아 버 렸다. 진 선생이 그것을 보고 고개를 설레설레 저었다.

"도대체 무슨 악몽을 꾸고 있기에 저렇게 괴성을 지르는 건지. 쯧 쯧."

그의 말에 뒤에서 지켜보고 있던 양향이 걱정스러운 표정을 지었고 유대적이 그녀를 대신해 물음을 던졌다.
"어떤가?"
"말도 마십시오. 정말 이런 현상은 처음 봅니다."
"어떤 면에서?"
진 선생은 헌원지의 몸에 침을 놓으며 입을 열었다.
"하루 동안 상세히 지켜본 결과, 몇 가지 추측이 가능합니다. 가장 신빙성있는 것은 뒤틀린 혈도가 어떤 계기로 인해 풀렸다는 것입니다. 혈도가 뒤틀려 내력의 흐름이 막힌 혈도가 강압적인 힘으로 풀리면서 혈도 몇 개에 상처가 생겼습니다. 만약 이 추측이 맞다면 이자는 대단한 내가고수였을 가능성이 있습니다."
"그건 유 총관님의 추측과 비슷하군요."
양향의 말에 진 선생은 고개를 끄덕이더니 설명을 이었다.
"주화입마나 인위적인 힘으로 인해 단전과 혈도가 다쳤다면 보통의 무인 같으면 몸은 나을 수는 있어도 내공은 그대로 끝입니다. 다시는 내공을 익힐 수가 없는 것이죠. 그런데 이자가 내공을 가지고 있었다는 것은 환골탈태를 거쳐 몸의 재생 능력이 상상을 불허할 정도로 뛰어나 어느 정도 회복을 했다는 추측이 가능합니다. 하지만 심하게 입은 혈도의 상처 때문에 그간 완전한 회복이 불가능했다는 것이죠. 상당 시간이 지났으면 완전히 회복됐을 가능성이 있지만 이번 일로 인해 그 시간이 단축되었을 것입니다."
말과 함께 진 선생이 의아함을 드러냈다.
"그런데 내력 대결을 하다가 이렇게 됐다고 했는데, 어느 정도로 했기에 이 상태까지 가버렸습니까?"

"자네는 몰라도 되네. 아무튼 다른 추측은?"

"태어날 때부터 이런 상태였다는 것. 즉, 특이한 신체인 거죠. 음기가 급격히 늘어나고 있는데, 원래 음기는 없고 양기가 충만한 신체를 가지고 태어난 부류가 있습니다. 그런데 그럴 가능성은 정말 희박합니다."

"그럼 또 다른 추측은?"

"양기가 충만한 양강의 무공을 어릴 때부터 익혀 음기가 통하는 혈도가 자연스럽게 죽어버린 거죠. 그런데 이번 내력 대결로 그 혈도가 풀려 버린 것입니다. 사람의 몸이란 원래 양기와 음기가 적절한 조화를 이루고 있습니다. 양기가 충만한 무공을 익히든, 음기가 충만한 무공을 익히든 그에 반대되는 다른 성질의 기운이 자신도 모르게 커져가 균형을 이루게 되어 있다는 말입니다. 실제 무공을 쓸 때는 사용할 수 없는 그런 유의 기운입니다. 그런데 이자가 어떤 무공을 익혔는지는 모르겠지만 음기를 죽이고 양기만 충만하게 하는 무공을 익혔을 가능성이 있습니다. 그러니 양기가 커질수록 그에 조화를 이루기 위해 같이 커져야 하는 음기가 억눌려 있고, 언젠가는 혈도가 풀려 음기도 뒤따라주게 되어 있는 거죠. 물론 그럴 경우라도 음기를 사용할 수는 없습니다. 무공이 양기를 사용하는 것이라면 말이죠. 아무튼 그런 상황에서 내력 대결로 억눌려 있던 혈도가 인위적으로 풀려 버린 것입니다."

"흐음."

유대적이 고개를 끄덕이며 한숨을 쉬었다. 그러자 양향이 궁금한 듯 물었다.

"그럼 무공을 되찾을 가능성이 있나요?"

"글쎄요……. 지금까지 말한 것은 추측입니다. 이자의 몸 상태를 보고 내린 결론일 뿐, 정확한 것은 아무것도 없습니다. 완치되어야 알 수 있는 거죠."

"그럼 완치는 되는 건가요?"

"우선 상한 혈도를 다스리기 위해 약을 썼고, 침으로 기력을 회복시키고 있습니다. 무공적인 면은 어찌 될지 확신할 수는 없지만, 몸은 예전처럼 완치가 될 겁니다."

"다행이네요."

진 선생은 계속 침을 놓더니 시간이 지나자 다시 빼내기 시작했다. 반 시진의 시술이 끝나자 그가 말했다.

"우선 환자의 안정이 중요합니다."

"알겠어요. 제가 따로 하인들에게 말해 놓을게요. 그런데 가끔씩 발작을 일으키는데 그것은 왜 그런 거죠?"

"몸이 허해져서 그런 경우이지만, 더 정확히 말하자면 음기가 보충되면서 몸이 감당을 하지 못하는 것 때문입니다. 하지만 차차 나아질 겁니다. 신경 쓰실 필요 없습니다."

이마에 맺힌 땀을 닦는 그를 향해 양향이 준비한 주머니를 내밀었다.

"수고하셨어요."

분명 상당량의 돈이 들었을 그것을 보고 진 선생이 고개를 저었다.

"됐습니다. 그간 금천방에 많은 도움을 받았는데, 이 정도 일로 제가 어찌……."

"그래도 잠도 못 주무시고 어제부터 자리를 지키고 있었는데, 받아 주세요. 그래야 제 마음이 편할 것 같아요."

몇 번을 더 거절한 진 선생은 어쩔 수 없이 양향이 내민 주머니를 받아 들었다. 그리고 가면서 당부의 말을 덧붙였다.

"제가 준 약을 하루에 세 번씩 꼭 먹이십시오. 그리고 깨어나더라도 한동안 고기류는 주지 마시고 채소나 과일로 식사를 하게 하십시오. 그것이 빠른 회복에 좋을 것입니다."

"알겠어요."

진 선생을 정문까지 배웅한 유대적이 양향을 향해 물었다.

"다행이기는 한데, 이제부터 어쩌실 생각이십니까?"

"우선 몸이 나을 때까지 좀 더 지켜보고 그때 결정하는 것이 좋지 않겠어요?"

"걱정이 되는군요. 모용세가에서 눈치라도 챈다면 상당히 위험해질 수도 있는데……."

"그렇게 되지 않도록 보안에 좀 더 신경을 써주시고, 믿을 만한 하인 이외에는 당분간 그분이 머무는 별채 주위로 접근하지 못하도록 유 총관님께서 지시해 주세요."

"알겠습니다."

이틀 후, 헌원지는 정신을 차렸다. 아무도 없는 방에 깨어나 생소한 방 안을 보고 잠시 놀랐으나 크게 신경 쓰지는 않았다. 다친 자신을 이런 호화로운 방에 머물게 하고, 치료까지 했다는 것은 방 주인이 자신에게 해를 입힐 의도가 전혀 없다는 판단이 섰기 때문이다.

그가 침상에서 몸을 일으켜 가장 먼저 한 일은 몸에 감긴 붕대를 푸는 것이었다. 그리고는 창문을 활짝 열어젖혀 밖을 바라보았다. 그날 하루 그가 한 일은 그것이 다였다. 사실 밤에 깨어났으니 특별히 할 일이 없기도 했다.

다음날 아침 방문이 열리는 소리에 헌원지가 자리에서 일어나자 웬 사내가 화들짝 놀라더니 물었다.

"괘, 괜찮으십니까?"

"누구지?"

"저는 이곳의 하인입니다."

"이곳이 어딘데?"

"금천방입니다."

헌원지로서는 처음 들어보는 이름이었다.

"금천방?"

"네, 금천방 총단이고 이 건물은 내원에서 가장 중앙에 있는 별채입니다."

"그런데 내가 왜 여기에 있지?"

약간의 적대감을 드러내는 헌원지를 보며 하인이 어색한 미소를 지으며 대답했다.

"저는 자세한 내막을 모릅니다. 다치셨던 공자를 우리 아가씨께서 구해 이곳에 데려오셨다고 들었습니다."

"치료도 그녀가 했나?"

"네. 진 선생님이라고 용하신 의원이 계신데, 그분을 데려오셔서 치료하셨습니다."

"흠."

잠시 생각하던 헌원지가 피식 웃었다.

"구해달라고 하지 않았으니 고맙다는 말은 하지 않겠다."

뻔뻔스런 그 말에 하인이 똥 씹은 표정을 지었으나 대꾸하지는 않았다. 그런데 헌원지는 한술 더 떠 하인이 들고 있는 쟁반을 턱으로 가리켰다.

"먹을 건가?"

"야, 약인데요."

"약은 됐고, 먹을 거나 가져와."

"하지만 약은 꼭 드셔야 한다고……. 그래야 빨리 몸이 낫는다고 하셨는데……."

"내 몸에 신경 써달라고 부탁한 적 없으니 그딴 신경 쓰지 말고 가져와."

자신이 이곳 주인이라도 되는 양 너무 당당한 그의 말에 순간 하인은 떨떠름한 표정을 지었다. 당연히 기분이 나쁠 수밖에 없었던 그는 그래도 잘 보살피라는 양향의 명이 있었기에 쟁반을 방 안 탁자 위에 올려놓고 표정을 숨기며 나가 버렸다.

'은혜도 모르는 놈! 저 때문에 이틀 동안 아무것도 못하고 병 수발만 들었는데…….'

잠시 후 하인은 헌원지에게 과일을 가져다주었다. 그러자 헌원지가 으르렁거렸다.

"허기가 져 미치겠는데 가져온다는 것이 고작 이거냐? 배를 채울 수 있는 것으로 다시 가져와."

"하지만 야채와 과일을 드셔야 빨리 낫는다고……."

"말했지?"

"……?"

"내 몸은 내가 알아서 한다고!"

'젠장, 네놈이 원한 거니까 난 몰라!'

하인은 앞의 건방진 놈을 향해 마음속으로나마 욕을 퍼부어주었다. 그리고는 먹고 체하길 바라는 마음으로 고기류를 잔뜩 가져다주었다. 그런데 헌원지가 그것을 얼마나 맛있게 먹는지, 좀 전에 밥을 먹었던 하인도 침이 꼴딱 넘어갔다.

헌원지는 오인분은 족히 될 것 같은 양을 순식간에 비워 버리더니 자리에 벌렁 누워버렸다.

"아직 몸이 좋지 않으니 당분간 이곳에 있을 생각이다. 점심은 됐고, 저녁에는 술도 같이 가져오도록."

'뭐, 뭐야, 이 녀석!'

획하니 돌아누우며 이불을 덮는 헌원지를 보며 하인은 당황스럽다 못해 황당한 느낌마저 받았다. 안하무인도 이런 안하무인이 없는 것이다. 자신이 아무리 하인이라지만 그래도 금천방에서 돈을 받고 일하는 금천방 사람일 뿐, 이 빌어먹을 놈의 하인은 아니었다. 그런데도 돈을 주고 채용한 듯 자신을 몸종 취급을 하고 있으니 하인으로서는 황당할 수밖에 없었다.

곧이어 코까지 고는 헌원지였다. 그 때문에 하인은 급히 밖으로 튀어나와 참을 수 없다는 듯 하늘을 보고 나직이 쌍욕을 퍼부었다.

"물에 빠진 거 건져 줬더니 보따리 내놓으라 할 놈! 싸가지없는 후레자식! 아가씨만 아니었다면 그냥 콱!"

제11장
되찾은 더러운 성격

 금천방에서 정신을 차린 헌원지는 삼 일 동안 매일같이 별채 앞 정원에 만들어진 인공 연못 앞에 쭈그리고 앉아 멍하니 있었다. 그러다 식사 때가 되면 식사를 하고 다시 호수를 바라보고, 밤이 되면 방 안으로 들어가 잠들기 일쑤였다.
 그간 헌원지가 만난 사람이라곤 매일같이 식사를 갖다주고 방을 청소해 주는 왕삼이라는 간사해 보이는 하인이 전부였다. 무슨 이유에선지 별채와 그 주위로 쳐진 담장 안으로는 사람의 그림자를 볼 수 없었다. 하지만 헌원지는 특별히 그에 관심을 가지지 않았다. 자신을 구해주었다던 이곳의 아가씨가 누구인지도 관심없었고, 자신이 다 나았는데도 왜 찾아오지 않는지도 관심이 없었다.
 중요한 것은 자신이 살아났다는 것이고, 더 중요한 것은 요 삼 일 동안 예전 만월교에서 활동할 때의 강렬했던 음기가 다시 급격히 늘어나고 있다는 점이었다.

일 년이 넘는 시간 동안 그렇게 고생고생해서 찾으려 했던 내공이 삼 할도 회복되지 못한 반면, 금천방에 온 이후 삼 일 만에 거의 대부분의 내력이 회복되었다. 이대로 이틀만 더 지난다면 완전한 힘을 되찾을 것으로 예상되었다. 그 때문에 오히려 일 년간 왜 그렇게 내공을 회복하려고 아등바등 노력했나? 하는 생각이 들어 허무하기까지 했다.

퐁!

그는 조용히 잠자고 있는 연못에 자갈 하나를 던져 넣었다. 물결이 원형 모양으로 퍼지는 것이 음공의 파장과 성질이 비슷해 보였다. 그때 그가 갑자기 신음을 뱉었다.

"크윽!"

음공에 대한 생각을 하자 갑자기 몸속에서 강렬한 살의가 피어올랐다. 헌원지 자신으로서도 알지 못할 괴이한 감정. 어쩌면 조바심, 어쩌면 강렬한 피에 대한 욕구일지도 몰랐다. 음기가 회복되면서 예전에 가졌던 반항적인 감정이 계속 그의 속을 긁고 있는지도……

어쩌면 그것은 만월교에 있을 때는 느끼지 못했던 것을, 잃고 난 후 다시 찾았을 때 예전의 느낌을 더욱 진하게 감지하는 인간의 본능적인 감각 때문일지도 몰랐다. 예를 들어 돈이 많을 때는 돈의 중요성을 몰랐다가 흥청망청 다 쓰고 난 후에 느끼는 허탈감, 그러다 운 좋게 다시 예전만큼의 돈이 생겼을 때 돈의 중요성을 뼈저리게 실감하는 그런 것과 같을 것이다.

'역시 현천음한심법 때문에 인성이 변한 건가?'

하지만 조금 더 깊이 생각해 보면 그것이 다는 아닌 것 같았다. 정작 그를 괴롭힌 것은 삼 일 동안 머리 속을 떠나지 않는 악몽이었으니 말이다. 악몽 속에서 자신이 행했던 음공이 그를 괴롭히는 주요 원인이라 할 수 있었다.

헌원지는 아직도 이해할 수 없었다.

마음만으로 소리를 지배할 수 있을까?

이론적으로는 그럴 수 없다고 생각했지만 이상하게 꿈속에서의 상황은 생생했다. 발 한 번 땅을 찍은 소리로 사람들을 옴짝달싹 못하게 들어 올리는 그것이 정말 가능한가? 라는 의문이 그의 머리를 복잡하게 하고 있었다.

실제 움직이지 않는, 그래서 변하지 않는 고유한 음파를 가지고 있는 돌이나 물건 등은 가능했다. 그런데 움직이는 사람, 음파가 계속 변동하는 사람은 그렇게 마음대로 조종할 수가 없었다.

헌원지는 그것이 이해가 가질 않았다. 가능하게 하려면 음파의 변동을 계속 감지하고 내력을 지속적으로 불어넣어 들어 올리고자 하는 사람의 음파가 변하는 만큼 소리에 흘려보내는 내력의 양도 조절을 해야 했다.

한두 사람 정도는 정신을 집중하면 가능할 수도 있겠지만 여러 사람을 한꺼번에, 그것도 공중에 띄워 움직이지 못하게 하는 것은 불가능할 수밖에 없다. 하지만 꿈속에서는 마음이 가는 대로 소리를 조절하지 않았던가! 단지 꿈이라고 하기에는 너무 생생했기에 혼란하기만 했다.

"혹시!"

순간 헌원지는 그것이 검의 고수가 신검합일의 경지를 얻는 것과 같이 음공으로도 같은 경험을 할 수 있는 무공의 방향이 아닌가라는 생각이 들었다.

'가능할까? 그럼 신음합일(身音合一)이라고 해야 하나? 아니지, 마음과 음이 조화를 이루는 것이니… 심음합일(心音合一)이라고 해야겠군!'

"훗!"

문득 헌원지가 피식 웃음을 흘렸다. 자신이 생각해도 웃긴 발상이었기 때문이다.

"젠장, 머리만 아프군."

그는 복잡해지는 머리를 식히기 위해 다시 연못으로 시선을 돌렸다. 멍하니 아무 생각도 안 하다 보면 마음이 진정되고 편안해졌기 때문이다. 지금의 몸 상태가 그리 좋은 편이 아니었기에 최대한의 안정이 필요했고, 그것을 헌원지도 잘 알고 있었다. 그렇게 반 시진을 더 있을 때였다. 불현듯 인기척이 느껴졌다.

'투벅투벅' 거리는 소리가 점점 가까워지는데 헌원지는 돌아보지 않았다. 이곳이 무엇을 하는 곳인지, 자신을 왜 구해주었는지 관심도 없는데 다른 것에 관심을 가질 리 없었다. '말없이 있으면 지나치겠지'라는 생각으로 그렇게 연못만 바라보고 있을 뿐이었다.

그런데 어쩔 수 없이 누구인지 확인할 수밖에 없었다. 상대가 헌원지가 있는 곳 맞은편 연못가에 쭈그리고 앉았기 때문이다.

맞은편에 있으니 당연히 눈에 들어올 수밖에 없었는데, 의외로 어린 소년이라 헌원지의 호기심을 자극했다. 하지만 헌원지는 눈을 약간 내리깔아 다시 연못을 보았다.

소년이 누구인지는 모르겠지만 그 또한 말이 없었다. 이곳에 살고 있는 것은 분명해 보였다. 한데 헌원지같이 낯선 사람이 연못에 앉아 있는데도 관심을 드러내지 않는 것이 이상했다.

둘 다 그 모양이니 연못과 정원은 여전히 침묵 속에 잠자고 있을 수밖에…….

그렇게 한 시진 동안 소년과 헌원지는 연못만 쳐다보고 있었다. 그리고 먼저 변화를 일으킨 쪽은 헌원지였다. 식사 때가 되었기 때문이다. 이 시간이면 언제나 왕삼이 방 안으로 식사를 가져왔다.

허기진 배를 채우기 위해 헌원지가 방에 들어가려 할 때 문득 뒤를 돌아보았다. 소년은 여전히 묵묵히 연못만 바라보고 있었다.

"어이!"

헌원지가 부르자 소년이 얼굴을 들어 올렸다. 소년의 얼굴을 보자 헌원지는 앞으로 오 년 정도 후면 소년이 상당한 미남자가 될 것이라는 생각이 들었다. 하얀 피부에 붉은 입술, 갸름한 턱 선이 여인의 그것과 같이 예쁘게 보였기 때문이다. 사춘기를 벗어던지고 조금만 남성답게 성장한다면 꽤나 여인들을 홀릴 외모였다.

불러놓고 아무런 말이 없자 소년이 말했다.

"제게 하실 말씀이라도……?"

찬찬히 소년을 뜯어보던 헌원지가 피식 웃으며 물었다.

"배 안 고파?"

"별로……."

"그럼 됐고."

헌원지는 더 이상 볼일없다는 듯 휙 몸을 돌려 방으로 들어가 버렸다.

방문을 열고 들어서자 정확히 시간을 맞춰 왕삼이 식탁에 음식을 놓고 있었다. 그것을 보던 헌원지가 물었다.
 "밖에 있는 꼬마 누구지?"
 "누구를 말씀하십니까?"
 "밖에 십오육 세 정도 되어 보이는 꼬마 녀석이 있던데?"
 "글쎄요……."
 음식을 모두 놓은 왕삼이 급히 창가로 다가가더니 탄성을 질렀다.
 "아!"
 "왜, 아는 녀석인가?"
 "도련님이십니다."
 "도련님?"
 "네, 이곳 금천방 방주님의 손자가 되시죠."
 "그러고 보니 금천방이 뭐 하는 곳인지 모르겠군. 무림문파인가?"
 '빨리도 물어본다.'
 내심 그렇게 생각하던 왕삼이 설명했다.
 "금천방은 장사를 하는 곳입니다. 하지만 그냥 시장에서 물건을 파는 작은 장사가 아니라 운남 전체를 상대로 하는 엄청난 상계 집단이죠. 돈이 되는 사업이라면 안 하는 것이 없을 정도로 방대합니다."
 별로 관심없는 이야기였지만 혼자 밥 먹는 것이 심심했기에 헌원지가 동조를 해줬다.
 "얼마나 큰데?"
 "저야 말단 하인이니 자세히는 모르지만 소문으로는 운남에서 세 손가락 안에 든다고 들었습죠. 그리고 돈으로 따진다면 가장 많다고 그러던데요."
"꿀꺽. 대단하군."
차 한잔을 단번에 털어 넣은 헌원지는 퉁명스럽게 대답한 후 계속 음식을 먹으며 물었다.
"방주는 누구지?"
"방주님은 양 대인이라 불리고 있습니다. 중원에서 왔다고 하던데, 운남금룡회와 그 외 큰 장사꾼들의 텃세에도 불구하고 몇 년 동안 별 탈 없이 운남에서 세력을 확장하고 있죠."
"몇 살인데?"
"저도 나이는 모릅니다. 상당히 많다고는 들었는데… 사실 한 번도 본 적이 없거든요."
"날 구해줬다던 그 여인은?"
"그분은 손녀가 되시죠."
그 후로 식사가 끝날 때까지 건성으로 대화를 나누던 헌원지가 문득 의아함을 느끼며 물었다.
"방주에게 자식은 없어?"
새파랗게 어린 놈이 방주님을 방주라고 낮춰 부르는 것이 속이 뒤틀린 왕삼이었지만 삼 일 동안 지켜본 바, 충분히 그럴 만한 싸가지를 가지고 있다고 생각했기에 문제 삼지는 않았다.
"오래전에 죽었다고 들었습니다."
그러자 헌원지가 혀를 찼다.
"쯧쯧, 그럼 밖에 있는 저 아이가 훗날 금천방을 이끌어야 할 텐데 저렇게 숫기가 없어서야……. 금천방도 오래 못 가겠군."

순간 왕삼의 표정이 일그러졌다.

"무슨 말씀! 저래 보여도 재능은 상당히 뛰어납니다. 배우는 것을 얼마나 빨리 소화해 내는지, 소문이 자자할 정도라니까요."

"그러면 뭐 하나? 그 재능을 발휘할 능력이 없는데. 재능이 있는 자는 천하에 수도 헤아릴 수 없을 만큼 많아. 모름지기 사람 앞에 군림할 자는 재능이 뛰어나야 하는 것이 아니라 재능있는 사람을 이끌고, 부릴 줄 아는 능력과 처세술이 뛰어나야 돼. 네 말대로 방주의 손자가 재능이 뛰어나다면 남의 부림받기에는 좋을지 몰라도 이끌기에는 무리가 있지. 재능? 솔직히 그거 별거 아니야. 옛 공자 말씀에 열 집 걸러 인재가 있다는 말도 못 들어봤나? 크게 될 사람은 자잘한 재능보다는 사람을 볼 줄 아는 능력과 계획을 잡으면 흔들리지 않고 밀어붙이는 과단성이 있는 법이지."

왕삼의 표정은 더욱 일그러져 있었다. 하지만 헌원지는 상관하지 않고 젓가락을 놓고 배를 두들겼다.

"오늘은 맛이 별로군."

'실컷 잘 먹어놓고 저따위 말이나 하다니······. 건방진 놈!'

왕삼은 속이 뒤틀리는 것을 참으려 했다. 하지만 오늘만은 그럴 수 없었다. 좋은 생각이 난 듯 비꼬는 듯이 헌원지에게 말을 걸었다.

"그럼 공자님은 왜 이곳에 있습니까?"

"······?"

헌원지가 고개를 갸웃거리자 왕삼이 잘 걸렸다는 듯 말을 이었다.

"그러니까 제 말은, 그렇게 사람을 잘 보시는 공자님은 왜 부상당한 채 남에게 도움을 받아 이곳에서 숨죽이고 있냐는 거죠. 혹시 재능도 없고 사람 볼 줄 아는 능력도 없는 것 아닙니까?"

헌원지가 피식 웃었다. 그리고는 살며시 일어서는데, 순간 왕삼이 한 걸음 물러섰다. 헌원지의 몸 주위에서 극심한 한기가 퍼져 나왔기 때문이다.

"다시 말해 봐."

헌원지의 말에 왕삼은 입을 다물어 버렸다. 몸을 얼릴 듯한 한기가 피부에 닿으며 살을 떨리게 하는데야 입을 열 수 있을 리 없었다. 추워서 그러는 것인지, 아니면 순간 두려움이 밀려들었는지 다리까지 덜덜 떨고 있는 왕삼이었다.

그런 그를 보며 헌원지가 몇 걸음 다가오더니 손을 뻗었다.

"캑!"

헌원지의 손은 왕삼의 목을 조르고 있었다. 그러자 왕삼이 경악한 눈으로 헌원지를 바라보았다.

"다시 말해 보라니까?"

"크윽!"

왕삼은 이 순간 몸이 떨리는 것이 춥기 때문이 아님을 알 수 있었다. 가을이라지만 운남의 날씨는 따뜻했고, 숨까지 턱 막혀 답답해 미칠 것 같았기 때문이다. 잠시 후 방 안에 지린 냄새가 진동을 하기 시작했다. 왕삼이 오줌을 싸버렸던 것이다.

"젠장!"

그 모습을 보고 거칠게 왕삼을 밀친 헌원지가 으르렁거렸다.

"다시 한 번 주제넘게 날 두고 평가하는 짓은 하지 마라. 알겠냐?"

왕삼은 말할 수 있는 정신이 아니었기에 고개만 연신 끄덕거렸다.

하기야 자신이 오줌을 쌌다는 것조차 모르고 있을 정도였으니…….
 헌원지가 방을 나가며 나직이 외쳤다.
 "뭐 하고 있어? 냄새 때문에 이곳에 있기 힘드니 옆방을 치워놔. 당분간 그 방을 쓰도록 하지."
 헌원지가 밖으로 나가고 나서야 왕삼은 깊이 억눌렀던 한숨을 토해 냈다.
 "휴!"
 그는 아직도 떨리는 자신의 손을 믿을 수 없다는 듯 바라보았다.
 "뭐, 뭐 저런 놈이 다 있어!"
 그는 헌원지의 말은 잊어버리고 급히 일어나 밖으로 뛰쳐나갔다. 그가 가는 방향은 양향에게였다. 그녀에게 보고를 해 은혜도 모르는 건방진 놈을 당장 쫓아버리기 위해서였다.

 금천각에 있는 양사진의 집무실에는 일곱 명의 인물이 자리하고 있었다. 양사진을 비롯한 양향, 유대적, 금천방의 두 집사, 그리고 검은 옷에 면사로 얼굴을 가린 여인이었다. 마지막 한 명은 여인의 뒤에 기립해 있는 사내였다. 검은 옷에 경사가 급한 죽립을 눌러쓰고 있어 코 위의 얼굴을 볼 수 없는 자였다.
 "우선 귀주에서 운남 대리까지 찾아주셔서 고맙소. 그런데 이렇게 젊은 여자 분인 줄은 몰랐소."
 양사진의 말에 흑의여인이 입을 열었다. 면사 안에서 흘러나오는 그녀의 목소리에는 조금은 장난스러움이 배어 있었다.
 "오랜만에 유람한다는 생각으로 왔으니 고마울 것까지는 없답니다.

그리고 제가 여자라서 문제가 되나요?"

"그럴 리가 있겠소? 오히려 여자의 몸으로 모양각을 이끌고 있다는 것이 대단해 보일 뿐이오."

"호호, 그렇게 말씀해 주시니 고맙군요. 그런데 이번에 사황교와의 교류를 이루기 위해 보냈던 물건이 털렸다던데, 정말인가요?"

"소문이 빠르군요. 얼마 전까지 귀주에 있었을 텐데……."

"우리 모양각이야 정보로 살아가는 실수 집단이니까요. 귀주에 있어도 마음만 먹는다면 운남의 사정이야 쉽게 들여다볼 수 있답니다. 그런데 원흉이 누구인지는 밝혀냈나요?"

"밝혀낼 필요도 없지. 운남금룡회밖에 누가 더 있겠소?"

면사 안에서 가는 웃음소리가 흘러나왔다.

"호호호, 그런데도 이번에 또 사황교로 물건을 보낼 계획을 잡으셨다죠?"

빈정거리는 듯한 말투에 기분 나쁘기도 하련만 양사진은 경험 많은 장사꾼답게 역시 미소로 답했다.

"허허, 원래 장사꾼은 아둔한 법이라오. 돈이 되면 앞뒤 가리지 않고 달려들지요. 그런데 바쁘지는 않소? 요즘 들리는 소문에 모양각의 처지가 별로 좋지 않다고 하던데……. 솔직히 각주께서 직접 방문해 주실 줄은 몰랐소이다."

"소문은 소문일 뿐이죠. 만월교와 그 외의 몇몇 문파에 미운 털이 박히기는 했지만 모양각은 언제나 빠져나갈 준비를 하고 있죠."

양사진과 묘강의 의미없는 대화가 계속 이어지자 유대적이 슬며시 나섰다. 본론과 멀어지는 대화로 시간을 끄는 것 같았기 때문이다.

"이번 모양각에 도움을 요청한 것은 원행을 떠나기에 앞서 상단을 지켜줄 뛰어난 무사들을 선별하기 위해서입니다. 모양각에서 무사들을 지원해 주실 수는 없습니까?"

"글쎄요. 모양각의 고수들이 실력이 뛰어나기는 하지만 그 특기가 잠행과 정보 수집, 암살이랍니다. 숨어드는 것은 기가 막히나 무언가를 지키기에는 우리 모양각보다는 보표들을 고용하는 것이 좋지 않을까 생각하는데… 아닌가요?"

"알고 있지만 운남금룡회 때문에 실력있는 무사들을 구하기가 하늘에 별 따기라서 그렇습니다. 정 그러시다면 소개를 시켜줄 문파나 무사들은 없습니까?"

"음……."

잠시 생각하던 묘강이 고개를 저었다.

"자세히 말씀드릴 수는 없지만 지금 귀주는 어느 때보다 위험이 도사리는 지역입니다. 운남에서 구하는 것이 좋겠지만 운남금룡회의 입김 때문에 나서려 하지 않을 테니……. 그렇다고 귀주에 연이 닿아 있는 문파들을 소개시켜 드리기도 그렇고……."

순간 면사 안으로 은은히 비치는 묘강의 얼굴에 묘한 표정이 감돌았다. 재밌는 생각이라도 난 듯하더니 말을 이었다.

"아, 구할 수 있을 것 같네요."

양사진이 궁금함을 드러냈다.

"누구입니까?"

"그건 말씀드릴 수 없네요. 귀주에 상당한 힘을 과시하는 문파인데, 약간의 도움을 주고 있어 부탁하면 실력있는 무사 몇 명 정도는 지원

받을 수 있을 것 같네요."

"흐음, 그럼 언제까지 지원이 가능하겠소?"

"혹시 몰라 전서구를 가져왔으니 재촉만 한다면 늦어도 열흘 정도면 이곳에 당도할 수 있을 것 같네요. 단!"

"……?"

"몇 명을 지원해 줄지는 모르겠습니다. 모두 세 문파인데, 그쪽도 지금 움직임이 심상치 않거든요. 하지만 확신할 수 있는 것은 무공이 대단히 뛰어날 것이라는 점."

무공 이야기가 나오자 양향이 역시 관심을 드러내며 슬쩍 나섰다.

"어느 정도인데 그러시죠?"

"웬만한 문파에서는 거의 최상위급 고수로 분류할 수 있는 자들이죠."

"그런데 만월교의 허락을 받지 않아도 되나요? 지금 귀주는 만월교가 통합했다고 하던데요?"

"만월교가 통합했다고는 하지만 그것은 세력의 통합이 아니라 중원 진출의 뜻을 같이하기 위한 통합이랍니다. 그 중심에 만월교가 섰을 뿐, 각 문파 간의 개별적인 행동은 모두 인정하기로 한 상태입니다. 만약 그것을 막았다면 만월교가 귀주를 통합할 수는 없었겠죠. 모든 문파들이 끝까지 저항했을 테니까요."

"그런데 귀주가 왜 위험이 도사리는 곳이란 거죠?"

묘강은 미소를 지으며 면사 아래로 드러난 입술에 검지를 갖다 대었다.

"그건 모양각만의 비밀이에요. 참! 그런데 그거 아세요?"

"……?"

"방주님의 연락을 받고 이곳에 오기 전에 정보를 수집했는데, 재밌는 사실을 발견했거든요."

"무엇이오?"

"운남금룡회에서도 조만간 사황교에 물건을 조달할 준비를 한다고 하더군요."

운남에 뿌리를 내리면서 정보 수집에 구멍이 뚫린 금천방인 데다, 운남금룡회에서도 은밀히 진행 중인 일이었기에 알 리가 없었다. 그녀의 말에 양사진과 유대적 등이 인상을 굳혔다.

"정말이오?"

"그렇다네요. 아마 금천방에서 사황교에 접촉을 시도하니까 그것에 위협을 느껴 사황교와 좀 더 관계를 돈독히 하려고 그러는 거겠죠. 고로 이번 금천방의 원행이 알려진다면 운남금룡회에서는 더 많은 방해를 해올 거예요. 그에 대한 준비를 철저히 하셔야 할 겁니다."

그러자 유대적이 걱정스러운 듯 양사진에게 다시 제안했다.

"이번 사황교와의 접촉은 좀 더 신중히 생각하셔야 할 것 같습니다. 아니면 시일을 좀 더 늦추는 것이 어떻겠습니까?"

"아닐세. 운남금룡회가 그렇게 행동하는 것은 우리를 견제하고 있기 때문이야. 이 시기에 느슨하게 대처한다면 오히려 우리에게는 불리해지지."

"하지만······."

양사진이 손을 들어 그의 말을 끊었다.

"내 고집을 잘 알고 있지 않나? 이미 결정이 난 일일세."

그 말에 유대적은 한숨을 쉬며 입을 다물었다. 잠깐의 어색한 침묵이 감돌자 양사진이 묘강을 보며 미소를 지었다.
"멀리서 왔으니 힘드셨을 거요. 거처를 준비해 두었으니 편히 쉬시고, 오늘 저녁에 다시 원행에 대해 회의를 해봅시다."
"알겠습니다."
묘강은 고개를 까딱거린 후 자리에서 일어나 집무실을 빠져나왔다. 그녀와 죽립의 사내가 사라지자 양사진이 그제야 어두운 표정을 지었다. 일을 성사시키기는 해야겠는데, 이상하게 모양각에 믿음이 가지 않았기 때문이다. 게다가 이번에 운남금룡회에서도 사황교로 상단을 보낸다면 상당한 견제를 주고받아야 하니 그것도 걱정이 되기 시작했다.
"생각 같아서는 자네를 보내고 싶지만 이곳도 중요하니……. 이럴 때 믿을 만한 무사가 없는 것이 한스럽군."
유대적을 보며 하는 말에 모두들 한숨을 쉬었다.

묘강은 방을 나와 복도를 지나칠 때 그녀를 뒤따라온 죽립의 사내, 이사에게 물었다.
"금천방주를 본 소감이 어때?"
"고집스럽지만 신념이 대단했습니다."
"단지 그것뿐?"
"별다른 느낌은 받지 못했습니다."
"그럼 다른 인물들은?"
"유 총관이라 불린 자가 대단히 신중한 사람 같았습니다. 그리고 말은 많이 하지 않았지만 양 대인의 손녀인 양향 아가씨 같은 경우는 상당히 꼼꼼한 성격 같았고요."

묘강이 고개를 끄덕였다. 그러더니 다시 물었다.

"양 대인에 대해 조사해 놓은 것이 있었지?"

"그렇습니다."

"그럼 양 대인에게 자식이 몇 명이나 있는지 알겠네?"

"그렇습니다. 그런데 보지 않으셨습니까?"

묘강이 피식 웃었다.

"바빠 죽겠는데 언제 그런 자료들을 훑어봐?"

그러자 짜증나는 목소리.

"하루에 여섯 시진이나 자면서……. 자는 시간을 조금만 줄여도 하루가 훨씬 길어질 겁니다."

"여기까지 와서 잔소리야? 그보다 너는 자료를 읽어봤어?"

"제가 일사 같은 줄 아십니까? 당연히 읽어봤죠."

"그럼 양 대인에게 자식이 몇 명이나 있지?"

"없습니다."

"호, 조금 의외네. 보통 저런 부자들은 첩을 수없이 두는 것이 정상 아닌가?"

"여자를 별로 좋아하지 않는 것으로 알고 있습니다. 오로지 장사하는 데 열정을 쏟아 붓는 부류입니다."

"그럼 저 양향은 어떻게 된 거지? 데려다 키운 거야?"

"아닙니다. 원래 자식이 한 명 있었으나 병사했습니다. 그래도 다행인 것은 두 명의 손자 손녀를 안겨주었다는 것이죠."

"그럼 양향 말고 또 다른 손자는 어디 갔어?"
"금천방 내에 있지만 밖으로 잘 나오지 않는다고 알고 있습니다."
"성격은?"
"다양한 방면에 뛰어난 재능을 보인다는 소문이지만 성격에 문제가 있는 것으로 알려져 있습니다."
"……?"
"너무 숫기가 없고, 사람 대하는 것을 극도로 꺼린다고 하더군요. 게다가 꿈도 없어서, 무엇을 하든 관심을 가지지 않는다고 했습니다. 그래서 양 대인이 상당히 골머리를 썩고 있다고……."
"흐음."
잠시 생각하던 묘강이 걸음을 멈춰 세웠다.
"이사!"
"예!"
"양향에 대해서 좀 더 상세히 알아봐. 겉으로 드러난 것 이외에 무엇을 좋아하는지, 좋아하는 남자는 없는지, 어느 정도의 꿈을 가지고 있는지 등등 잡다한 것까지 모두!"
"왜 그러십니까?"
"그녀의 얼굴을 봤을 때 상당히 크게 될 인물이었어. 그런데 금천방을 이어야 할 동생이 그저 그런 내성적인 인물이라니, 그녀가 물려받을 가능성이 커."
"그녀에게 투자를 해볼 생각이십니까?"
"앞날을 위해서는 그게 좋겠지. 특히 그녀의 남자 관계에 대해서 자세히 알아봐. 만약 없다면 어떤 남자를 좋아하는지에 대해서도 은밀히 주변 사람들을 통해서 알아보고."
 "혹시, 중매라도 서시게요?"
 순간 묘강이 놀랍다는 듯 대답했다.
 "어떻게 알았어?"
 하지만 그녀보다 이사가 더욱 놀라움을 드러냈다.
 "저, 정말입니까?"
 "당연하지. 물론 내가 조종할 수 있는 우리 쪽 사람으로……."
 "묘책이십니다."

제12장
이유없는 허락

"왜 이렇게 기분이 찜찜하지?"

양향은 갑자기 오한이 드는 느낌을 받으며 자신의 방으로 들어섰다. 그녀는 할아버지의 집무실에서 방으로 올 때까지 계속 묘한 기분을 받고 있었다. 그것은 할아버지의 걱정스러운 표정 때문만은 아니었다.

모양각의 각주 묘강, 그녀가 원인이었다.

예전에 귀주로 한번 찾아갔을 때, 모양각의 각주는 남자였다. 그런데 실제로 여자인 것을 알았을 때, 특히 자신보다 나이가 그리 많지 않은 여자라는 사실을 알았을 때는 충격일 수밖에 없었다.

의외라는, 또 속았다는 것에 대한 충격이 아니라 묘강의 당당한 모습에 대한 충격이었다. 나이 어린 여인의 몸으로 뛰어난 고수들의 우두머리 역할을 톡톡히 해내는 모습과 자신의 할아버지와 당당히 이야기하는 모습이 대단해 보였고, 내심 부럽기까지 했다.
"나도 그런 당당한 여인이 될 수 있을까?"
순간 밀려오는 답답한 마음에 시녀를 불러 차를 내오게 한 그녀는 곰곰이 생각에 빠져들었다. 그때 방문 밖으로 사내의 다급한 목소리가 들렸다.
"들어가도 되겠습니까?"
"들어오세요."
익숙한 목소리였기에 그녀가 허락하자 왕삼이 모습을 드러냈다.
"무슨 일이죠?"
"제발 저 좀 살려주십시오, 아가씨!"
돌연한 그의 말에 그녀가 고개를 갸웃거렸다. 그러자 왕삼이 헌원지와 있었던 일에 대해 소상히 말하기 시작했다.
"정말, 그런 안하무인은 처음입니다. 제발 저를 불쌍히 여겨 그자를 쫓아버려 주십시오."
애절한 마지막 말을 덧붙인 그를 향해 양향이 믿을 수 없다는 표정을 지었다.
"설마요? 정말 그가 죽이려고 했나요?"
"정말이라니까요. 며칠 동안 계속 저를 괴롭히더니 좀 전에 정말 저를 죽이려고 목을 졸랐다니까요!"
"믿을 수가 없군요. 그럴 분이 아닌데……."
하지만 왕삼이 과장을 했을지언정 없는 말을 지을 사람이 아니라는 것을 잘 알고 있는 그녀였기에 믿지 않을 도리가 없었다. 이해한다는 듯 고개를 끄덕인 그녀가 말했다.

"알겠어요. 그 일은 내가 처리할 테니 이만 나가보세요."

"감사합니다."

잘됐다는 듯 고개를 깊숙이 숙인 그가 나가자 양향은 황당한 웃음을 흘렸다.

"내상 때문에 머리에 이상이 생겼나?"

그런데 약간의 기대도 되는 그녀였다. 왕삼의 설명을 들어보아 무공을 잃어버리지 않은 것 같았기 때문이다.

"얼마나 회복한 거지? 아니, 원래 어느 정도의 고수였을까?"

좀 전의 답답한 생각을 완전히 머리 속에서 지운 그녀는 새로운 호기심을 드러내며 자리에서 일어섰다. 그동안 방 내의 일이 바빠 잠시 잊고 있었던 헌원지를 한번 만나보고 싶었기 때문이다.

식사 후, 헌원지는 여전히 정원으로 나와 연못가에서 무료한 시간을 보내고 있었다. 생각할수록 머리가 아팠지만 이상하게 악몽과 그에 겹쳐지는 음공의 발전형에 대한 갈구가 마음속을 괴롭히고 있었기 때문이다.

'젠장, 짜증나는군!'

생각을 떨치려 할수록 머리가 더욱 아파오자 그는 얼굴을 들어 반대편을 바라보았다.

"어이!"

그의 부름에 아직까지 자리를 그대로 지키고 있던 양사진의 손자 양혁소가 고개를 들었다.

"꿈이 뭐냐?"

돌연한 질문에 잠시 멍해 있던 양혁소가 고개를 저었다.
"재능이 많다고 들었는데, 잘하는 것은?"
역시 고개를 젓는 양혁소였다. 그의 행동에 헌원지의 입꼬리가 슬며시 뒤틀어지더니 이내 자조적인 미소가 되었다. 순간 자신과 비슷하다는 생각이 들었기 때문이다.
"나하고 비슷하군. 나도 꿈이 없고 잘하는 것이 없지. 하지만 너처럼 소심하지는 않다. 사내 녀석이 여자도 아니고, 연못가에 혼자 쪼그리고 앉아 무슨 청승이냐?"
자신도 똑같은 짓을 하고 있다는 것을 망각한 질문이지만 그 말에 처음으로 양혁소가 반응을 나타냈다.
"어떻게 하는 것이 소심하지 않은 건데요?"
"……?"
"활달하게 행동하고 말을 많이 하면 되나요?"
"……!"
"그런데 남자다운 것은 뭔가요?"
한번에 세 가지의 질문을 던지는 소년의 진지한 얼굴을 보고 헌원지는 재밌다는 표정을 지었다.
"다른 건 나도 모르겠고… 한 가지 확실한 건 있지."
"……?"
"남자는 자신이 하고 싶은 것을 해야 하고, 하고 싶다고 말할 줄 아는, 그리고 행동으로 옮긴 일은 반드시 성사시킬 수 있는 결단력과 용기를 필요로 한다는 거다."
"그럼 그쪽은 무엇을 하고 싶은데요?"

"나?"

"네. 무엇을 하고 싶죠?"

잠시 생각하던 헌원지가 음침한 미소를 흘렸다.

"하고 싶은 게 그때그때마다 다르지. 그리고 하고 싶다는 마음만 먹으면 바로 한다. 말 그대로 '내 멋대로' 인생인 셈이지."

말이 없는 양혁소에게 헌원지가 피식 웃으며 물었다.

"왜? 부럽나?"

의외로 양혁소는 고개를 끄덕였다.

"그쪽 같은 부류의 사람을 만나본 적은 없지만 대화를 나눠보니 항상 자신감에 차 있는 것 같네요. 그게 부러워요. 자유분방함 같은 그런 마음이……."

"훗, 애늙은이 같은 소리를 하는군. 그런데 여기에서 뭐 하는 거냐? 이런 곳의 도련님께서 한가하게 연못에 있는 고기나 구경하기에는 시간이 아깝지 않나? 그 나이라면 배워야 할 것이 태산일 텐데?"

"할아버지께서 저를 포기하신 지 오래되셨어요. 많은 스승님들이 와서 가르쳐 주는 것도 많지만 그분들 역시 이제는 제가 자리를 비워도 아무런 말씀을 하지 않으시고요."

"관심을 끌고 싶은가 보군."

툭 던진 말이었지만 순식간에 양혁소의 얼굴이 붉어지기 시작했다.

"그런 아이 같은 짓은……."

골이라도 났는지 양혁소가 무언가 반박하려 하는데, 연못가에서 조금 떨어진 곳에서 차분한 여인의 음성이 들려왔다.

"정말이군요."

헌원지는 의미 모를 말을 무시해 버렸다. 쳐다보지도 않고 다시 연못으로 고개를 돌리자 여인의 음성이 다시 들려왔다.

"하루 종일 연못가에 있다고 하더니……. 이제 몸은 괜찮으신가 보죠? 어때요?"

그 말에 헌원지가 자리에서 슬며시 일어서며 여인을 바라보았다. 그리고 이제야 알겠다는 듯 말했다.

"호, 날 구해주었다는 그 고마우신 여인이 당신이었소?"

순간 양향이 멈칫했다. 왕삼에게 듣기는 했지만 자신에게까지 이렇게 비꼬는 듯이 말할 줄은 몰랐기 때문이다. 왕삼이야 이곳의 하인이었으니 그럴 수도 있다고 생각했지만, 목숨을 구해준 은인을 이런 식으로 대할 줄은 생각지도 못한 그녀였다. 하지만 그녀는 좁은 속을 드러내기 싫어 그에 대해 문제 삼지는 않았다.

"보아하니 몸이 많이 좋아지신 모양이군요. 그런데……."

그녀는 양혁소를 가리켰다.

"혁소가 모르는 사람과 이야기하는 것은 처음 보네요. 무슨 이야기를 그렇게 재밌게 했죠?"

"그건 저 녀석에게 물어보시오. 그럼 나는 이만."

"잠깐만요!"

별채로 들어가려는 그를 양향이 급히 불렀다. 솔직히 헌원지의 행동에 속이 조금 상한 그녀였다. 그리고 약간은 혼란스럽기도 했다. 예전 운현에서 산적들을 잡을 때와 진룡문에서의 예의 바른 헌원지의 언행이 지금과는 극과 극이었기 때문이다. 사람이 이렇게 한번에 달라질 수도 있나 싶을 정도인데…….

이유없는 허락 157

헌원지가 심드렁한 표정을 드러내며 먼저 입을 열었다.
"난 구해달라고 한 적 없는데 그쪽에서 수고스럽게 구해준 것이니 고맙다는 말을 듣고 싶은 거라면 포기하는 것이 좋을 거요."

그 말에 양향의 표정이 붉게 상기되기 시작했다. 내심 고맙다는 말을 들었으면 어땠을까 하는 생각을 했기 때문이다. 정곡을 찔린 그녀가 평소답지 않게 버벅거렸다.

"그, 그런 것이 아니라……."

"그럼 다른 볼일? 귀찮으니까 본론은 빨리. 아!"

"……."

"그리고 부탁 한 가지 하자면, 구해준 김에 며칠만 더 지내게 해주시오. 의외로 여기서 지내기가 상당히 편하단 말이야. 귀찮은 사람들도 없고."

"……."

"할 말 없소? 그럼 볼일 보시오!"

할 말만 하고 매몰차게 몸을 돌리는 그를 향해 양향이 상기된 목소리로 입을 열었다. 화가 났는데 억지로 참는 것이 눈에 보일 정도였다.

"무, 물어볼 것이 있어요."

"뭐요?"

귀찮다는 표정을 노골적으로 비치는 헌원지가 얄밉다는 듯 양향이 차가운 한숨을 쉬며 말했다.

"무공이 어느 정도였죠?"

"진룡문에 있을 때 보지 않았나?"

"정확히 정신을 잃었을 때와 그전의 차이를 알고 싶어요. 어느 것이 진짜 실력인가요?"

그녀의 말에 헌원지가 약간의 놀라움과 흥미를 드러냈다. 사실 그는 모용편성과 내력 대결 후 정신을 잃었다는 것까지밖에 생각이 나질 않았기 때문이다.

"무슨 말이오? 정신을 잃고도 내가 무슨 짓을 했나?"

"기억이 안 나나요?"

순간 헌원지의 태도가 돌변했다. 무서운 표정으로 변하더니 강한 어조로 으르렁거렸다.

"내가 무슨 짓을 했다는 거지? 기억에도 없는 걸 지어낼 생각 말고 정확히 말해 봐."

"괴, 괴상한 무공을 썼어요."

"괴상한 무공?"

"네."

그녀는 대답과 함께 진룡문에 있었던 일을 하나도 빠짐없이 이야기하기 시작했다. 그녀의 말을 다 듣고 난 헌원지의 인상은 더 이상 구겨질 수 없을 정도로 구겨졌다.

"정말이오?"

"네. 그때는 정말······."

그녀는 헌원지의 표정에 주눅이 든 듯 눈치를 슬쩍 살피며 다음 말을 이었다.

"악귀 같았어요."

헌원지가 허탈한 한숨을 쉬었다.

"휴. 꿈이 아니었어."

이유없는 허락 159

"무슨 말이죠?"

"상관할 필요 없소. 가만!"

"……?"

"그게 꿈이 아니었다면……. 심음합일이 가능하다는 거 아닌가? 정말일까? 그런데 어떻게 한 거지?"

혼자 떠들어대던 그가 갑자기 비명을 질렀다.

"으아악—! 젠장! 잡힐 듯, 잡힐 듯한데, 어떤 방향으로 생각해야 할지 감을 잡을 수가 없어!"

"저기……."

"왜 그러시오?"

짜증스럽게 바라보는 헌원지를 향해 양향이 마음을 가다듬으며 물었다.

"답변을 듣지 못했네요. 어느 정도의 무공을 가지고 계신지……. 그리고 얼마나 내공을 회복하셨는지 가르쳐 줄 수 있나요?"

헌원지는 말 대신 주먹을 불끈 쥐었다. 그러자 그의 주먹에서 순간적으로 불꽃이 일었다.

화아악!

양향의 두 눈이 경악으로 물드는 것도 잠시였다. 주먹 쥔 손에 일었던 푸른 불길이 삽시간에 사라져 버렸기 때문이다. 헌원지도 자신의 주먹을 보고 음흉하면서도 자신감에 넘치는 미소를 지었다.

"흐흐흐, 거의 대부분 되찾았군! 이 정도면 완전해진 것 같아. 크크크큭!"

양향은 아무런 말도 못하고 두 눈에 믿을 수 없다는 불신의 의미만

담고 있었고, 연못 반대편에서 그것을 지켜보던 양혁소 또한 놀랐는지 입을 벌리고 멍하니 헌원지를 바라보고 있었다. 그때 헌원지가 불쑥 물었다.

"그런데 내 무공에 왜 그렇게 관심이 많소? 행여나 은혜를 입었으니 도와달라는 그따위 구차한 부탁은 하지 마시오!"

말과 함께 헌원지는 몸을 휑하니 돌려 별채로 들어가 버렸다. 아직까지 정신을 차리지 못했던 양향이 한참 후에야 헌원지가 없어졌다는 것을 알고는 급히 별채로 따라 들어갔다.

드르륵!

문이 열리고 그녀가 방 안으로 따라 들어오자 헌원지는 인상을 썼다.

"더 볼 일이 없을 텐데?"

"할 말이 있어요."

"할 말? 아까도 말했지만 목숨을 살려주었으니 은혜를 갚으라는 둥 그런 소리 할 거면 일없소."

"저도 그런 것을 생색내고 싶은 생각은 없어요."

헌원지의 눈이 가늘어졌다.

"그럼 왜 따라 들어왔소?"

"부탁이 있어서예요."

그 말에 헌원지가 대소를 터뜨렸다.

"하하하하! 은혜를 빌미로 일을 시켜먹는 거나 부탁이나, 거기서 거기지."

"그런가요?"

 그녀는 헌원지의 비웃음에 신경 쓰지 않고 탁자에 놓여 있는 자리에 슬며시 앉았다. 그 담담하고 차분한 행동에 오히려 헌원지가 웃음을 거두고 굳은 표정을 드러냈다.

"의외군."

"뭐가 말인가요?"

 헌원지는 그녀를 무안할 정도로 빤히 쳐다보더니 맞은편에 앉았다.

"보통 내 행동에 나오는 상대의 반응과 너무 달라서 그렇소."

 그녀가 피식 웃었다.

"그 말은 여태껏 많은 여자들에게 골탕을 먹였다는 것으로 들리네요. 맞나요?"

"의도적인 것은 아니고 내 성격이 원래 그렇소. 마음 내키는 대로 행동하지."

"저도 의외네요."

"……?"

"운현에서 보았을 때는 지금과는 완전히 행동과 말투가 달랐지 않나요? 그런데 어떻게 갑자기 성격이 변할 수 있죠? 어떤 것이 진짜 모습이에요?"

"글쎄. 어떤 게 진짜일 것 같소?"

 헌원지는 고개를 비스듬히 꺾으며 심드렁한 표정을 지었다. 하지만 속으로는 자신도 그에 대한 의문을 던졌다.

 현천음한심법을 익히기 전의 성격과 익히고 난 후의 성격.

 오히려 운현에 있을 때 일 년간 겉으로 드러냈던 것이 진짜 성격일지도 모른다는 생각이 문득 들었다. 헌원지의 그런 반응이 재밌었던지 양향이 밝은 미소를 지었다.

순간 헌원지의 표정이 차갑게 식었다. 그리 많은 시간 본 것은 아니지만 양향은 지금까지 지켜본 바로 차분하고 조신한, 그리고 신중한 성격인 것 같았다. 그 때문에 여자라기보다는 모든 일을 착착 잘해낼 것만 같은 한 문파의 집사나 총관 정도로 보았다. 그녀가 이곳 주인의 손녀라는 말을 들었을 때도 마찬가지였다. 그런데 감정이 담긴 해맑은 미소가 그녀의 성격 덕에 가려졌던 이면을 끌어내는 듯 보였다.

가지런한 치아가 드러나고 그 위와 아래로 적당히 벌어진 연한(?) 입술.

평소에 화장을 잘 하지 않는지 연지를 바르지 않은 입술이 헌원지에게 이상한 감정을 불러일으키고 있었다. 그리고 눈. 분명 남자를 유혹할 때 취하는 여인들의 눈웃음이 아니었다. 그런데도 묘하게 매력을 발산하고 있었다.

'뭐지?'

잠깐이었지만 헌원지로서도 잘 알지 못하는 감정이 가슴속에 피어오르자 갑자기 답답해지기 시작했다.

'여자 생각이 나는 건가? 아니면 몸이 남자 특유의 본능으로 반응하는 건가?'

머리 속으로 던지는 물음 뒤로 식은 줄 알았던 감정이 갑자기 끓어오르기 시작했다.

"왜 그러죠? 몸이 불편한가요?"

헌원지의 표정이 이상했기에 그녀가 물었지만 그는 듣지 못했다. 말에 따라 움직이는 입술만 가만히 바라볼 뿐. 그곳으로 이상하게 시선이 따라가고 있었다.

탁!

갑자기 헌원지가 자신의 가슴을 한 대 후려쳤다.

'젠장, 일내겠군!'

돌연한 그의 행동에 양향이 고개를 갸웃거렸다.

"정말 아픈 것 아닌가요?"

"아니, 그게 아니라……."

헌원지가 슬며시 자리에서 일어섰다. 가슴을 쳐 진정시키려던 방법이 오히려 그를 더 답답하게 만들었기 때문이다. 무언가 분출구를 찾고 싶은 욕구가 강렬히 피어오르는데…….

헌원지는 자신도 모르게 양향에게 다가갔다. 양향의 표정이 굳어지기 시작했다. 약간 붉어진 헌원지의 얼굴에서 여자로서의 직감을 발휘했기 때문이다.

끼이익!

그녀가 의자에 앉은 채로 몸을 뒤로 밀었다. 헌원지에게서 멀어져 일어서려 했던 것인데 헌원지의 손이 더 빨랐다. 갑자기 그녀의 팔을 잡아당기더니 딸려온 몸을 반대 손으로 휘감아 안았던 것이다.

"왜, 왜 이러세…… 웁!"

따뜻한 감촉이 혀에 닿자 그녀의 두 눈이 동그래졌지만 헌원지는 본능에 충실할 뿐이었다. 크게 떠진 눈으로 보이는 것이라고는 확대된 헌원지의 코와 감은 두 눈뿐이었다.

순간 그녀의 손에 힘이 들어갔다. 헌원지의 어깨를 잡고 밀치기 위해서였다. 그런데 그럴수록 힘이 빠지더니 종내에는 그녀까지 눈을 감을 수밖에 없었다.

처음 느껴보는 이상한, 그리고 이질적인 감촉 때문에 어떻게 저항해야 할지 생각이 나지 않았기 때문이다. 머리 속이 하얗게 변하는 것 같더니 쓰러질 것 같은 몸을 지탱하기 위해 오히려 밀어내려 잡았던 헌원지의 어깨를 놓고 목을 감싸 안았다는 것도 잊은 양향이었다.

백 년 같은 시간이었지만, 잠깐의 시간이 지나고 헌원지가 입술을 슬며시 뗐다. 본능적으로 그녀가 헌원지의 입술을 따라갔지만 더 이상의 알 수 없는 이상한 감촉은 느껴지지 않았다. 그리고 그녀가 눈을 떴을 때……!

그녀의 표정이 순식간에 일그러졌다. 헌원지의 비웃는 듯한 미소를 보았기 때문이다. 그녀는 급히 헌원지의 목을 감싸 안았던 손을 풀고 그를 밀쳤다. 그리고 움직이는 손은 전광석화와 같았다.

짝!

헌원지의 얼굴이 휙 돌아가 버렸다.

"뭐야, 이거!"

"닥쳐요! 이런 사람인 줄 정말 몰랐군요!"

그 말에 잠시 멍해 있던 헌원지가 냉소를 흘렸다.

"훗, 그럼 어떤 사람인 줄 알았는데? 돌부처라도 될 줄 알았나?"

그녀는 더 이상 대화하기 싫다는 듯 헌원지를 지나쳐 문 앞에 섰다. 그리고 문을 열고는 옷매무새를 가다듬으며 차분한 어조로 말했다.

"지금 우리 금천방은 당신의 도움이 필요해요. 도와주실 것이 아니라면 며칠 쉬시다 가세요."

그녀가 몸을 돌릴 때, 그제야 붉게 손자국이 남은 뺨을 만지던 헌원지가 입을 열었다.

"도와주지."

그녀의 표정에는 여전히 변화가 없었다. 차분함을 그대로 유지한 채 물었다.

"무슨 일인지도 모르고 도와주겠다는 건가요?"

"난 내가 하고 싶으면 해. 무슨 일이 됐든 한번 도와주기로 하지."

"고마워요. 그럼 내일 할아버지를 같이 뵙도록 하죠."

그녀가 몸을 돌리려다가 멈췄다.

"그리고 지금 있었던 일은 기억에서 지워주세요. 저도 잊을 테니까. 한 가지 더 충고를 한다면, 사람을 조금은 존중해 주시면 좋겠네요. 제게 하대를 하는 것도 삼가해 주세요."

드르륵!

문이 닫히고 그녀가 사라지자 헌원지는 다시 자리에 앉았다. 그리고는 입술을 슬며시 만지더니 뭐가 재밌는지 미친놈의 그것처럼 웃기 시작했다.

"크크크큭, 매가 약이군. 뺨을 맞지 않았다면 실수했을지도……. 젠장, 여자가 뭐가 좋다고 그따위 짓을 했는지."

제13장
설마, 악마금?

"이분이냐, 진룡문에서 데려왔다는 분이?"
"네."
헌원지를 보며 묻는 양사진의 질문에 양향이 고개를 끄덕였다. 그러자 양사진이 좀 더 자세히 헌원지를 뜯어보기 시작했다.
"흐음! 이름이 뭔가?"
"헌원지."
"나이는?"
"서른 살 안팎."
"서른 살 안팎? 정확히 말하고 싶지 않다는 것인가?"
아무런 대답이 없자 양사진은 인상을 굳혔다. 하지만 이내 표정을 풀며 다시 물었다.

"무공을 익혔다 들었네만, 어떤 무공인지 물어봐도 되겠나?"

헌원지는 기분 나쁜 표정을 숨기지 않았다. 자신의 속을 들여다보는 듯한 양사진의 눈빛이 마음에 들지 않았기 때문이다. 역시 대답하기 귀찮다는 투로 짧게 대답했다.

"음공."

"뭐? 지금 뭐라고 했나?"

"음공."

"……!"

"……?"

한참 동안 실내에 정적이 감돌았다. 웬만한 일론 놀라지 않는 양사진은 물론이고, 옆에 헌원지와 같이 서 있던 양향 또한 말도 안 된다는 표정이었다.

"험험!"

자신을 놀렸다고 생각했던 것일까? 양사진이 헛기침을 몇 번 하더니 다시 물었다.

"악기를 다룬다고 들었네. 당연히 음공도 익혔겠지. 하지만 그것 말고도 정식으로 익힌 것이 있을 것이 아닌가? 검법이나 도법 같은 것 말일세."

"여러 가지 잡다한 것을 많이 익혔죠."

"그중에서 가장 자신있는 것이 무엇인가?"

헌원지의 대답은 변하지 않았다.

"음공."

짧게 뱉어내는 그 대답을 듣고 양향이 나섰다.

"할아버지는 농을 싫어하세요."

헌원지가 콧방귀를 뀌었다.

"쳇, 나도 농담 따먹는 취미는 없소."

"그럼 그 말을 믿으라는 건가요?"

"믿기 싫으면 말던가. 아무튼 나는 음공을 익혔고, 지금까지 다른 무공을 직접적으로 써본 경험은 별로 없소."

"하지만……."

"아아, 됐다."

양향이 무언가 반박하려 할 때 양사진이 말렸다.

"음공을 익혔는지, 검법을 익혔는지는 별로 중요하질 않지. 정작 중요한 것은 자네 실력이네. 어느 정도의 실력을 가지고 있나?"

"그건 나중에 밝혀지겠죠."

"이번 일은 상당히 위험하네. 목숨을 걸어야 할 수도 있는 일이야. 나는 실력도 검증되지 않은 사람을 보내 목숨을 잃게 했다는 소리를 듣고 싶지 않네. 그러니 자네의 실력을 확실히 알아야……."

"말로는 무엇을 했다 해도 믿을 수 없을 겁니다."

"보여주겠다는 말인가?"

"저는 그런 쓸데없는 짓에 힘 뺄 정도로 한가하지 않습니다."

"그럼 뭔가? 자네의 말만 믿고 보내달라는 말인가?"

"듣고 보니 뭔가 이상하군요."

"……?"

"나는 부탁을 받았을 뿐, 보내달라고 애원한 적 없소."

슬며시 말이 비틀려 나오고 은근한 적의까지 내비치는 헌원지였다.

그 반응을 본 양향이 급히 나섰다.

"당신을 못 믿는 것이 아니라 할아버지는 확실한 것을 좋아해서 그래요. 기분 나빠하지 마세요."

"부탁해서 들어준다고 하면 감지덕지해야 할 일. 남에게 평가당하면서 귀찮은 일을 도맡을 이유 없소. 난 이만 가보겠소."

헌원지는 말과 함께 몸을 돌려 집무실 문을 열었다. 그때 양사진이 헌원지의 행동에 질렸다는 듯 혀를 차며 불러 세웠다.

"잠깐!"

헌원지가 몸을 돌리자 양사진이 웃으며 고개를 끄덕였다.

"미안허이. 우리를 좀 도와주게."

"이랬다저랬다 변덕이 심하군요."

헌원지가 다시 문을 닫고 다가왔다.

"정확히 무슨 일입니까?"

"표사 일을 해주면 되네. 조만간 사황교에 물건을 넘길 걸세. 사황교가 운남과 남만의 접경 지역에 드넓게 뿌리를 내리고 있어 남무림으로 분류되기는 하지만 실제 총단은 아주 먼 곳이지. 그곳까지 물건을 안전하게 전달할 수 있도록 상단을 지켜주면 되네. 어때, 쉬운 일 아닌가?"

"공격하는 것보다 열 배가 힘든 것이 지키는 일이죠."

"꼭 무림에서 많은 경험을 쌓은 무인의 말투처럼 들리는군. 나이도 그리 많아 보이지 않는데 말이야……."

"그보다 부탁 한 가지만 하죠."

"뭔가?"

"운현 근처에 당황이라는 곳이 있습니다. 그곳 마을 학당에 장타라는 아이가 지내고 있습니다. 사람을 보내 일을 끝내고 바로 갈 것이라고 전해주십시오."

"동생인가?"

"굳이 따지자면 그렇다고 볼 수 있습니다. 미운 정이 들었다고 할까요?"

"알겠네. 그렇게 하지."

"그럼 이만 가보겠습니다. 자세한 이야기는 가기 전날 듣기로 하죠."

헌원지는 뒤도 돌아보지 않고 나가 버렸다. 그를 보며 양향이 의아함을 드러냈다.

"할아버지, 처음에는 실력이 검증되야 한다더니 왜 갑자기 마음을 바꾸신 거죠?"

"저자의 행동 때문이다."

"행동이라니요?"

"거침없는 행동에 자신감이 묻어나 있다고나 할까? 지금까지의 경험으로 비춰보아 저런 유형의 사람은 믿을 만하지. 최소한 상단을 지키는 데 발목을 붙잡지는 않을 게다. 게다가 너도 저자의 무공이 대단하다고 하지 않았더냐?"

"그런데 저도 정확히 어느 정도인지 감을 못 잡겠어요. 무공의 특이함 때문에 강하게 보이는 건지, 아니면 정말 강한 건지……. 게다가 실력을 보여주려고 하지도 않고……."

"됐다. 허튼 자신감을 드러낸 자 같지는 않다."

말과 함께 양사진이 고개를 절레절레 저었다.

"그런데 너무 살기가 짙은 인물이란 말이야."

"그런데 할아버지!"

"……?"

"부탁이 한 가지 있어요."

양사진은 잠시 놀란 듯한 표정을 지었다. 모든 일을 혼자서 처리해 내는 양향이라는 것을 알고 있기 때문이다. 지금껏 부탁이란 것을 해 본 적이 없는 양향을 향해 양사진이 기분 좋은 미소를 지었다.

"네가 나에게 부탁을 할 때가 다 있느냐? 말해 보거라."

헌원지는 양사진의 집무실을 나와 별채로 가기 위해 금천각을 내려 왔다. 막 문을 나서려는데 그때 앞서 계단을 올라오는 면사여인과 죽 립을 쓴 사내를 볼 수 있었다.

순간 면사여인과 죽립사내가 계단을 올라오다 말고 걸음을 뚝 멈춰 세웠다. 무심결 그들의 행동을 본 헌원지가 금천각을 뒤돌아보더니 툴 툴거렸다.

"노인네들은 생각이 많고 교활해서 탈이란 말이야!"

그리고는 앞에 있는 두 남녀에게 내뱉었다.

"안 그렇소?"

그 말에 면사여인과 죽립사내가 흠칫 몸을 떨었다. 그것을 놓치지 않은 헌원지가 이상하게 여겨 물었다.

"대낮에 검은 면사로 얼굴을 가릴 것은 뭐요?"

그러자 면사 안에서 조금은 탁한 음성이 튀어나왔다.

"어, 얼굴에 피부병이 있어서……."

인상을 찌푸린 헌원지가 그들을 지나쳐 사라지자 면사 안에서 부들

부들 떨리는 음성, 믿지 못하겠다는 경악에 찬 목소리가 이어졌다.
"봐, 봤어?"
죽립사내, 이사의 목소리도 떨리고 있었다. 믿기 싫은 듯 고개가 떨어져라 아래위로 움직였다.
"그, 그렇습니다."
"어떻게 생각해? 그자가 맞지? 비슷하게 생겼다고 하기에는 너무 똑같은 거 맞지?"
"그, 그런 것 같은데요."
묘강과 이사는 그 상태 그대로 한참 동안 계단에 서서 움직이지 못했다. 잠시 후 거친 숨을 내쉬던 묘강이 장난기없는 더없이 진지한 투로 말했다.
"어떻게 살아난 거지?"
"제가 어찌 알겠습니까?!"
"정말 그가 맞다면……."
갑자기 그녀가 욕지거리를 내뱉었다.
"빌어먹을! 어떻게 해야 되는 거야?"
너무 의외의 일이 벌어졌는지라 그녀로서도 판단이 서지 않았다. 그녀는 급히 양사진의 집무실로 향했다. 확인을 해봐야 할 것 같았기 때문이다.

그녀가 집무실에 도착했을 때, 양사진과 양향은 서로 물러서지 않고 설전을 벌이고 있었다. 양향이 이번 원행에 참가하고 싶다는 의사를 밝혔고, 양사진이 반대를 했기 때문이다. 철저한 준비를 하겠지만 그래도 목숨을 장담할 수 없는 여행이 될 것이 분명했다. 그러니 양사진으로서는 손녀를 보낼 수 없는 것이 당연했다.

하지만 양향으로서도 물러서고 싶지 않았다. 남자와 여자의 성별을 떠나서 자신의 꿈과 포부를 넓히고 싶었기 때문이다. 게다가 금천방에서의 입지를 다지고 싶기도 했다.

가게 해달라는 부탁과 허락할 수 없다는 조손 간의 한 치 양보 없는 주장이 오갈 때, 문이 열리며 묘강과 그 뒤로 이사가 들어섰다. 그 때문에 양사진이 잘됐다는 듯 묘강에게 말을 걸며 양향을 무시해 버렸다.

"어서 오시오. 우선 앉으시오."

그들이 자리에 앉기 바쁘게 양사진이 물었다.

"어쩐 일이시오?"

"방금 여기에 약관 정도 되어 보이는 사내가 왔다 가지 않았습니까?"

양사진이 고개를 끄덕였다.

"그렇소만, 왜 그러시오?"

"혹시 이름이 어떻게 되는지……?"

"헌원지라는 젊은이였소."

"그럼 원래 이곳에 지내고 있었나요?"

"아니오. 얼마 전 운현에서 데려왔소."

"운현이라면 진룡문?"

"그렇소. 정보가 빠르니 진룡문에서 일어난 일에 대해서는 잘 알고 있을 거요. 그때 부상을 당한 젊은이인데 양향이 데려왔지."

그러자 묘강의 머리 속에 번뜩 떠오르는 생각이 있었다. 그녀는 뒤에 기립해 있는 이사에게 물었다.

"진룡문 개문식에 보냈던 십육사는 어떻게 됐지? 아직도 연락이 없어?"

"종적을 감췄습니다."

"본 각에 전서구를 보내서 다시 한 번 알아봐. 아직까지 연락이 없다면 그와 관련이 있을지도 몰라."

"알겠습니다."

말과 함께 묘강이 양향에게로 시선을 돌렸다.

"무공을 할 줄 아는 자인가요?"

"네. 그런데 왜 그러시죠?"

"제가 아는 어떤 사람과 너무 닮아서 그래요. 중요한 질문 몇 가지만 할게요."

"……?"

"그의 무공을 보았나요?"

"진룡문에서……."

"어떤 무공이죠?"

"저도 처음 보는 괴상한 무공이었어요."

묘강의 눈가에 주름이 잡히기 시작하더니 이내 안절부절못하는 기색을 역력히 드러냈다. 잠시 후 허탈한 웃음을 흘렸다.

"훗, 정말 이럴 수도 있네. 세상은 정말 재밌어. 의외의 일이 잘 벌어진단 말이야."

"무슨 소리죠? 아는 분이 맞나요?"

묘강은 한숨을 쉬며 고개를 끄덕였다.

"아주 잘 알죠. 잊을 수가 없는 인물이랍니다."

그 말에 양향이 호기심을 드러냈다. 안 그래도 헌원지의 과거가 궁금했기 때문이다.

"어떤 분이셨나요?"

"그건 말씀드리기 곤란합니다. 그리고 그자에게도 우리 모양각에 대해 당분간 이야기하지 마세요. 저와 사이가 좋지 못하거든요. 만약 우리가 금천방에 관계됐다는 것을 알게 된다면 무슨 일이 벌어질지 몰라요."

양사진이 고개를 갸웃거렸다.

"얼마나 대단한 인물인데 그러시오?"

"그것도 지금은 말씀드릴 수 없습니다. 귀주의 일이라는 것만 알아두시면 되요. 그런데 그자와 무슨 이야기를 했죠?"

"이번 사황교와의 교류에 그자를 표사로 쓰기로 했소. 양향의 말로 무공이 대단하다고 하더이다."

"정말이세요?"

조금 놀란 듯한 그녀의 반응에 오히려 양사진과 양향이 의아함을 드러냈다.

"왜 그러시오? 그자가 우리를 도와주면 안 되는 이유라도 있소?"

"아, 아닙니다. 오히려 잘된 일이네요. 하지만 당부의 말을 하나 하죠."

"말씀하시오."

"그자가 이번 표사 일을 하게 된다면 우리가 지원하는 무사들에 대한 언급은 하지 마세요. 특히 귀주의 문파에서 지원 나왔다는 말은 하지 않는 것이 좋을 거예요."

"흐음, 무슨 사정이 있는지는 모르겠지만 그렇게 하도록 하겠소."

"그런데 조손 간에 무슨 이야기를 나누셨기에 밖에까지 언성이 들리죠?"

그 말에 생각난 듯 양향이 다시 주장했다.

"이번 원행길에 저도 가겠어요. 보내주세요, 할아버지."

"허, 거참! 너무 위험하다는데 왜 그렇게 고집을 부리는 게냐?"

"그러니까 제가 직접 가겠다는 거예요. 온실 속, 할아버지 그늘에서 크기는 싫어요. 제가 직접 무언가를 이루어보고 싶어요. 특히 이번처럼 중요하고 위험한 일이라면 더 더욱이요."

하지만 양사진의 고집 또한 꺾이지 않았다. 그때 묘강이 양향을 돕고 나섰다.

"허락해 주세요."

양사진의 표정이 굳어졌다.

"무슨 소리를 하는 거요?"

"좋은 경험이 될 테니 한번 보내는 것도 나쁘지는 않죠."

"아니 될 말씀. 여자의 몸으로 어찌 그런 험난한 곳에 갈 수 있겠소. 각주 덕분에 실력있는 무사들을 지원받을 수 있다지만 혹시 목숨이 위태로울 수도 있을 것이 아니오."

묘강이 고개를 저었다.

"이번 사황교와의 교류는 성공적으로 맺어질 겁니다. 그리고 안전도 보장이 될 거예요. 사황교의 교주와 안면을 익히는 것도 좋은 경험이 될 테니 보내세요."

"그것을 어찌 장담하시오?"

"그가 같이 가니까요."

"그?"

"아까 말했던 헌원지라는 사내죠."

"그 젊은이가 누구기에 그가 같이 가면 안전하다는 거요?"

"실패를 모르는 자라면 설명이 되나요? 그에 대해서는 나중에 차차 말씀드릴 테니 더 이상 알려고 하지 마세요. 그리고 말했듯이 그가 같이 간다면 크게 문제될 것은 없을 거예요. 손녀 분께서 꿈이 크신 것 같은데 부탁을 들어주세요."

"하지만……."

묘강은 양사진의 얼굴에서 갈등을 읽어내고는 양향을 향해 미소를 지으며 당부했다.

"가더라도 지켜야 할 것이 하나 있어요."

"뭐죠?"

"무슨 일이 있어도 헌원지라는 자에게서 떨어지지 마세요. 항상 그와 함께 행동하면 신변에는 아무런 문제가 없을 거예요."

양향으로서는 이해하기 힘든 말이었지만 고개를 끄덕였다. 그녀에게는 가게 되었다는 점이 중요했기 때문이다.

제14장
기분 좋은 하루

금천방이 사황교에 출발할 준비로 눈코 뜰 새 없이 바쁜 시간, 헌원지는 한가한 걸음으로 양향을 찾았다. 그가 찾아오자 이번 원행에 대한 책임자인 그녀가 피곤한 기색을 드러내며 물었다. 무사들을 점검하느라 오전 내내 쉬지도 못하고 점심까지 거른 그녀였기 때문이다.

"어떻게 찾아오셨죠?"

그녀의 물음에 헌원지는 얄밉게도 한가한 소리를 해댔다.

"돈이 좀 필요하오."

"무슨 일 때문에……? 필요하신 것이 있다면 제가 사람을 시켜 보내드릴 테니 말씀하세요."

"사람을 시켜 할 일은 아니오. 내가 직접 사야 할 물건이 있어서 그렇소."

그녀가 의아함을 드러내자 헌원지는 짜증스러운 표정을 노골적으로 드러냈다. 내가 왜 너에게 그런 것까지 일일이 보고를 해야 하나? 라는 의미가 표정에 여실히 담겨 있었다.

"악기를 살 생각이니까 내가 직접 골라야 하오. 그리고 이곳 대리 구경도 하고 싶고."

"며칠 동안 별채에만 있어 답답했던 모양이군요."

"그건 마음대로 생각하시고, 아무튼 줄 수 있소?"

빌려갔던 돈을 받는 듯한 그의 당당한 말에 양향은 잠시 당황했지만 미소를 지었다. 어차피 원행길에 동참하기로 했으니 어떤 식으로든 대가는 지불할 생각이었기 때문이다. 굳이 그런 이유가 아니더라도 사람을 얻는 데 돈을 아까워할 그녀는 아니었다.

"얼마나 필요하죠?"

"많으면 많을수록 좋지."

"그렇게 말씀하시면 난감하군요."

말과 함께 그녀가 좋은 생각이 났다는 듯 말했다.

"그러시면 저와 함께 나가시는 것은 어때요? 점심을 먹지 못했는데 나가서 먹는 것도 나쁘지는 않을 것 같네요. 제가 대리에서 유명한 명소를 구경시켜 드리죠."

"바쁘지 않소?"

"오전에 일을 마쳤기에 잠깐 시간이 남습니다."

길 안내를 해주겠다는 데야 마다할 이유가 없었다. 고개를 끄덕인 헌원지는 잠시 후 그녀와 함께 금천방을 나섰다.

그들이 가장 먼저 간 곳은 악기점이 밀집된 거리였다. 악기를 고르는 헌원지를 따르며 양향은 또다시 혼란에 빠졌다. 악기에 관심을 가지고 이리저리 살피는 헌원지의 모습이 금천방에 있을 때와는 또 달라 보였기 때문이다. 이것저것 꼼꼼히 따지는 그 모습에서는 안하무인에 건방지고 공격적인 성격은 찾아볼 수 없었다.

'도대체가 성격을 알 수 없는 사람이구나! 어떤 것이 진짜 이자의 성격이지?'

한 시진이라는 시간 동안 악기점을 돌아다니며 양향은 묵묵히 헌원지를 관찰할 수 있었다. 그러면서 한 가지 내린 결론은 헌원지가 분명히 음공을 익히기는 했다는 것이었고, 연주에 관해 상당한 자부심을 가지고 있다는 점이었다.

마지막 악기점에서 금을 하나 고른 헌원지에게 양향이 미소를 지으며 말했다.

"마음에 드시는 악기가 많은 것 같은데 하나 더 고르세요."

"고맙지만 괜찮소."

그녀의 말에 헌원지가 미소를 지으며 고개를 저었다. 그 때문에 양향이 잠시 흠칫했다. 가식이 없는, 마음속에서 우러나오는 헌원지의 미소가 아름답다고 생각했기 때문이다.

'정말 알 수 없는 사람이야. 그런데 왜 이렇게 가슴이 두근거리지?'

순간 그녀가 정색을 하며 고개를 저었다.

'아직 남자를 좋아할 생각은 없어. 그리고 이자에게 관심이 있는 것도 아니고.'

하지만 생각과 달리 머리 속에선 며칠 전 헌원지가 자신에게 했던 입맞춤이 떠오르고 있었다. 그 때문에 갑자기 얼굴이 붉게 변하는 그녀! 그 사정을 알 길 없는 헌원지가 고개를 갸웃거렸다.

"뭐 하고 있소?"

"네, 네?"

헌원지가 피식 웃으며 손가락으로 악기점 주인을 가리켰다. 빨리 돈을 지불하라는 뜻이었다. 무안해진 그녀가 급히 돈을 지불했을 때 헌원지는 이미 악기점을 나가 있었다. 그를 따라 나간 양향이 물었다.

"삼탑사(三塔寺)를 아시나요?"

"소문은 들었지만 보지 못했소."

"볼거리가 많은 명소이니 구경하시면 좋을 거예요. 한번 가보시겠어요?"

"출출한데 객잔은 있소?"

"그럼요. 그곳에 천향객잔이란 곳이 유명한데, 산중턱에 위치해 있어 삼탑사와 대리의 풍경이 한눈에 보여 사람들의 눈을 시원하게 해주는 곳이에요. 음식도 잘하고요. 따라오세요."

양향은 헌원지를 데리고 대리를 빠져나와 북쪽으로 반 리 정도를 더 걸어갔다. 얼마 걷지 않았는데도 하얀 탑신이 보이자 헌원지가 물었다.

"저것이 삼탑사요?"

"네. 세 개가 보이죠?"

헌원지가 고개를 끄덕이자 그녀가 중앙에 있는 탑을 손으로 가리켰다.

"가운데 있는 탑의 높이가 무려 이십사 장이나 되요. 그리고 남북으로 놓인 양쪽 탑도 십사 장 가까이 되는 것으로 알고 있어요. 대리의 상징이라 할 수 있죠."

삼탑사에 도착하자 많은 인파들로 북적였다. 점심 시간이 넘었음에도 남녀노소를 가리지 않고 삼탑사와 그 주변에 펼쳐져 있는 음식점엔 사람들로 가득 차 있었다. 특히, 젊은 남녀들이 쌍을 이루며 돌아다니는 모습이 많이 보였다.

사람들 때문에 이리저리 피해 다니는 헌원지를 보며 양향이 미안한 듯 말했다.

"이럴 줄 알았다면 돌아갈 때 악기를 살 걸 그랬군요."

"신경 쓸 필요 없소."

양향의 말대로 주위 경관도 좋고 공터에 광대들이 재주를 부리고 남만에서 들여온 특이한 장신구를 파는 노점상들이 많아 볼거리는 많았다. 반 시진 동안 삼탑사 주위를 구경한 헌원지가 물었다.

"천향객잔이란 곳은 어디요?"

양향이 삼탑사 뒤편에 있는 산중턱을 가리켰다.

"저기 큰 건물이 보이죠? 저기가 천향객잔이에요."

깎아지르는 듯한 절벽에 간간이 보이는 나무들이 그림 같은 풍경을 연출하고 있었다. 그 밑으로 배경에 맞춰 지어진 것인지 경치와 어울리는 삼층짜리 누각 건물이 제법 그럴싸해 보였다.

"꽤 멀군."

"사실 산을 돌아 올라가야 하기 때문에 생각보다 더 멀지만, 그곳에 가보면 잘 왔다는 생각이 들 거예요."

"몇 분이십니까?"

천향객잔에 도착하자 점소이로 보이는 사내가 허리를 직각으로 굽히며 정중하게 물어왔다. 헌원지와 양향 이외에도 뒤따라온 여덟 명의 사내가 있었기에 양향이 자신과 헌원지를 가리키며 말했다.

"이분과 저, 두 사람입니다."

"몇 층으로 모실까요?"

"삼층에 자리가 있나요?"

"그렇고말고요. 꽤 많이 비어 있습니다. 드십시오."

그들이 지나치자 점소이는 다시 여덟 명의 사내에게 헌원지와 양향에게 했던 그대로 행동했다.

"어서 오십시오."

삼층으로 올라가자 점소이의 말대로 자리가 상당히 많이 있었다. 그들은 그중 가장 경치가 좋은 쪽 창가에 자리를 잡았다. 자리에 앉기 바쁘게 헌원지가 궁금증을 드러냈다.

"유명한 객잔이고 경치는 당연 삼층이 좋을 텐데 왜 이렇게 손님이 없는 거요?"

"이곳은 각 층마다 가격이 다르거든요."

"그럼 아래층으로 내려가지요."

그러자 양향이 상큼한 미소를 지었다.

"괜찮아요. 처음 대접하는 자리인데 이 정도는 해야죠. 남만으로 떠나면 당분간 제대로 된 음식은 먹지 못할 테니 마음껏 드세요."

"그럼 사양하지 않고……."

그는 말과 함께 실내를 둘러보았다. 점소이가 같이 온 여덟 명의 사내에게 자리를 안내하고 있었다.

"어이!"

"결정하셨습니까?"

사내들을 일별한 점소이가 다가오자 헌원지는 몇 가지 음식을 시켰다. 그러자 양향이 죽엽청 한 병을 추가했다.

"죽엽청 한 병도 주세요."

"알겠습니다. 잠시만 기다리십시오."

"잠깐!"

점소이가 돌아보자 헌원지가 내키지 않는 표정으로 고개를 저었다.

"술을 됐소."

양향이 밝은 미소를 지었다.

"이곳 죽엽청의 소문이 좋으니 입가심으로 한잔만 드셔보세요."

"술은 생각없는데……."

"그럼 제가 마시죠."

말과 함께 점소이를 보며 양향이 다시 말했다.

"죽엽청도 그대로 주세요."

"알겠습니다."

점소이가 사라지고 헌원지는 탁 트인 창밖으로 시선을 던지며 삼탑사와 그 끝에 걸린 대리를 바라보았다. 그리고 감탄한 듯 무언가 말하려 할 때 같이 왔던 여덟 명의 사내 중 하나가 다가와 말을 걸어왔다.

"금천방주님의 손녀 분이 맞지 않소?"

사십대 중반 정도는 되어 보이는 근엄하게 생긴 사내는 허리에 상당히 큰 도를 차고 있어 무림인이라는 것을 말해 주고 있었다. 그의 말에 양향이 잠시 얼굴을 굳혔다.
"그런데, 왜 그러시죠?"
"이유는 없소. 예전에 멀리서 한 번 본 적이 있어서 맞는지 확인해 본 것뿐이오. 그럼 좋은 시간 되시길!"
자기 말만 해버리고 사라지는 사내 때문에 신경이 거슬렸던 양향이 그 일행을 잠시 바라보았다. 여덟 명의 사내는 모두 검이나 도를 차고 있었다. 순간 양향이 인상을 찡그렸다. 힐끔힐끔 이쪽을 쳐다보는 것이 조금 이상하게 보였기 때문이다. 본다고 닳는 것이 아니니 문제될 것이야 없겠지만 그 눈빛에 담겨 있는 의미가 좋아 보이지는 않았다. 무언가 이유가 있는 것 같았는데 이곳에 오기 전의 일까지 생각하자 수상쩍은 면이 한둘이 아니었다.
음식이 나오자 양향이 조금은 어두운 표정으로 말했다.
"죄송하지만 빨리 먹고 나가는 것이 좋겠네요."
헌원지도 이상한 분위기를 파악했기에 고개를 끄덕였다. 하지만 겉으로 드러내지 않기 위해 서로 잡담을 주고받으며 음식을 먹고 객잔을 나왔다.
"제가 착각한 모양이네요. 죄송합니다."
간만에 유명한 객잔에서 시간을 보내려 했던 그녀는 헌원지에게 고개를 숙여 미안함을 표시했다. 따라오리라고 생각했던 사내들이 나오지 않았기 때문이다. 섣부른 추측으로 제대로 된 식사를 하지 못한 서운함이 그녀 또한 있었지만… 아무튼 자신의 잘못임이 분명했다.
그런데 그게 아닌 모양이다. 산을 돌아 삼탑사로 내려가는 인적이 드문 숲길을 지나치려는데 갑자기 네 명의 사내가 불쑥 모습을 드러냈다. 그리고 뒤에서 느껴지는 인기척 또한 네 명이었다. 그들의 얼굴을 살피자 아까 객잔에서 보았던 여덟 명의 사내임을 확인할 수 있었다.

양향이 인상을 찡그리며 차분하지만 나직한 음성으로 물었다.

"무슨 일이죠? 우리에게 볼일이 있나요?"

"아주 많지."

처음 객잔에서 말을 걸어왔던 사내가 앞으로 나서고 있었다. 거대한 도를 잡으며 당장이라도 뽑아 들 듯한 그는 비릿한 미소와 함께 말을 이었다.

"지금까지는 봐줄 수 있었지만 사황교와의 교류를 선택한 이상 그냥 넘어갈 수는 없다. 네 할아버지의 선택으로 인한 것이니 우리를 너무 원망하지 말아라!"

스르릉!

말과 함께 도가 섬뜩한 예기를 발하며 뽑아졌다. 그와 함께 사내가 다시 말했다.

"조용히 우리를 따라간다면 네 신변에는 문제없을 것이다."

"저를 납치해 금천방에 위협이라도 가하시겠단 건가요?"

"몇 번의 경고를 했음에도 말귀를 알아먹지 못하니 그렇게라도 할 수밖에. 결정해라!"

"……!"

"따라갈 테냐? 아니면 여기에서 피를 볼 테냐?"

양향은 난감할 수밖에 없었다. 슬쩍 헌원지를 바라보자 그는 무표정한 얼굴로 사내들을 하나하나 살피고 있을 뿐이었다. 왠지 안심이 되는 점은 그런 헌원지의 표정에 위기의식이 느껴지지 않는다는 것. 그것이 자신감으로 비춰지고 있었기 때문이다.

하지만 헌원지의 진짜 실력을 파악하고 있지 못한 그녀였기에 완전히 마음을 놓을 수는 없었다. 진룡문 때처럼만 실력이 받쳐 준다면 전혀 신경 쓸 일도 아니지만, 정신을 잃음으로 해서 발휘된 본 실력을 훨씬 웃도는 것이었다면 낭패일 수밖에 없었다. 보아하니 여덟 명의 사내도 상당한 수련을 거친 고수들 같았기 때문이다.

그때 사내가 헌원지를 보며 조롱하듯 말했다.

"자네는 그만 가보게. 금천방에 알릴 사람도 필요하니까 보내주도록 하지."

그러자 헌원지가 심드렁한 표정을 지으며 앞으로 한 걸음 나섰다.

"싫은데 어쩌지?"

"뭐?"

사내의 표정이 싸늘하게 식었다.

"지금 뭐라고 했나?"

"여러 소리 하지 말고 한꺼번에 덤벼봐."

"이놈이!"

스르릉—!

헌원지의 도발에 남은 사내들도 각자 무기를 뽑아 들었다. 그에 따라 양향은 내심 속이 타고 있었다. 안 그래도 여섯 명이나 더 많은 인원을 상대해야 하는데, 이런 식의 도발이라면 전원 모두 나설 가능성이 농후했다. 하지만 헌원지는 전혀 위협을 느끼지 않은 표정으로 그에 더해 비릿한 웃음까지 흘리며 말했다.

"내가 지금 기분이 아주 좋아. 왠지 알아?"

그에 대한 답은 거대한 도를 든 사내가 위에서 아래로 헌원지를 반 토막 낼 듯 베어오는 것으로 돌아왔다. 그것을 보며 헌원지가 고개를 설레설레 저으며 끌끌 혀를 찼다.

"쯧쯧, 성질 급하긴."

팟—!

쉬이익!

순간 경악할 일이 벌어졌다. 뒷짐을 진 채 손가락 하나를 튕기는 것을 신호로 헌원지를 중심으로 가는 일자형의 강기 하나가 섬전과 같이 앞으로 쏘아져 나갔기 때문이다. 그것은 다가오는 사내의 이마를 관통하며 작지만 듣기 싫은 괴음성을 자아냈다.

퍅!

"크아악!"

비명을 지르며 뒤로 넘어가는 사내를 보며 양향의 두 눈이 경악으로 물들었다. 진룡문에서 봤을 때의 실력 그대로였기 때문이다. 하지만 그것보다는 손가락 한번 튕기는 데 강기가 만들어진다는 사실이 믿어지지가 않았다.

'저, 정말 화경의 고수? 하지만 아무리 그래도 어떻게 강기를 쉽게 만들어내지?'

그녀의 생각은 오래 이어지지 않았다. 사내가 넘어지는 것을 신호로 남은 일곱 명의 사내가 헌원지를 덮쳐 왔기 때문이다. 하지만 헌원지는 여전히 방어에는 신경 쓰지 않고 뒷짐만 지고 있을 뿐.

두 명의 사내가 양향을 버려두고 헌원지의 지척까지 다가와 검을 휘둘렀다.

윙!

검이 휘둘러짐에 따라 경기가 스치고 검광이 번뜩이는 것이 사내들의 실력을 증명하고 있었다. 그러나 헌원지는 땅을 박차 급속히 위로 솟구쳐 사내들의 검을 피해 버렸다.

사내들은 상대를 놓친 분함을 드러낼 시간도 없이 다시 공중에 뜬 헌원지를 바라보았다. 바로 떨어지는 헌원지에게 이차 공격을 가할 생각이었기 때문이다. 하지만 그럴 수가 없었다.

헌원지를 보고 누구나 할 것 없이 경악한 듯 외쳤다.

"저럴 수가?"

모두가 입을 쩍하니 벌린 채 아무런 말도 하지 못했다. 사람이 공중에 떠 있다는 것이 믿어지지 않았기 때문이다.

헌원지야 자신의 몸에서 흘러나오는 파장을 이용해 공중에 떠 있는 것이었지만 사람들이 그것을 알 리가 없었다. 분명 경공술은 분명한데, 공중에 떠 있는 경공술의 이름이 무엇인지, 또 그런 경공술이 존재는 하는 것인지에 대한 생각으로 혼란에 빠져 있을 뿐이었다. 그중 하나가 떨리는 음성으로 물었다.

"그, 그대는 누, 누구시오?"

헌원지의 비웃음 섞인 음성이 그에 대답했다.

"너희들은 알 자격이 없다."

그리고 이어지는 판결.

"염라대왕에게 물어봐!"

말과 함께 헌원지가 손을 휘저었다. 순간 가장 멀리 떨어져 있는 사내의 검이 갑자기 부서지더니 수십 개의 예리한 조각을 만들었다.
쉬이익!
순간 검 조각이 사방으로 흩어졌다. 푸른 섬광을 발하는 것으로 보아 상당한 내력이 실려 있다는 것을 말해 주고 있었다.
"크아악!"
"허억!"
양향을 중심으로 여기저기에서 사내들이 비명을 지르며 바닥을 뒹굴었다. 양향이 맞지 않은 것은 그만큼 헌원지의 조종 능력이 뛰어났기 때문이다.
이제 살아남은 자는 한 명. 그는 헌원지의 놀라운 무공에 몸까지 떨기 시작했다. 삽시간에 일곱 명을 죽여놓고도 표정에는 벌레 몇 마리 죽였다는 듯 권태로움만 묻어 있는 헌원지의 얼굴이 사내를 공포에 떨게 한 가장 결정적인 이유였다.
"이젠 대답할 수 있겠지?"
"……?"
"내가 왜 기분이 좋은 줄 알아?"
사내는 대답할 기분도 아니었고, 대답할 수도 없었다. 급기야 겁에 질려 뒤돌아 도망치려 몸을 날렸다. 그때 헌원지가 급히 바닥에 내려서며, 선 채로 뒤에 지고 있던 금을 앞으로 당겨 잡았다. 그리고 이미 십 장이나 멀어지고 있는 사내를 보며 줄 하나를 퉁겼다.
띵—!
줄이 진동하며 여러 갈래로 잔상을 남기더니 그 상태에서 반월의 빛을 뿌렸다. 그것은 그대로 달아나는 사내를 뚫고도 모자라 숲에 빽빽이 자라나 있는 나무 십여 그루까지 깨끗하게 베어 넘겼다.
 쿵!
 사내의 몸이 동강이 나며 땅에 떨어지고 동시에 헌원지의 입이 떨어졌다.
 "흐흐흐, 음공을 시험할 대상이 나타났거든!"

 툭!
 "흡!"
 멍해 있는 양향의 어깨를 가볍게 치자 그녀가 흠칫 몸을 떨었다. 그녀의 눈은 아직도 아래위로 토막이 나버린 사내의 몸에서 떨어지지 않고 있었다.
 "어, 어떻게……?"
 '이렇게 잔인할 수 있죠?'
 마지막 말은 튀어나오지 않았다. 아직도 흡족한 듯 웃고 있는 헌원지의 얼굴을 보고 도저히 그 말을 할 수가 없었던 것이다.
 "해가 질 것 같은데 빨리 돌아가서 쉬는 것이 좋지 않소?"
 그녀의 마음을 아는지 모르는지 헌원지가 엉뚱한 소리를 했다. 그것이 양향을 더욱 두렵게 만들었다.
 "네!"
 그녀는 주문에 걸린 듯 고개를 끄덕이며 헌원지를 따라 금천방으로 향했다. 가는 내내 그녀는 이런 생각을 했다.
 '너무 위험한 자를 끌어들였는지도 몰라!'
 하지만 생각과 달리 이번 일을 성공적으로 끝낼 수 있을 것 같다는 은근한 기대도 되는 그녀였다. 그리고 그를 붙잡아 자신의 사람으로 만들 수만 있다면 그녀의 할아버지가 유대적을 얻은 것과 같이 자신도 앞날을 뚫어나갈 든든한 버팀목 하나를 마련한 것이 되리라는 생각도 들었다.

"크윽!"

헌원지와 양향이 사라진 후, 쓰러져 있던 시체 틈에서 사내 하나가 꿈틀거리며 자리에서 일어섰다. 많은 피를 흘리고는 있었지만 생명에 크게 지장이 없는 것 같았다.

그는 쓰러진 동료들을 보며 치를 떨었다.

'귀신같은 놈이다. 비슷하게 생겼지만 혹시나 했는데……. 쓰는 무공이나 외모가 분명히 진룡문의 흉수가 분명해!'

그는 부상당한 몸을 끌며 생각했다.

'금천방에서 모용세가의 원수를 보호하고 있으니, 이로써 모용세가가 전면에 나설 수 있겠군!'

제15장
마창 진립과 태양검선 모용회

양향의 이야기를 들은 유대적은 한편으론 뜨끔했고, 한편으론 놀라웠다. 뜨끔한 것은 비상 상황인데도 불구하고 양향이 밖으로 나갈 때 호위조차 붙이지 않은 무신경한 자신의 일 처리 때문이었고, 놀라운 것은 헌원지의 무공 때문이었다. 양향의 말에 거짓이 없다면 헌원지는 극강의 고수라 할 수 있었다.

그는 양향에게 당분간 외출을 삼가라는 부탁과 함께 자신의 잘못을 빌었다. 그 후, 어둠이 짙게 깔릴 시간이 되자 헌원지를 찾아갔다. 물어보고 싶은 것이 많았기 때문이다.

"들어가도 되겠나?"

문 앞에서 나직한 언성으로 묻자 헌원지의 목소리가 들려왔다.

"들어오십시오."

문을 열고 방 안으로 들어간 유대적을 향해 헌원지가 의아한 시선을 던졌다.
"무슨 볼일 있으십니까?"
"우선 고맙다는 말부터 하겠네."
"고맙다니, 뭐가 말입니까?"
"아가씨에게 오후에 있었던 이야기를 들었네. 아가씨를 지켜줘서 고맙네."
그러자 헌원지가 피식 웃었다.
"지키려고 한 것은 아니니 제게 고마워할 것은 없습니다. 전 단지 시험을 했을 뿐이죠."
"무슨 말인가?"
"제 무공이 얼마나 돌아왔나 시험을 하고 싶었는데, 적당한 상대가 없었죠. 그런데 운 좋게 오늘 걸린 겁니다."
순간 유대적의 표정이 굳어졌다.
"단지 그런 이유 때문에 그 많은 사람을 단번에 죽였단 말인가?"
"어차피 제게 칼을 들이밀었으니 어쩌겠습니까?"
한숨을 내쉰 유대적이 고개를 저었다.
"자넨 살기가 너무 짙군."
"살기가 짙은 것이 아니라 본능에 충실한 것일 뿐입니다. 제가 왜 저를 죽이려 하는 놈들을 살려줘야 합니까? 어차피 죽일 놈들을 제 시험 대상으로 사용했을 뿐입니다."
"그래도 자네는 힘이 있지 않나? 힘이 있는 자에게는 책임도 뒤따르는 법일세. 굳이 그렇게 모두 죽일 필요는 없지 않았나?"

"저는 그런 것은 모릅니다. 조용히 살고 싶고, 그것을 방해하는 적들은 없애면 그만입니다. 살려둬서 후환을 남길 바보 짓은 하기 싫기 때문이죠. 차라리 내 강함을 확실히 보여주어 다시는 나에게 비수를 들이대지 못하게 하면 됩니다. 힘이 있으면 그래서 편한 거죠. 힘이 없어 어정쩡한 대처를 한다면 적들만 많이 생길 뿐 제게 돌아오는 것은 아무것도 없습니다."

유대적은 헌원지를 한참 동안 노려보더니 다시 고개를 저었다.

"역시 살기가 짙군. 혹시, 예전에 적자생존의 치열한 삶을 살았었나? 자네 말을 들어보니 그런 것 같기도 하군."

"추측은 어르신 마음대로 하십시오. 긍정하고 싶은 생각도, 부정하고 싶은 생각도 없습니다."

"흐음."

잠시 침음을 흘리는 그를 향해 이번엔 헌원지가 웃으며 물었다.

"그것이 궁금해서 저를 찾았을 리는 없을 테고… 저와 대화를 하고 싶으신 것 같은데."

"맞네. 여러 가지 이야기를 하고 싶어서 찾아왔지."

"그런데 빈손으로 오셨단 말입니까?"

그 의미를 알아차린 유대적이 따라 미소를 지었다.

"내 정신 좀 보게. 미안하군."

그러면서 방을 나가더니 잠시 후, 시녀 한 명을 데리고 들어왔다. 시녀는 술과 안주를 들고 있었다. 그녀가 탁자에 술자리를 마련하고 돌아가자 유대적이 헌원지의 잔에 술을 따랐다.

"급히 준비하느라 신경을 쓰지 못했지만 들게."

"사양하지 않겠습니다."

시원하게 술잔을 들이킨 헌원지도 유대적의 술잔에 술을 따랐다. 그렇게 두 사람이 한 잔씩의 술잔을 비웠을 때 대화가 시작되었다. 먼저 입을 연 것은 유대적이었다.

"아가씨의 말을 들어보니 자네 실력이 진룡문에서 보여주었던 것과 별반 다르지 않다더군. 실제 어느 정도인가?"

"글쎄요. 진룡문에서 제가 어떻게 행동했는지 기억이 없어 뭐라 말씀드릴 수는 없습니다. 하지만 그때는 상당한 내상이 있었고 그로 인해 기억을 잃어 저도 알지 못하는 다른 무공을 사용했던 것 같습니다."

"그럼 지금과 비교를 할 수 없다는 것인가?"

"굳이 말한다면 그렇죠. 궤가 다릅니다."

"흐음, 그럼 지금 실력을 다른 사람과 비교를 한다면 어떤가?"

그 또한 헌원지는 대답을 흐렸다. 그러자 유대적이 다시 말했다.

"자네가 부상을 입었을 때 내가 진맥을 한 적이 있었네. 그때 몇 가지를 추측할 수 있었는데, 그중 가장 그럴듯한 것이 바로 환골탈태를 겪은 상당한 실력자, 그런데 그 힘을 잃었다가 다시 찾았을 거라는 점이었지. 어떤가?"

"대충 맞군요."

"허, 그럼 정말 화경의 고수였군!"

헌원지는 대답 대신 술잔을 다시 비웠다. 유대적은 빈 잔에 다시 술을 채워 넣으며 물었다.

"지금 나이가 어떻게 되나?"

"세상이 어떻게 돌아가는지는 아는 나이죠."

"정확히 말해 주기 싫은 모양이군. 그럼 몇 살 때 화경의 경지에 들어섰는지는 말해 줄 수 있나?"

"이제 와서 제게 중요한 문제는 아니지만 말하고 싶지는 않군요. 단, 지금은 서른 살 안팎이고, 당연히 그전에 화경에 접근했다는 것은 사실입니다."

"얼굴을 보고 그 정도는 예상했네. 아무리 화경에 올라서 환골탈태를 겪었다 해도 늙은이가 자네처럼 이십대의 젊은 사람이 되는 것은 아니지. 어느 정도 젊어지기는 하지만 한계가 있다는 말일세. 그런데 자네의 외모는 이십대 중반이네. 그것도 최대한 많이 본 것이고, 실제로는 약관 정도?"

"그 정도로 젊어 보입니까?"

웃으며 하는 말이었지만 유대적은 진지하기만 했다.

"자네도 알고 있겠지만 환골탈태를 겪으면 노화가 급속히 느려지지."

"그래서 좀 더 젊은 나이에 화경에 들어서면 더 장수하는 것이 아닙니까."

"그렇지. 그리고 실제로도 조금은 젊어진다네. 가장 중요한 것은 겉의 나이보다 몸속이야. 뼈와 단전, 그리고 그것을 둘러싼 근육이 이십대의 그것처럼 젊어지는 것이니……. 그것으로 추측하건대 자네의 실제 나이는 많이 잡아도 스물다섯, 그 이하일 가능성이 많아. 다쳐서 정신을 잃었을 때 살펴봤는데 근골도 전혀 노화가 되지 않았더군. 오히려 이제 성장이 멈추고 있는 소년과 같은 느낌도 받았어. 어떤가? 내 말이 맞나?"

하지만 헌원지는 고개를 저었다. 사실 속으로는 뜨끔했지만 굳이 진실을 말할 필요가 없다고 생각했기 때문이다.

"그건 틀렸습니다."

"그럼 이십대 후반 정도인가?"

"훗, 유도 심문을 하시는군요."

"허허, 그렇게 보였나?"

헌원지가 고개를 끄덕이자 유대적 또한 고개를 끄덕였다.

"그럼 그 이야기는 그만 하도록 하지. 전에 양 대인을 만난 적이 있지?"

"그렇습니다."

"그때 음공을 익혔다고 이야기했다던데, 정말인가?"

"맞습니다."

"그럼 진룡문에서 자네가 시전했던 무공도 음공이었나?"

"그렇다고 볼 수 있겠죠."

"이상하군. 난 이해를 할 수가 없네."

"……?"

"어떻게 음공에 그런 괴이한 현상이 일어날 수 있나?"

그의 말에 헌원지가 웃으며 되물었다.

"그럼 음공에 대해서 알고 있는 것이 있습니까?"

"흐음, 그러고 보니 거의 없군. 그저 악기 연주에 기를 실어 듣는 사람으로 하여금 감정을 변화시키는 도구 정도?"

"지금까지 알려진 정도로는 그렇죠. 이번엔 제가 한 가지 묻겠습니다. 처음 내공을 발견한 사람이 그것으로 사람들 앞에서 무공을 선보였다면 반응이 어땠을 거라 생각하십니까?"

"놀라웠겠지."

유대적은 별스럽지 않게 대답하다가 아차 했다.

"아! 그렇군! 자네가 말하고 싶은 요지는 아직 개발이 되지 않아서 그럴 뿐, 음공에도 무궁무진한 묘용이 숨겨져 있다는 것이겠지?"

"그렇습니다. 음공이라 하면 무공으로 치지 않는 사람도 있다 들었습니다. 하지만 섣부른 판단은 진실을 가리게 되죠. 음공도 사람을 죽일 수 있고, 어떤 무공보다 더 파괴 범위가 넓으며, 대량 살상에 좋다는 것을 모르고 있습니다. 아니, 이미 기존의 검법이니 신공이니 하는 등등의 것들에 빠져 그것을 최고라고 생각하고 매달리는 부류들로선 인정하고 싶지 않은 겁니다. 음공은 간혹 기녀들이 터득하거나 제대로 익힌 사람이라고 해도 이성을 꼬시기 위한 수단으로밖에 사용되지 않았으니까요."

말을 하며 점점 감정이 섞여가는 헌원지를 느낀 유대적은 마음 한구석으로 수긍하며 고개를 끄덕였다.

"그래서 편견이 무서운 것이지. 좋은 것을 배척하게 되거든. 그것은 어쩌면 인간의 본성 밑바닥에 깔려 있는 무지함일 수도 있네. 배우고 알아야 하는 것을 거부하는 그런 무지함. 그런데 음공에도 다른 무공처럼 여러 가지 길이 있을 것 같은데?"

"길이야 많죠. 검법으로도 여러 가지 수련 방법이 있고, 그 안에 내포된 깨달음의 길이 다르듯이 음공에도 많은 길이 있습니다."

"자네는 어떤 길을 가고, 추구하고 있나?"

헌원지는 고개를 저었다.

"저도 지금 그것 때문에 고민입니다. 제가 지금까지 익혔던 음공이 진짜인지, 제대로 가고 있는 것인지 헷갈립니다."

 "헷갈린다는 말은 또 다른 방향을 찾았다는 말로 들리네만?"

 "맞습니다."

 "어떤 것인지 물어봐도 되겠나?"

 헌원지는 잠시 대답없이 고민했다. 말해야 할지 말아야 할지 고민이 되었기 때문이다. 하지만 이제 와서 그것을 숨길 이유가 없다는 판단을 하고 고개를 끄덕였다. 유대적 정도의 고수라면 혹시 좋은 방법을 찾아낼지도 모른다 생각했기 때문이다.

 "저는 소리 자체에 대한 연구와 그것을 조절하는 방법으로 수련을 해왔습니다. 그래서 주위 사물을 움직일 수도 파괴시킬 수도 있는 것이죠."

 유대적이 상당한 흥미를 느끼기 시작했다.

 "그에 대해서 자세히 말해 줄 수 있겠나?"

 하지만 헌원지는 단호하게 고개를 저었다.

 "거기까지는 말해 드릴 수 없습니다. 아무튼 음공에도 몇 단계에 거친 수련 방법이 있습니다. 그런데 요즘 들어서는 가장 처음, 그러니까 사람들이 흔히 알고 있는 마음을 동요케 하는 음공이 자꾸 걸리더군요."

 "사람의 마음을 동요케 하는 음공?"

 "그렇습니다. 유 총관님께서도 알고 있듯이 사람들의 음공에 대한 인식은 연주로 사람의 마음을 혼란시키는 것으로 알고 있고, 실제로도 그렇습니다. 하지만 제 사부님은 그것을 뒤틀었고, 살상용으로 바꾸었습니다."

"살상용이라……. 그대로 자신의 길을 가면 되지 않는가?"

"아닙니다. 곰곰이 생각해 보면, 진짜 음공의 길은 마음의 변화를 주는 것이 아닐까 하는 생각이 요즘 부쩍 들고 있습니다. 심지어는 어떤 생각을 했는지 아십니까?"

"……?"

헌원지는 자신이 생각해도 황당한지 허탈한 웃음을 흘리며 대답했다.

"연주로 사람의 마음에 두려움을 심어주는 것입니다. 어떤 때는 서로 증오하는 마음을 심어주어 같은 편끼리 죽이게 만드는 거죠. 또 우울함을 증폭시켜 자살까지 하게 만드는……."

그 말에 유대적의 두 눈이 동그랗게 변하더니 믿어지지 않는다는 듯 헌원지를 유심히 살폈다.

"자네 정말 머리가 비상하군! 어떻게 그런 생각을 했나?"

"저도 잘 모르겠습니다."

"허허허! 음공이 사람의 마음을 움직이는 것이라면 충분히 가능하지 않은가?"

"글쎄요. 이론으론 가능할지 모르나 어떤 소리가, 어떤 크기의 파장이 사람에게 변화를 주는지를 모른다면 다 헛소리에 지나지 않습니다. 두려운 마음을 어떤 소리를 주어야 들게 되는지, 그것을 극대화시키려면 어떻게 해야 하는지 아무것도 모르지 않습니까?"

"그건 그렇지만, 생각의 창의성만은 칭찬받을 만하네."

"하지만 그것이 다는 아닙니다."

"또 다른 면이 있나?"

"진룡문에서 겪었던 일인지는 모르겠지만 예전에 제가 정신을 잃어 다쳤을 때 그 꿈을 자주 꾸었습니다. 그런데 꿈속에서 제가 마음 가는 대로 소리를 조절하는, 특별한 내력을 사용하지 않고도 마음대로 공간을 지배하는 듯한 느낌을 받았습니다. 검수에게는 신검합일의 경지가 있습니다. 음공도 무공의 같은 갈래이니 그런 마음적인 깨달음의 경지가 있지 않을까 생각하곤 합니다. 그것이 가장 혼란스럽습니다."

"흐음, 하기야 무공의 뿌리와 결과는 모두 하나로 귀결되지. 각자 다른 무공과 다른 길을 가더라도 마지막 종착지는 같아. 자네 말대로라면 분명 음공에도 깨달음이 있을 걸세."

유대적은 헌원지를 지그시 바라보았다. 그러더니 술을 한잔 들이키고 웃었다.

"젊은 나이에 대단하다는 생각밖에 들지 않는군. 내 나이가 부끄러울 정도일세."

빈 잔에 술을 채우던 헌원지 또한 마주 웃었다.

"과찬의 말씀. 사실 운현에서 산적들을 상대하는 유 총관님의 무공을 보고 저도 많은 생각을 했고, 음공에 깨달음의 경지가 있지 않을까? 하는 생각은 그때 한 것입니다."

"허허, 그렇게 대단한 정도는 아니지."

말은 그렇게 해도 싫지는 않은 듯 유대적의 얼굴에는 미소가 떠나지 않았다. 그리고 기대감에 물든 얼굴로 말을 이었다.

"현재 남무림에서 자네만한 젊은 후기지수는 없을 걸세. 내가 생각해 보건대 언젠가는 자네도 탈반경, 즉 출가경의 경지에 들 것 같네."

"꼭 그런 것만은 아닙니다. 저 외에도 뛰어난 사람이 많을 줄로 압니다."

"봤다는 듯한 말투로군!"

"사실 봤죠."

"누군가?"

"이름은 기억나지 않습니다만, 일 년 반쯤 전에 어떤 문파의 무림대회에서 보았던 자입니다. 그런데 그 녀석도 아주 특이한 무공을 익히고 있었습니다."

"특이한 무공?"

"네. 공간참이라고 한 것 같군요."

"공간참? 공간을 가른다는 말인가?"

"듣기론 그랬습니다. 극쾌의 신법을 추구하는 것 같던데, 웃긴 것은 그렇게 빠른 신법을 가지고 있으면서도 별다른 초식을 익히고 있지 않았다는 점이었습니다. 단지 베고, 찌르는 단순한 동작밖에 모르는 것 같더군요."

그러자 유대적이 굳은 얼굴로 고개를 저었다.

"웃긴 것이 아니네."

"무슨 말입니까?"

"극쾌의 신법이라면 굳이 초식이 필요없지. 자네 말을 들어보니 공간참이 어떤 무공인지 대강 알 것 같은데, 실제로 공간참을 실현한다면 초식은 당연히 필요가 없을 걸세. 생각을 해보게. 공간참! 공간을 찢고 들어간다는 말이 아닌가?"

"그렇죠."

"그 말이 무엇을 뜻하겠는가?"

"……?"

"순간이동술! 바로 그것일세."

"흠, 순간이동술이라……. 그럴듯하군요."

"그럴듯한 정도가 아니지. 분명, 시간을 넘어 상대를 공격하는 방법일 걸세. 그 말을 풀어보면, 상대가 검을 뽑기도 전에 이미 자신은 상대의 목을 베고 있다는 말이야. 상대는 자신과의 거리를 염두에 두고 있을 것이 뻔한데, 공간참을 익힌다면 자신에게는 거리가 무색할 것이 아닌가? 설사 수십 장이나 떨어져 있다 해도 순간이동을 하면 눈 깜짝할 사이에 바로 앞에 나타나 검을 휘두를 텐데 어떻게 막을 수 있겠나? 말 그대로 초식도 필요없는 것이지. 적을 죽일 수 있는 단순한 공격 방법만 익히고 있으면 끝이네."

헌원지도 수긍을 하며 고개를 끄덕였다.

"저도 그 때문에 목을 날릴 뻔했죠."

"그자와 비무를 했었나?"

"대회에 참가했기 때문에 대결을 했었습니다."

"결과가 어떻게 됐나?"

"제가 이겼습니다. 하지만 왠지 석연치 않아 나중에 다시 한 번 붙어보자고 제안했던 기억이 납니다."

"흠, 놀랍군. 강호에는 숨어 있는 실력자들이 많다더니 빈말이 아니군 그래. 그자도 화경의 고수였나?"

"그랬던 것 같습니다."

"나이는?"

"환골탈태를 겪었을 테니 정확히 알 수는 없지만 상당히 젊을 것으로 추측됩니다."

"허허, 남무림에 조만간 출가경의 고수가 넷이나 되겠군!"

"그야 모르죠. 갑자기 강해지는 경우도 있고, 처음은 배움이 빨랐지만 어느 선에서 멈추는 경우도 있으니까요. 하지만 가능성만은 다른 사람들보다 크겠죠. 그런데 출가경의 고수가 넷이나 된다는 말은 무슨 뜻입니까?"

"모르고 있었나? 현재 남무림에 출가경의 고수는 둘일세. 그리고 자네와 그 공간참을 익힌 젊은이가 합세한다면 넷이 되는 것이 아닌가? 그전에 마창(魔槍)과 태양검선(太陽劍仙)이 죽으면 아닐 수도 있는 것이고."

"마창과 태양검선? 그들이 출가경의 고수입니까?"

"그렇네. 둘 다 운남에 있네."

"마창이라는 명호를 쓴다면 창을 쓰는 자가 아닙니까?"

유대적은 고개를 끄덕였다.

"마창 진립(振立)이라고 하네. 과거에 그는 소림의 속가제자였네."

"소림이라면 중원의 유명한 불가의 문파? 중원의 강호인이 왜 남무림에서 활동을 하게 되었습니까?"

"사연이 있지."

"……"

"오래전 소림사에는 네 명의 기재가 등장했었네. 일명, 소림사룡(少林四龍)이라 불렸지. 자네도 알고 있겠지만 소림사는 불가의 문파, 그래서 살생을 멀리하는 곳이지. 하지만 그들도 무림인인데 어찌 강호의 일을 등한시하겠나? 그래서 무림의 중대사에는 종종 참여를 하게 되었는데, 그게 그리 쉽지만은 않았지. 그래서 선택한 것이 해결사들이라네."

"실력있는 고수들을 사들였다는 말씀입니까?"

"아닐세. 속가제자들을 키웠지. 그중 뛰어난 자를 골라 뽑아 소림사에 귀속시켰는데, 완전한 불도인이 아니라 소림사가 나서기 꺼려지는 일에 그들을 내세우게 되었네. 그러니 다른 속가제자들과는 달리 소림승들에게만 전하는 심도있는 무공까지 전수를 해주며 양성해 낼 수밖에 없지. 소림사룡이란 그들 중에 있었네."

"어떤 자들입니까?"

"한 명은 특이한 신체를 타고난 가량동(假量同)이라는 자네. 그는 태어날 때부터 특이한 신체를 가졌다고 하네. 특별한 내공심법을 익히지 않아도 몸속에서 끊임없이 내공이 쌓이는 체질이지. 소림사에서도 기대를 상당히 했던 모양인데……."

"문제가 있었습니까?"

"신체상의 문제였지. 무공을 익히기에는 천 년에 한번 날까 말까 한 기재라는 소문이 돌았으나 그 신체 때문에 병이 깊었네. 항상 피를 토하는 괴이한 병인데, 한번씩 크게 아프게 되면 몇 달 동안 누워 있어야 한다고 들었네."

"말썽이군요. 실컷 가르쳐 놨더니 써먹을 수도 없지 않습니까?"

"소림사의 심정을 낸들 어찌 알겠나? 하지만 소림사룡들의 말썽은 그뿐만이 아니야."

"다른 자들도 문제가 있었다는 말입니까?"

"말했지 않나? 마창 진립이 남무림에 있다고. 그가 왜 남무림에 있겠나? 문제가 있었으니 소림사를 나온 것이지."

목이 마른지 술잔으로 입을 축인 유대적이 계속 말을 이었다.

"진립은 봉법에 능했다고 들었네. 소림 무예의 거의 반 이상이 봉법으로 이루어져 있는데 진립이 그에 천부적인 재능이 있었으니 소림사도 좋아할 만했겠지. 그런데 문제는 진립의 무공에 대한 욕구가 너무 컸다는 거야. 어느 정도 시간이 지나자 그는 좀 더 좋은 무공을 원했고, 연구를 했지. 그리고 자신만의 독창적인 봉법을 만들기 시작했는데, 그것이 소림의 불도와는 완전히 다른 길이었다고 들었네. 살생을 위한 무공이었지. 그 후 살기가 너무 짙은 무공인지라 소림사와 불화가 생겼다고 들었네."

"그래서 도망쳤다면 왜 마창이라 불립니까?"

"그는 자신이 창안한 봉법이 사람을 죽이기 위한 것이기에 봉보다는 창에 더 어울린다고 생각했던 모양일세. 그런데 그것이 묘하게 어울렸던 모양이야. 처음 운남에 왔을 때 그의 나이가 서른여섯으로 알고 있네. 그때 당시 화경의 경지에 올라섰었지. 그 실력을 인정받아 오뢰문에 받아들여졌는데, 오뢰문이 원래가 돈을 받고 일을 하는 해결사 같은 집단이라 그에게 딱 어울렸지. 하지만 문제는 다음일세. 그는 그때도 자신의 한계를 넘기 위해 끊임없이 노력했는데, 심법 자체를 바꾸길 원했네. 불도로 다듬어진 심법이 자신의 살인적인 창법에 전혀 맞지 않는다고 생각했기에 그랬을 걸세."

그 말에 헌원지가 이해하기 힘들다는 듯 고개를 갸웃거렸다.

"익히던 심법을 바꿀 수도 있습니까?"

"그럴 수야 없지. 아니면 스스로 내공을 전폐시키고 처음부터 다시 시작해야 되는데, 그는 원래 주안술을 익히고 있었네. 겉모습이 늙지 않게 하는 무공인데, 우습게도 주안술을 익히고 있는 상태에서 화경의 경지에 올라서 환골탈태를 했기에 늙지 않는 외모를 가지게 되었다고 들었네."

"그럴 수도 있습니까?"

"뭐, 아직까지 밝혀지지 않은 무공의 이론이야 우리가 어찌 알겠나? 아무튼 그는 외모에 대한 자부심도 엄청났다고 전해지네. 무공의 욕구로 인해 내공을 전폐시키면 신체가 어떻게 될지 모르는 일이지. 그래서 자신이 가진 내공에 다른 내공을 덮어쓰기 식으로 익혔지."

"잘못하면 주화입마에 빠지지 않습니까?"

"모험을 한 거지."

"그래서 어떻게 됐습니까?"

"그가 비록 오뢰문에 몸을 담고 있다고는 하나 하는 짓은 공명정대했다네. 그래서 신창이라 불리었는데, 결국 주화입마에 빠져 버린 거지. 그런데 문제는 완전히 빠진 것이 아니라는 거야. 그에 대한 대비를 한 덕분이겠지만……. 아무튼 그 후 그의 성격에 장애가 생겼네. 물론 그 일로 인해 출가경에 들어섰지만 사람이 변했으니 그것이 무슨 소용이 있겠나?"

"어떻게 변했기에 그러십니까?"

"성격도 괴팍하고 잔인하게 변했지만, 그보다 탐욕에 물들었다고 봐야지. 문주의 손녀까지 겁탈했다고 들었네. 그 일로 인해 문주가 추살령을 내렸고, 그는 자신의 추종자들을 데리고 도망쳤지."

"그 정도 무공이면 문주를 죽일 수도 있었을 텐데요?"

"오뢰문은 그렇게 만만한 문파가 아니야. 그곳에는 해결사 일을 하는 특성상 자체적으로 실력있는 무사들을 기르거니와 따로 실력이 있는 무림인을 돈을 주고 고용하고 있네. 거기에다가 화경의 고수가 둘이나 있지. 더 큰 문제는 진립이 그동안 숨어서 수많은 악행을 저질렀다는 것일세. 그것이 그 무렵에 모두 들통이 나서 수많은 문파에서 그를 죽이려고 발벗고 나섰었네. 그러니 아무리 출가경의 고수라 한데도 발붙이고 있을 수 있겠나? 그 때문에 모용세가가 오뢰문에 그 피해를 책임지라 했고, 그 이후 그 두 문파 사이가 틀어져 잦은 충돌이 있었다고 들었네."

"흐음."

"진립은 그 이후 종적을 완전히 감추었는데, 가끔씩 잊을 만하면 운남에 나타나 수많은 악행을 저지르고 바로 사라지곤 하지."

"흥미로운 자로군요. 그럼 소림사룡 중 남은 두 명은 어떻습니까?"

"한 명은 검을 쓰는 장충기(掌蟲氣)라는 자일세. 소림사룡 중 나이가 가장 많고, 현재도 소림사를 위해 일한다고 들었네. 오히려 방장보다 배분이 높아 소림에서의 그 입김은 상당하지. 그리고 남은 한 명은 구패일세."

"구패? 혹시, 파천림의 림주가 아닙니까?"

"알고 있나?"

"예전에 들어봤던 이름입니다. 역발산지기의 대가라고……."

유대적이 고개를 끄덕였다.

"맞네. 그는 타고난 신력이 있었지. 그의 특기는 권각술인데, 역발산지기라는 것이 소림의 역근경을 변형시킨 것이라 들었네. 그뿐만 아니라 팔대기보 중 하나인 벽악신부를 가지고 있는 자일세."

"벽악신부라……. 그런 자가 왜 산적들의 두목이 된 것입니까?"

"자세한 내막은 나도 모르네. 소문으로는 당시 소림의 고승 한 명과 사이가 상당히 좋지 않았고, 그 때문에 어느 날 죽였다고 하더군. 그 때문에 소림에서 도망쳤다고 들었는데, 대단한 자지. 단신으로 현재는 중원의 산적들을 완전히 장악하고 있으니까. 소림과 사이가 상당히 안 좋은 것으로 봐서는 소문이 사실일지도 모르겠군."

"흐음. 그런데 유 총관님은 어떻게 중원의 일을 그렇게 잘 아십니까? 대부분 남무림과 중원은 교류가 없어 대략적인 것 이외에는 잘 모르던데요."

"나야 무림인이 아니니 그렇지. 금천방이 어디인가?"

"……?"

"장사를 하는 집단이 아닌가. 여기 오기 전 금천방은 중원에 뿌리를 두고 있었네. 그러니 잘 알 수밖에. 하지만 돌아다니는 소문만 주워들었을 뿐 정확한 것은 아닐세. 아! 그러고 보니 이야기가 다른 데로 흘렀군."

"아닙니다. 재밌는 이야기였습니다."

그러자 유대적이 웃었다.

"하하하, 그런가? 아무튼 남무림의 출가경 고수는 마창 진립이 있고, 남은 한 명은 모용세가의 태양검신 모용회일세."

헌원지의 인상이 찡그려졌다.

"모용세가였습니까?"

"그렇지. 모용세가에는 화경의 고수가 둘, 출가경의 고수가 한 명

있네."

말과 함께 유대적이 탄성을 지르며 웃음을 흘렸다.

"그러고 보니 화경의 고수 한 명은 자네 때문에 사라졌군. 남은 한 명은 모용세가의 가주이지. 그리고 그의 백부인 모용회가 출가경의 고수네. 하지만 그자는 은거한 지 상당히 오랜 시간이 지났어. 남무림에서는 배분이 가장 높을 게야. 죽었을 거라는 추측도 있는데, 모용세가에서 그에 대한 언급을 하지 않고 있으니… 아무도 모르는 일이지."

"혹시 자신들의 힘을 과시하기 위해 언급을 하지 않은 것이 아닐까요?"

"그럴 수도 있겠지. 만약 병이 들거나 나이 들어 죽었다면 현재 남무림에는 출가경의 고수가 한 명인 셈이야. 하지만 자네는 모용세가를 조심해야 할 걸세. 모용편성을 죽였으니 자네를 찾기 위해 혈안이 되어 있을 게야."

"저는 상관하지 않습니다. 굳이 그들과 맞설 생각은 없지만 저에게 칼끝을 들이댄다면 가만히 당할 정도로 바보는 아니죠."

유대적이 고개를 절레절레 저었다.

"자네 무서운 생각을 가지고 있군."

헌원지는 미소로 그에 대답할 뿐 다른 반응을 보이지 않았다. 그러자 유대적이 자리에서 슬며시 일어섰다.

"시간이 너무 늦었군. 궁금한 것이 많기는 하지만 이틀 후 남만으로 가야 하니 더 귀찮게 하지는 않겠네."

그러자 헌원지가 무언가 급히 생각난 듯 말했다.

"참! 한 가지 물어볼 것이 있습니다."

"뭔가?"

"전에 양 대인을 만나 장타에게 제 소식을 전해달라고 했는데, 어떻게 됐습니까?"

"내 정신 좀 보게! 그러고 보니 대인께서 내게 지시를 내렸던 걸 깜빡했군. 그런데 장타라면 전에 자네와 같이 있던 소년인가?"

"그렇습니다."

"내일 사람을 보내 자네 소식을 알릴 테니 걱정 말게. 그럼."

제16장
무너지는 만월교

 어두운 밤. 스산할 정도로 검은 구름이 달빛을 가리고 있을 때, 귀주 환산 주위로 작게는 오십여 명, 많게는 삼백여 명에 달하는 삼십 개의 무리들이 은밀하게 움직이고 있었다. 모두 검은 무복. 일사불란한 동작과 겉으로 풍기는 군센 기운이 상당한 수련을 거친 고수들임을 증명했다.
 환산에서 북쪽으로 삼십 리 정도 떨어진 숲에서 이동 중이던 삼백여 명의 무리들이 잠시 걸음을 멈추며 나무 사이로 몸을 숨겼다. 그들 중 열 명만 앞으로 빠르게 전진하더니 이각 후 한 명이 돌아와 고집있어 보이는 중년 사내에게 부복했다.
 "처리했습니다."
 그 말에 중년 사내가 곱게 기른 수염을 만지작거리더니 조심스럽게 입을 열었다.

"정보와 같더냐?"

"네. 모양각에서 일러준 경계 위치에 정확히 있었습니다."

"됐다. 정보가 믿을 만하다면 망설일 이유가 없지. 우리 침투로에 앞으로 다섯 곳의 경계가 더 있을 것이다. 열 명을 더 줄 테니 너는 그들을 이끌고 조용히 길을 뚫어나가라."

"존명!"

대답과 함께 사내는 환산 중심에 위치한 만월교를 향해 신속히 쏘아져 나갔다. 그가 사라지자 중년 사내, 적룡문주 야일제가 미소를 지었다.

"오늘 밤 폭풍이 불겠군!"

야일제가 계획대로 움직이고 있을 그때, 또 다른 길로 만월교로 향하던 혈천문의 혈루혈천대의 대주 상정군 외 팔십여 대원의 계획에 차질이 생겼다. 모양각의 정보를 믿고 경계 무사들을 은밀히 죽이며 나아가는데 생각지 못한 곳에서 '적이닷!' 이라는 소리가 들렸기 때문이다. 모양각에서 정확히 파악하지 못한 경계지가 있었던 모양이다. 세 명의 만월교의 무사 중 두 명이 뛰쳐나오고, 한 명은 보고를 위해 만월교 총단으로 달아나 버렸다.

두 명의 만월교 무사의 실력이 뛰어났기에 약간의 시간이 걸릴 수밖에 없었고, 한 명은 놓쳐 버렸다.

상정군이 인상을 찡그리며 급히 외쳤다.

"일이 틀어졌다. 만월교의 총단이 대응해 오기 전에 급히 들이친다."

말과 함께 그가 선두로 나서고, 그 뒤로 팔십여 명의 혈루혈천대 대원이 신속하게 뒤따랐다.

총단 외각에서 병장기 부딪치는 소리와 비명성이 잇달아 들려오고 있었다. 갑작스런 적의 기습에 장로들이 급히 소집되어 만월향 앞에 모여 있었다. 마지막으로 마야가 모습을 드러내자 기다리고 있던 모양야 장로가 다급히 보고를 올렸다.

"동쪽에서 백여 명의 무리가, 서쪽에서 삼백 정도의 무리가 공격해 왔습니다."

이어 통천 장로도 보고를 올렸다.

"남서쪽에서도 삼백, 남쪽에서도 오백의 무리가 이미 총단 내로 진입한 상태입니다."

"막을 수 있겠느냐?"

그에 대한 대답이 떨어지기도 전에, 전신에 피칠을 한 교도 하나가 섬전과 같이 장내로 뛰어들더니 보고를 올렸다. 그의 복장으로 보아 얼마 전까지 목숨을 건 치열한 전투를 벌였다는 것을 알 수 있었다.

"동쪽 방어선이 무너졌습니다!"

경악한 장로들의 목소리!

"정말이냐?"

"조만간 총단 내로 진입할 것으로 예상됩니다. 막으려고 했으나 역부족이었습니다."

"황룡사는? 황룡사의 지원을 보냈는데 그들은 어떻게 되었느냐?"

"황룡사 일백 명이 급히 투입되기는 했으나 이미… 적의 기세를 당할 수 없었습니다."

통천의 인상이 찌푸려졌다.

"방어진에 오백의 무사가 대기 중이고 거기에 황룡사가 일백이나 투입됐는데 삼백의 적도 감당을 못한단 말이냐?"

"그것이 아닙니다. 처음에는 적들의 수가 많지 않기에 오히려 추격까지 했으나, 중간에 다른 두 길로 오백 명에 달하는 적들이 치고 들어왔습니다."

"아무리 그래도 그렇지……."

하지만 사내는 놀라운 보고를 했다.

"숫자도 숫자이지만 상대의 실력들이 상당했습니다. 황룡사와 맞먹을 정도입니다."

그 말에 모든 장로들이 어안이 벙벙한 표정이 되었다.

"도대체 어떤 단체에서 그런 고수들을 수백 명씩이나 보유하고 있다는 말이냐? 혹시 혈천문?"

그때 또 다른 사내가 역시 피에 전 복장으로 장내에 뛰어들었다.

"총단 북쪽에서 삼백여 명의 적들이 기습해 왔습니다! 적들의 수가 점점 늘어나고 있습니다! 그중 선두에 선 자가 적룡문주 야일제임이 파악됐습니다!"

"야일제?"

모두가 경악하는 표정이 되었다. 처음부터 만월교와 연합을 이룬 적룡문이 비수를 들이댈 줄은 몰랐기 때문이다. 성질 급한 독목야차 마영 장로가 으르렁거렸다.

"적룡문이 어찌 우리에게 이럴 수 있단 말이오. 교주님! 제게 고수 이백 명만 붙여주십시오. 제가 당장 야일제의 목을 가져오겠습니다."

"섣불리 움직여서는 안 되오."

모양야 장로의 말에 마영이 분통을 터뜨렸다.

"이 상황에서 어떻게 가만히 있을 수 있다는 말입니까?"

"모르시겠소?"

"……?"

"아무리 적룡문이 절정고수를 많이 보유하고 있다지만 이 정도는 아니오. 사방에서 엄청난 실력의 고수들이 몰려들고 있는데, 그것은 분명 다른 문파들과 연합을 한 것이오. 우리들이 모두 적을 막기 위해 떠난다면 교주님은 누가 지키려고 그러시오?"

"하지만……."

그러는 사이에 쉬지 않고 보고가 날아들었다. 놀라운 것은 모두 대패했다는 것, 그리고 조만간 적이 이곳에 모습을 드러낼 거란 보고 내용이었다. 정신을 차릴 수 없을 정도로 계속 보고가 들어오자 보다 못한 화령 장로가 마야에게 아뢰었다.

"교주님, 우선 몸을 피하십시오. 적이 몇 명인지도 모른 채 여기에서 방어만 할 수는 없습니다."

통천 장로도 그에 동조했다.

"맞습니다. 우선 적들의 예기를 피하신 후, 훗날 다시 이곳을 회복하는 것이 좋겠습니다."

"하지만 본좌는 교주가 된 지 얼마 되지 않았다. 역대 교주님들께서는 총단을 남에게 내준 적이 단 한 번도, 결코 한 번도 없었다. 그런데 어찌 내가……."

워낙 급한 자리였기에 모양야가 슬며시 나섰다.

"교주님! 적들에게 총단을 내주는 것이 아닙니다. 부디 그렇게 생각하지 마십시오. 우리는 저들에게 대항할 시간이 필요하고, 고수들을 정비할 시간이 필요한 것입니다. 이 상황에서 지역전을 벌인다면 기습한 저들이 유리할 수밖에 없습니다. 지금도 계속 교도들이 죽어가고 있으니, 더 이상의 피해로 회복 불능 상태가 되기 전에 잠시 자리를 비우셔야 합니다."

이치에 맞는 말이고, 이해도 되었으나 마야는 선뜻 대답할 수가 없었다. 이제 교주가 되어 위엄있는 다스림으로 교도들에게 마음의 안정을 주어야 할 때에 총단을 버리고 도망친 교주가 되라는 말이니……. 이제 열일곱 살의 여린 마음으로서는 선택할 수가 없는 것이다.

"다, 다른 방법은 없느냐?"

그녀의 기분을 알고 있는 장로들이 눈물을 글썽이며 어두운 표정으로 고개를 숙였다. 귀주 통합이라는 이유 때문에 많은 세력이 감소한 지금, 다른 문파에 이렇게 위기를 느껴야 한다는 것이 그들 또한 안타깝고 착잡했기 때문이다.

지금까지 묵묵히 듣고만 있던 흑설랑 장로가 모두를 대신해 무겁게 입을 열었다.

"잠깐의 굴욕은 참으시고, 교주님을 따르는 교도들을 생각해 주십시오. 여기에서 더욱 무너진다면 훗날을 기약할 수 없습니다. 고수들의 피해를 최소한으로 줄이는 것이 급선무입니다."

마야는 그때까지 아무런 대답도 하지 않았다. 결국 참았던 눈물이

무너지는 만월교 219

쏟아지기 시작했다. 그것을 보고 마영이 주위에 있는 호위대들을 향해 외쳤다. 그 눈물이 허락이라는 것을 안 것이다.

"모두 교주님을 모시고 총단을 빠져나간다. 다섯 명은 따로 각 전투 지역으로 가서 전력을 최대한 보존하여 급히 후퇴하라고 알려라."

"존명!"

마영이 다시 몇 명을 지목해 명했다.

"너희들은 지금 즉시 대기 중인 파천귀들을 출동시켜 교주님을 호위케 하고, 혼원귀들은 이곳에 집결시켜라. 내가 직접 혼원귀들을 지휘하여 혹시 모를 적들의 추격을 지연시켜야겠다."

흑설랑도 결연한 표정으로 함께 나섰다.

"나도 남겠소. 다른 장로님들께서는 교주님을 안전히 모시고 나가십시오."

상황이 급했기에 말리고 자시고 할 것도 없이 모두들 그에 따르며 일사불란하게 움직이기 시작했다. 그리고 그날 새벽, 교주가 빠져나가는 길목에 오백여 명의 적들이 대기하고 있었으나 교주의 독립 호위대와 장로들, 그리고 십월령, 따로 합류한 이백여 명의 황룡사의 분전으로 무사히 빠져나갈 수 있었다.

새벽이 지나고 해가 서서히 떠오를 때 모든 것은 끝나 있었다.

승리의 기쁨을 채 만끽하기도 전에 이번 기습 작전의 주모자, 적룡문주 야일제와 혈천문주 당천, 단목문주 가태호는 씁쓸한 표정을 지었다.

이번 일의 성공은 만월교를 자신들의 앞으로 내세워 조종하는 발판을 마련하는 것에 있었다. 그러자면 어린 교주의 신변을 확보해 꼭두각시를 만들어야 했기에 그녀가 꼭 필요했다.

"이제 어떻게 하실 작정이오?"

당천의 물음에 야일제가 침중한 어조로 대답했다.

"우선 교주를 찾는 것이 급선무입니다. 분명 어딘가에 숨어 있을 터."

가태호가 고개를 끄덕였다.

"맞는 말이오. 만월교를 완전히 무너뜨리고 그녀를 손에 넣어야 귀주를 차지하기 쉬울 것이오. 하지만 정작 당면한 문제는 소문이오. 그녀의 신변을 확보했다면 모르겠지만, 놓쳐 버렸으니 소문이라도 퍼진다면 모든 것이 허사가 되지 않겠소?"

"그렇지요. 우선 이곳을 만월교에 다시 넘기는 것이 좋겠습니다."

야일제의 말에 수긍을 하면서도 가태호는 아쉬운 모양이었다. 안타까운 표정을 숨기지 못하며 탄식하듯 내뱉었다.

"기껏 장악해 놓고, 내놓아야 한다니……."

"하지만 이제 만월교는 우리의 적수가 될 수 없을 것이오. 우선 우리가 패배한 것처럼 물러간다면, 만월교가 무너졌다는 소문은 막을 수 있겠지요. 게다가 모양각에 의뢰해 도움을 요청하면 더욱 확실할 것이오. 아직 귀주를 통제하고 있는 만월교가 스스로 힘을 상실했다 떠들고 다닐 수는 없을 테니까."

야일제는 한숨을 쉬며 말을 이었다.

"다음에 다시 기회를 봅시다. 그리고 사람을 풀어 백방으로 교주가 도망친 장소를 알아내야 합니다. 그녀의 신변을 확보한 후, 그녀를 이용하여 우리 세 문파의 입지를 확고히 해야 하오. 그 후, 맹을 만들어 교주를 처리하고 우리 세 문파가 연합해 이끌어 나간다면 귀주는 온전히 우리의 통제대로 움직이게 될 것이오."

말과 함께 수하를 불렀다.

"상선!"

"네!"

"지금 즉시, 모양각에 서신을 넣어라."

"존명!"

며칠 후, 귀주 전체에 만월교가 기습을 받았다는 소문이 퍼져 나갔다. 하지만 야일제의 계획대로 기습한 문파에 대한 것은 드러나지 않고, 만월교가 기습을 손쉽게 제압해 버렸다는 소문이었다. 그 때문에 상당한 힘을 상실한 만월교는 엄청난 피해를 보고 교주가 총단을 포기했던 사정과 달리 오히려 귀주에서의 입지를 더욱 확고히 할 수 있는 결과를 냈다.

제17장
잔인한 고문 기술자

    문을 열고 들어가 보면 호화롭게 치장된 거대한 실내에 운남의 지세를 한눈에 알아볼 수 있는 모형 지도가 가장 먼저 눈에 들어온다. 가로 세로 각각 삼 장이나 차지하는 모형 지도 맞은편에는 단상이 있고, 단상 뒤에는 용이 여의주를 물고 하늘로 승천하는 웅장한 그림이 위용을 뽐내고 있었다.

    태사의에 앉아 있는 인물은 방 안 분위기와는 전혀 어울리지 않았다. 고풍스런 분위기도 풍기지 않았고, 고상하다 하기에는 그의 체형이 너무 무식하게 컸다.

    풍채가 크고 골격이 타고난 것은 아니었다. 후천적인 비만. 그것만이 사내의 큰 체형을 설명할 수 있었다. 그렇지 않고서야 작달막한 키에 어울리지 않는 거대한 엉덩이, 그리고 큰 태사의가 그 엉덩이를 다

담아내지 못할 정도이지는 않을 것이다.

살에 파묻혀 인위적으로 가늘어져 있는 눈. 높은 콧날임에도 작게 보이는 것은 온전히 비만 때문이다.

그 비만의 돼지, 운남금룡회 중 정방의 방주이며 운남금룡회의 회주를 맡고 있는 채모월이 몸을 잘게 떨었다. 그의 기름진 볼 살이 지금 놀람과 분노 때문에 요동치고 있었다.

"뭐라고? 모두 당했다고?"

성대까지 살이 찐 모양. 가는 목소리가 눈만큼이나 간사하게 실내를 울렸다. 그 목소리에 모형 지도 건너편에 있는 중년 사내가 진땀을 흘렸다.

"그, 그렇습니다."

"어찌 그럴 수가? 소행문에서도 꽤나 이름이 알려져 있던 인물들이 아니냐? 그런데 한 명만 살아남았다고?"

"계획대로 금천방주의 손녀를 잡으려고 했으나 상대 쪽에 엄청난 고수가 있었다고 합니다."

"엄청난 고수?"

"네!"

"그렇다면 그 유 총관이라는 자냐? 그자의 무공이 상당하다고 들었는데?"

물음으로 시작해 물음으로 끝나는 그의 말투에 익숙한 듯 중년 사내는 고개를 저었다. 하지만 상관이 분노하고 있다는 것을 잘 알았으므로 행동과 말투를 극도로 조심하는 것을 잊지 않았다.

"아닙니다. 상당히 젊은 사내였는데……."

"젊은 사내였는데?"

순간 사내가 잘됐다는 듯 채모월 앞으로 슬며시 다가가기 시작했다. 그리고 바로 앞까지 가서 주위를 한번 둘러보더니 나직하면서도 은밀한 투로 입을 열었다.

"진룡문에 있었던 자라고 합니다."

"그게 어쨌다는 건가?"

"진룡문에 있었다는 게 중요한 것이 아니라 진룡문에 온 모용편성 장로님을 죽인 장본인이라는 게 중요합니다."

채모월에게서 반응이 나타났다. 그것을 지켜본 중년 사내는 흡족한 듯 미소를 지었다.

하지만 채모월의 놀람도 잠시, 그는 이내 입가에 미소를 지었다. 분명 음흉한 미소일진대 비대한 살에 가려 그리 악해 보이지는 않은 미소였다.

불현듯 그가 명했다.

"지금 즉시 모용세가에 연락을 넣어라. 그 정보를 그대로 전해주면……. 흐흐흐."

그는 혼잣말처럼 중얼거렸다.

"금천방이 불가에 기름을 가지고 들어갔구나!"

"……?"

"아! 그리고 그 젊은 고수에 대해 좀 더 많은 조사를 하고, 그에 대한 것도 모용세가에 알려주어라. 분명 반응이 있을 거다."

"알겠습니다."

중년 사내가 바쁘게 사라지자 채모월은 가는 눈을 더욱 가늘게 떴다.

"금천방도 이제 끝이구나."

말과 함께 그가 밖을 향해 나직이 외쳤다.

"호 집사 밖에 있나?"

그리 큰 음성이 아니었는데도 늙은 문사 하나가 실내로 들어서며 고개를 숙였다.

"부르셨습니까?"

"사황교의 일은 어떻게 됐지?"

"사흘 전 남만에 도착했다고 연락이 왔습니다."

"충분히 준비는 해두었겠지?"

"염려 마십시오. 각 문파에 기별을 넣어 백여 명의 실력있는 고수를 뽑았습니다. 우리 상단이 사황교로 갈 때 지원받은 고수들은 중간에 남아 매복해 있을 겁니다. 그 후 금천방의 상단이 지나가길 기다려 공격할 것입니다. 그리고 따로 이백 명의 고수를 고용해 다시 매복시켰으니 두 번의 매복이 있게 되는 셈이죠."

"설 건드려 좋을 것은 없을 텐데?"

"아닙니다. 금천방에서도 단단히 준비했을 테니 초반 매복 공격은 어렵지 않게 뚫을 수 있을 겁니다. 오히려 매복을 뚫었으니 안심을 하겠죠. 그때 이차 공격이 이루어질 겁니다."

"하지만 일차 매복에서 이차 매복이 있다는 사실이 발각될 수도 있지 않나?"

호 집사는 당치도 않다는 듯 고개를 저었다.

"그럴 가능성도 계산했기에 고용한 이백 명의 고수에게는 아무런 사실도 알려주지 않았습니다. 자신들이 전부인 줄 알 테니, 잡혀서 고문을 당하더라도 이차 매복이 있다는 사실은 발설하지 못할 것입니다."

"흐음, 그렇다면 다행이고. 하지만 이번 일은 다른 때와 달리 잔인하게 해야 해. 그래야 금천방이 다시는 사황교와 교류할 생각을 하지 못할 게야. 게다가 조만간 모용세가까지 정면으로 금천방에 간섭을 할 테니 안팎으로 궁지에 몰리게 되는 셈이지."

"무슨 말씀이십니까?"

채모월은 손을 휘휘 저었다.

"아닐세, 그만 나가보게."

"알겠습니다."

    *   *   *

금천방에서 출발한 상단은 모양각의 도움으로 지원받은 삼십 명의 뛰어난 고수들을 주축으로 금천방에서 뽑은 삼십 명을 더해 육십 명의 표사를 구성할 수 있었다. 모양각에서도 그렇고, 지원 온 고수들조차 자신들의 문파를 숨기기는 했지만 겉으로 풍겨 나오는 강인한 기도는 상당한 수련을 거친 고수들임을 알 수 있어 방주 양사진은 흡족하게 했다.

짐꾼 칠십여 명에 표사 육십 명, 각 수레와 말까지 더해진 상단 행렬은 보산(保山)을 지나 서려(瑞麗)까지 당도하는 데 무려 십 일이라는 시간을 소비했다. 말 한 필로 길을 재촉한다면 사나흘이면 도착할 수 있는 거리였지만 어쩔 수 없었다.

하지만 정작 문제는 지금부터였다. 사황교가 서려에서도 삼백 리나

남단으로 치우쳐 있기 때문이다.

삼백 리라는 거리가 큰 문제가 될 것은 없었으나 남만의 특성상 산세가 험한 밀림 지역이었기에 위험이 곳곳에 도사리고 있었다. 각종 독충과 독사, 그 외에 알 수 없는 괴이한 동물들. 그리고 가장 사람들을 괴롭힌 것은 초겨울을 무색케 만드는 찌는 듯한 더위와 낮에 지면에서 피어오르는 습한 독 안개였다. 무공을 익히지 않은 짐꾼들은 가만히 걷고만 있어도 콧물, 눈물이 절로 흘러나올 정도로 독해 물을 묻힌 천으로 자주 얼굴을 닦아줘야 할 정도였다.

미리 남만의 원주민 중 길을 잘 아는 다섯 안내자를 구했지만 역시 힘든 여정일 수밖에 없었다.

남만으로 들어온 지 하루 만에 짐꾼 중 한 명이 알 수 없는 독충에 물려 쓰러지자 모두가 불안한 표정을 드러냈다. 양향도 놀라기는 마찬가지, 안내자를 불러 세워 쉴 만한 곳을 찾은 후 쉬기로 했다.

그나마 지형이 높은 곳을 찾아 그 위에 천막을 세운 일행은 더운 날씨 때문에 밥을 먹을 생각도 하지 않고 물만 마시기에 바빴다.

"물 좀 드세요."

나무에 기대어 홀로 앉아 있는 헌원지에게 양향이 다가왔다. 그녀의 손에는 물이 담긴 가죽 주머니가 들려 있었다. 그때 이후 양향은 헌원지와 조금 더 가까워져 있었다. 사실 얼마 전 헌원지가 삼탑사에서 잔인하게 사람들을 죽이는 장면을 목격한 후 그녀는 약간 헌원지를 꺼려했었다. 하지만 열흘간 붙어 다니며 약간씩 말을 주고받다 보니 가까워질 수 있었다. 악기에 대해 관심을 보이고 자주 이야기를 꺼낸 덕분이었다.

"고맙소."

 말과 함께 가죽 주머니를 넘겨받은 헌원지는 목을 축인 후 턱으로 무사들이 몰려 있는 곳을 가리켰다. 그곳에는 모양각에서 지원받은 무사들이 헌원지를 힐끔힐끔 쳐다보고 있었다. 그러다 눈이 마주치면 즉시 외면하는 것이 열흘 동안 계속되고 있었다.

"저들은 어디에서 고용한 무사들이오?"

 양향은 묘강의 당부를 기억하고는 고개를 저었다.

"저도 자세히는 모르겠어요. 여기저기 떠도는 실력있는 무사들을 유 총관님이 뽑았거든요. 그런데 왜 그러시죠?"

"저들이 나를 아는 것 같아서 그렇소."

 양향이 고개를 갸웃거렸다.

"그럴 리가요."

"신경이 예민해진 탓일 수도 있겠지만……."

 헌원지는 피식 미소를 지었다.

"상관없지. 그런데 금천방은 중원에서 왔다고 들었는데 사실이오?"

"네. 운남에 오기 전까지 중원 하남에 있었어요."

"금천방을 보니 상당히 돈이 많은 것 같던데, 무엇 때문에 운남까지 와서 사서 고생인지……?"

"할아버지 때문이죠. 그리고 저도 항상 새로운 일에 도전하시는 할아버지가 좋아요."

 웃으면서 하는 말에 헌원지가 심드렁한 반응을 보였다.

"좋겠군. 할아버지와 사이가 좋아서……."

"헌원 소협께서는 사이가 나빴다는 것처럼 들리네요?"

잔인한 고문 기술자 229

"좋고 나쁘고 할 것도 없소. 같이 지낸 시간이 별로 되지 않았으니까. 그리고 항상 엄하기만 하셨으니……."

"그래도 보고 싶으니까 지금 생각이 나는 게 아닌가요?"

순간 헌원지의 인상이 찡그려졌다.

"그냥 기억 속에 있을 뿐, 다른 의미는 없소."

갑작스런 헌원지의 반응에 괜스레 쓸데없는 말을 했다고 생각한 양향이 입을 다물어 버렸다. 잠깐의 어색한 침묵이 감돌자 헌원지가 슬며시 화제를 돌렸다.

"중원에 있었다면, 그곳에 뛰어난 고수들이 누구인지 잘 알겠군."

"자세히는 모르지만 대략적인 것은 알죠."

"중원에서 가장 강한 고수가 누구요?"

잠시 생각하던 양향이 고개를 저었다.

"명확하게 누가 강하다고 말할 수는 없을 거예요. 각 고수들만의 특기가 있으니까요."

"그래도 그중에서 어떤 자가 유명한지는 말할 수 있겠지?"

"글쎄요……. 유명한 자를 들라면 몇 명을 꼽을 수는 있죠."

말과 함께 양향이 되물었다.

"중원이 남무림과는 다르게 정사로 나뉘어 있다는 것은 알고 있겠죠?"

"그렇소."

"그 외에도 정사에 속하지 않고 종교적인 입장을 취하는 세력들이 있지만, 우선 사파 쪽을 보자면 구패라는 자와 백구검행(百九劍行)이라 불리는 신도(神刀), 그리고 혈화신녀(血花神女) 원관희(元官晞), 흑군자(黑君子) 철심인(鐵心人)이 있어요. 그 외에도 많겠지만 지금 떠오르는 건 사파 중 그 네 사람이네요. 들어보셨나요?"

"구패라는 자에 대해서는 들어봤지만 남은 세 명은 모르겠군."

"흑군자 철심인은 흑도문을 이끌고 있죠. 현 중원무림에는 흑선회(黑仙會)라는 것이 있는데 사파 연합이에요. 거기에는 여섯 개의 거대 사파 세력이 연맹을 구성하고, 그들이 사파 전체를 이끌고 있어요. 흑도문이 그중 한자리를 차지하고 있죠. 흑군자는 흑도문의 문주이자 흑선회의 회주예요. 출가경의 고수로 알려져 있죠. 그리고 혈화신녀 원관희는 혈화궁(血花宮)이라는 여자들만 있는 세력을 이끌고 있어요. 저도 자세히는 모르지만 그 세력이 엄청나다고 들었어요. 그들도 흑선회의 속해 있는 여섯 세력 중 하나예요."

"여고수만 있다니 조금 괴상한 곳이겠군."

양향은 피식 웃으며 다음 말을 이었다.

"백구검행 신도는 특별한 세력이 없어요. 하지만 무공 하나는 최고로 인정받고 있죠."

"백구검행이라면 어떤 무공을 쓴다고 하오?"

"검과 침을 쓰는데, 아직까지 비무에서 한 번도 패한 적이 없다고 들었어요. 그에게 목숨을 빼앗긴 화경의 고수들이 꽤 된다고 들었으니 대단한 거겠죠."

"출가경의 경지에 있는 자인 모양이군."

하지만 양향은 고개를 저었다.

"화경의 고수로 알고 있는데, 무공이 상당히 특이하다고 들었어요. 그 이점을 잘 살리는 고수로 유명해요."

"무공이 특이하다? 어떤 무공이오?"

"검을 쓰지만 그 특기는 이기어검. 그리고 백구검행이라는 별호는 그의 검을 뜻하는 거예요."

순간 헌원지가 실소를 머금었다.

"설마 백아홉 개의 검을 쓴다는 건 아니겠지?"

양향도 웃으며 고개를 끄덕였다.

"백여덟 개의 침과 한 개의 검을 쓰는 자예요. 이기어검이란 실제 침을 조종하는 거라고 그러더군요. 백여덟 개의 침을 자유자재로 허공에서 움직일 수 있는데 이기어검의 대가로 불리는 만큼 그것에 상당히 능통하대요."

"흐음. 말대로 상당히 특이한 무공이군. 그럼 또 어떤 고수가 있소?"

"정파보다 사파로 분류되지만 흑선회에 소속이 안 된 세력들이 꽤 있죠. 그중 가장 큰 두 개의 세력이 있는데, 바로 수라교(修羅敎)와 지옥교예요. 정사를 통틀어 가장 세력이 큰 곳인데 수라교에는 일선에서 물러나 교주 직을 제자에게 물려준 수라신군(修羅神君)이라는 자가 있는데 엄청난 고수라고 들었지만 지금까지 거의 드러나지 않은 비밀스러운 자예요. 그리고 지옥교(地獄敎)의 교주인 잔성대마(殘星大魔)는 현재 무림인들의 입에 가장 많이 오르내리는 고수예요."

"무엇 때문에?"

"정파 태극문의 공야진후(公冶進候)와 함께 가장 강하다고 말들을 하거든요. 하지만 그렇지 않다는 사람들 또한 상당히 많아요. 실제 비무를 해보면 결과가 다를 것이라고……."

"흐음, 그럴 수도 있겠군. 그럼 사파 쪽에는 출가경의 고수가 두세

명 정도 된다는 셈인데……. 정파는 어떻소?"

"공야진후와 함께 무림맹 맹주, 그리고 현 중원에서 가장 배분이 높은 무당의 장령 진인(將令眞人)이 있죠. 장령 진인 같은 경우는 무당의 태극권으로 유명하고, 무림맹주는 파극도황(破極刀皇)이라 불리며 도법을 익혔다고 들었어요."

그녀의 말을 듣자 헌원지가 이해가 가지 않는다는 듯 고개를 갸웃거렸다.

"남무림에선 두 명의 출가경 고수가 있다고 들었는데, 중원에는 의외로 지리적 크기와 무림인들의 수에 비해 적군."

"출가경에 올라서기가 그리 쉬운 것이 아니니, 땅이 넓고 사람이 많다고 해도 어쩔 수 없죠. 화경의 경지에 올라서는 것도 축복받은 것이라 말하는 것이 현실인데……."

"그럼 정파에서 그 세 명을 제외한 또 다른 고수들은 누가 있소?"

"그건……."

이야기가 끝도 없이 이어지기 시작했다. 양향이야 그리 많은 것을 알지는 못했지만 헌원지가 상당한 관심을 보이자 생각을 최대한 짜내어 많은 것을 이야기해 주려고 노력한 것이다.

이야기가 이어지는 동안 사위가 점점 어두워지기 시작했다. 천막마다 불이 하나둘씩 켜지고 주변에는 어둠이 짙게 깔렸다. 달빛조차 새어 들어오지 못하는 남만의 숲 때문이었다.

독 안개가 차가운 공기에 다시 바닥에 깔리며 으스스한 분위기를 연출하자 모두들 천막 안으로 들어가기 시작했다.

헌원지 또한 양향과의 대화를 끝내고 남들과 같이 천막으로 들어갔다. 남만에 들어오기 전까지는 각 마을마다 들러 여관에서 지냈기에 독방을 썼지만 지금부터는 어쩔 수 없이 같이 잠을 자야 하기 때문이다. 헌원지가 들어오자 같은 천막을 쓰게 된 몇 명의 무사들이 힐끔거렸다.

헌원지는 그에 상관하지 않고 빈자리에 누우며 잠을 청했다. 그런데 누군가가 슬며시 다가오더니 입을 열었다.

"혹시 어디 출신이시오?"

헌원지가 눈을 뜨고 바라보자 출발할 때부터 자신을 이상한 눈으로 힐끔거리던 중년 사내였다.

"그건 왜 묻소?"

"몇 번 본 적이 있는 것 같아서 그렇소."

"잘못 본 것이겠죠."

"그럴 수도 있겠지. 그래도 어차피 한동안은 같이 지내게 될 테니 통성명이라도 합시다. 난 자운민(紫雲泯)이라 하오."

"헌원지요."

"흐음, 처음 들어보는 이름이군. 어디 출신이오?"

"그러는 자 대협은 어디 출신이오?"

그 물음에 자운민이라는 사내가 잠시 난감한 기색을 드러내더니 둘러댔다.

"그냥 떠돌이 무사일 뿐이오."

"나 역시."

헌원지는 말과 함께 반대편으로 돌아누웠다. 더 이상 말하기 싫다는 뜻을 그렇게 나타내자 자운민도 어쩔 수 없었다. 천막 중앙에 모여 있는 무사들 틈으로 들어가 다시 술을 마실 뿐이었다.

그렇게 시간이 지나고 한 치 앞도 볼 수 없는 오경 초(五更初). 보초 몇 명을 제외한 모든 사람들이 잠든 시간이었다. 순간 헌원지가 번쩍 눈을 떴다. 무언가 스산한 소리가 귀를 파고들었기 때문이다. 하지만 그것은 헌원지만 느낀 것이 아닌 모양이었다. 옆에서 줄줄이 자고 있던 무사들이 전부 조심스런 동작으로 몸을 일으키고 검을 뽑아 들었다.

'생각보다 훨씬 무공이 강한 놈들이었군!'

내심 그렇게 생각한 헌원지는 다시 눈을 감고 자는 척을 했다. 이들 정도의 실력이라면 기습이 있어도 충분히 지켜낼 수 있을 것 같았기 때문이다. 괜스레 나서서 찜찜하게 자신의 실력을 드러낼 필요는 없다 판단했다.

생각대로 그들은 자리에서 일어나더니 조심스런 동작으로 천막을 빠져나가기 시작했다. 그리고 다른 천막에서도 몇 명의 무사들이 소리를 감지하고 움직이는 기척이 느껴졌다. 모두가 금천방이 아닌 다른 곳에서 고용된 삼십 명의 무사들이었다.

잠시 후 비명이 들려왔다. 기습해 온 적들이 암기를 날린 모양이었다. 답답한 비명과 함께 병장기 부딪치는 소리, 그리고 다시 비명이었다.

헌원지는 슬머시 일어나 천막 밖을 내다보았다. 언제 붙였는지 중간중간 불이 밝혀져 있어 굳이 내력을 올려 시력을 밝게 할 필요는 없었다. 치열한 접전은 기습한 적들의 우세에서 서서히 금천방 쪽의 우세로 옮겨가고 있었다. 확실히 헌원지가 생각한 대로 삼십 명의 무사의 실력이 상당했기 때문이다. 오히려 금천방의 삼십 명의 고수가 방해되고 있을 정도였다.
"훗, 꽤 하는군!"
헌원지는 피식 웃으며 양향을 바라보았다. 양향도 급히 검을 뽑아 들고 나와 적들과 엉켜 있었는데 나이에 비해 상당한 내력과 실력을 가지고 있었다.
한참 동안 재밌다는 듯, 또 남 일이라는 듯 천막 입구에서 구경만 하고 있던 헌원지를 향해 두 명의 복면인이 접근하기 시작했다. 그러자 헌원지가 발에 걸리는 돌멩이 하나를 걷어차 복면인에게 날아가게 했다.
핑!
돌멩이는 어김없이 복면인에게 날아갔고, 복면인이 쉽게 검으로 튕겨냈다. 하지만 그 순간 두 복면인의 머리가 터져 나갔다. 비명도 지르지 못한 죽음이었다. 아마도 복면인들은 자신들이 왜 죽었는지도 모를 것이다.
"쯧쯧, 멍청한 것들. 금천방을 상대하는 것도 버거울 텐데 뭐 하러 나에게 달려들어."
자신이 죽여놓고도 안됐다는 듯 혀를 찬 그는 다시 양향에게 시선을 돌렸다.
"이얍!"
양향은 기합과 함께 검을 아래에서 위로 걷어 올리고 있었다. 그러자 검에서 푸른 불길이 일더니 앞에 있던 복면인이 반 토막으로 갈려 바닥에 널브러졌다. 그녀는 그에 신경도 쓰지 않고 몸을 돌려 찔러오는 검을 피했다. 그리고 발로 상대의 낭심을 걷어차 버렸다.
"퇴각!"
 금천방의 빠른 대응에 놀랐는지 어디선가 후퇴 명령이 울렸다. 하지만 금천방에서 놓아주질 않았다. 가소롭다는 듯 추격하며 검초를 뿌리자 정면으로 부딪칠 때보다 더욱 많은 희생자가 생겼다. 헌원지는 그제야 어슬렁거리며 천막 문을 나서고 있었다.

"피해는 얼마나 되죠?"
 양향의 물음에 자운민이 조금 젊어 보이는 무사를 보았다.
 젊은 무사가 급히 대답했다.
"모두 스물여덟 명의 사상자가 났습니다. 그중 부상자가 여덟, 모두 중상입니다."
"짐꾼들은 어떻게 됐죠?"
"모두 무사합니다. 부상자도 있지만 심하지는 않습니다."
"그럼 물건은?"
"적들이 불을 지르려 했으나 저지했습니다."
 가장 중요한 물건과 짐꾼들이 온전하니 다행이지만 사상자가 많자 양향의 표정은 어두워졌다. 잠시 생각하던 그녀가 어쩔 수 없다는 듯 말했다.
"예정대로 출발하려면 부상자를 데리고 갈 수는 없어요. 우선 마차 한 대와 수레 두 대를 빼고, 거기에 부상자를 옮겨 태워 운남으로 향하세요. 그리고 남은 짐은 최대한 다른 마차와 수레에 옮기세요."
"알겠습니다."

젊은 무사가 사라지자 자운민이 물었다.

"부상자를 운남까지 데려가려면 무사들도 몇 명 빼야 할 텐데요?"

"금천방에서 고른 무사들이 몇 명이죠?"

"부상자를 빼면 모두 여덟 명입니다."

순간 양향의 표정이 굳어졌다. 금천방에서 골라 뽑은 무사들이 여덟 명만 남았다면 모두 스물여덟 명의 사상자 대부분이 그들이라는 뜻이기 때문이다.

"우선 포로를 데려오세요. 그를 심문한 후 결정해야겠군요."

잠시 후 두 명의 복면인이 포박을 당한 채 양향에게 끌려왔다. 복면을 벗긴 후, 양향이 나직이 물었다.

"누구의 지시죠?"

"……."

"당연히 운남금룡회겠죠?"

"……."

묵비권을 행사하는 그들을 보며 옆에 있던 자운민이 발길질을 해댔다. 삽시간에 피떡을 만들어놓고도 성이 안 차는지 더 두들기려 하자 양향이 손을 저어 말렸다.

"이제는 대답할 생각이 드나요?"

"차라리 죽여라!"

신음 섞인 사내의 일갈에 자운민은 기대를 저버리지 않았다. 이런 일은 익숙하다는 듯 망설임없이 검을 뽑아 들더니 왼쪽 사내의 한 팔을 잘라 버렸다.

스팟!

"크아악!"

순간 사내의 입에서 비명이 터져 나오고, 잘려 나간 어깨와 발에서는 피 분수가 터져 나왔다. 자운민은 눈살을 찌푸리며 직접 협박을 하고 나섰다.

"이제는 말할 수 있겠지?"

"크으윽!"

복면인은 신음만 흘릴 뿐 아무런 말도 하지 않았다. 자운민이 이번에는 그 옆에 있는 복면인을 바라보았다.

"대답하지 않으면 네 팔도 자를 것이다. 누구의 지시냐? 그리고 앞으로도 매복이 있나?"

"모르오!"

"독한 놈들이군! 할 수 없지. 네놈들 같은 부류는 절대 말하지 않는다는 것을 알고 있다. 시원하게 저 세상으로 보내주마!"

자운민은 다시 검을 들어 올렸다. 그때 멀리서 지켜보고 있던 헌원지가 슬쩍 다가와 말했다.

"제가 한번 물어봐도 되겠소?"

"이런 녀석들은 입을 열지 않소."

"그래도 한번 물어보고 싶소."

이상하게 음침한 미소를 흘리는 헌원지를 보며 자운민이 고개를 끄덕였다. 그러자 헌원지가 팔이 잘린 사내의 혈도를 짚어 지혈을 하더니 그의 머리를 잡아 몸을 일으켰다.

"더도 덜도 말고, 하나만 묻지."

"……."

"사황교로 가는 길에 너희 말고도 또 매복이 있냐는 것. 그것만 말해 주면 돼."

출혈은 멈췄지만 사내는 대답할 여력이 없는 모양이다. 신음만 내고 있을 뿐, 별다른 말은 하지 않았다. 그것을 보며 헌원지는 음흉한 미소를 지으며 다시 입을 열었다.

"열 번의 기회를 줄 테니 잘 생각해 봐."

말과 함께 그는 자운민을 바라보았다.

"음식에 넣는 매운 양념 좀 가져다주시겠소?"

"어이! 가져와라!"

잠시 후 무사 하나가 바가지를 헌원지 옆에 놓았다. 속에 담긴 내용물을 보며 헌원지는 흡족한 표정을 지었다. 바가지에는 고춧가루가 담겨 있었다. 그는 그것을 한 움큼 쥐더니 사내의 상처 부위에 비벼 넣기 시작했다. 순간 사내가 두 눈을 부릅떴다. 급기야 산이 떠나가라 비명을 지르는데, 헌원지는 신경도 쓰지 않았다. 오히려 그 목소리가 듣기 좋은 듯 비실비실 웃더니 다시 말했다.

"두 번째로 묻지. 매복이 있나?"

"크으윽! 자, 잔인한 놈!"

"흐흐흐, 좋군! 이래야 할 맛이 나지. 자, 그럼 다른 것을 한 번 더 해볼까? 검 좀 잠시 빌려주겠소?"

자운민은 인상을 찡그렸지만 검을 풀어주었다.

스르릉!

날카로운 예기가 검명과 함께 드러나자 헌원지는 그것을 몇 번 쓰다듬더니 사내를 눕히고 허벅지에 검끝을 가져다 대었다.

푹!

"크윽!"

검끝이 허벅지를 뚫고 들어가는 고통을 사내는 입술을 질끈 깨물고 참았다. 하지만 그것이 끝이 아니니 문제. 그 뒤로 헌원지의 말이 이어졌다.

"세 번째로 묻지. 이번에 대답하지 않으면 이 검이 허벅지를 타고 발끝까지 이어질지도 몰라. 발이 세 개가 되는 셈이지."

"주, 죽여라!"

표정 하나 변하지 않고 오히려 웃으면서 하는 말에 드디어 사내의 얼굴에 두려움이 감돌기 시작했다.

"급히 죽이면 아깝지."

헌원지는 고개를 저으며 그와 함께 검을 움직였다. 느리지도, 그리 빠르지도 않은 속도로 허벅지에 박힌 검이 서서히 살을 가르며 발끝으로 내려가자 사내가 몸을 부들부들 떨었다.

"이런!"

살이 갈라지고 허연 뼈가 드러나는 모습을 보던 헌원지는 사내가 이미 기절했다는 사실을 알고 내심 안타까운 표정을 지었다. 하지만 그것으로 멈출 그가 아니었다. 가죽 물통을 들고 오더니 사내에게 뿌려 정신을 차리게 하는데, 깨어난 사내가 기겁을 했다. 정신을 차리자 헌원지가 다시 고춧가루를 듬뿍 쥐더니 베어진 상처 위로 가져가고 있었기 때문이다.

스르르륵!

고춧가루가 상처 부위 전체에 떨어지자 사내는 온몸을 비틀었다. 그러더니 갑자기 신음이 끊어지며 저주의 말을 내뱉었다.
"내 죽어도 귀신이 되어 너를 괴롭힐 것이다!"
갑자기 사내의 입에서 괴이한 소리가 들려왔다. 그리고 입에서 흐르는 피!
헌원지는 심드렁한 표정으로 그것을 보며 고개를 절레절레 저었다. 고통에 못 이겨 혀를 물어 자결을 해버렸기 때문이다.
잠시 아쉬운 표정을 짓고 있던 그가 옆의 사내를 바라보았다.
"아깝군. 할 게 많았었는데 말이야."
그 말에 사내가 움찔 떨었다. 동료가 고문을 당하다 죽었으니 다음은 자신일 것이 분명했다. 그의 예상은 빗나가지 않았다. 헌원지가 생선을 요리할 숙수 같은 표정으로 다가오고 있었다.
'이렇게 되면…….'
사내는 생각과 함께 동료와 마찬가지로 혀를 이 사이에 끼웠다. 자결을 할 생각이었지만 불행하게도 헌원지의 손이 더 빨랐다.
타탁!
목뒤의 혈도 몇 군데가 쳐지자 사내의 입이 저절로 벌어졌다.
헌원지가 음흉하면서도 잔인한 웃음을 흘렸다.
"흐흐흐, 쉽게 죽게 내버려 둘 수는 없지."
사내의 얼굴에 절망의 표정이 드러났다. 이제 자결할 방법도 없어지고, 동료보다 더욱 극심한 고문을 받아야 한다는 두려움뿐이었다.
받는 고통보다 받아야 할 고통에 대한 두려움이 사내를 떨게 만들었다. 그리고 그렇게 잔인한 고문을 즐기는 듯한 헌원지의 표정에 더욱 두려움을 느꼈다.

"이번에는 한쪽 팔 껍질을 벗겨볼까?"

그 놀라운 말에 결국 사내의 고개가 움직였다.

"어어 으아 으아!"

아혈이 제압되어 제대로 말을 할 수 없었지만 사내는 필사적이었다. 보고 있던 헌원지가 피식 웃었다.

"흐음! 말할 마음이 생긴 건가?"

"으으 어으 어!"

무어라 말을 하고 있었지만 알아들을 수 없었다. 하지만 묻는 말에 모두 대답하겠다는 뜻은 분명해 보였다.

"좋아, 그럼 질문을 시작할 테니 손가락으로 바닥에 적어. 아혈을 풀면 혹시 자결할 수도 있으니까."

헌원지는 주위를 둘러보며 말을 이었다.

"이제 묻고 싶은 것은 다 물어보십시오."

"……"

사람들은 멍해 있었다. 일이 순조롭게 풀렸으니 좋아해야 했지만 그들 또한 고문을 당한 사내들과 마찬가지로 경악하고 있었던 것이다. 아무리 무림에서 수많은 적을 죽여봤던 그들이라도 이런 잔인한 방법으로 사람이 죽어간다는 것은 상상할 수 없었다.

'이건 사람을 죽이는 것이 아니라 걸레를 만드는 것이다! 도대체 어떻게 생겨먹은 녀석이기에 얼굴색 하나 안 변하고 이렇게 잔인할 수 있지? 오랜 시간 무림에 몸담고 있었지만 이런 녀석은 처음이군.'

자운민은 내심 그런 생각을 하며 소름이 돋는 것을 느꼈다. 그뿐 아니라 옆에 있던 양향은 얼굴이 파랗게 질려 호흡도 제대로 못하고 있었다.

번뜩 정신을 차린 자운민이 입을 열었다.

"제, 제대로 일 처리를 했군!"

떠듬거린 그는 사내에게 다가갔다.

"바른대로 말하면 살길이 열릴 것이다. 너를 사황교에 갈 때까지 잡고 있을 것이니, 행여 네 말에 거짓이 있다면 어떤 일이 벌어질지는 알아서 생각하는 것이 좋을 거다."

말과 함께 질문이 시작되었다.

제18장
괴이한 사건

아무런 매복도 없다는 것을 알아낸 금천방 일행은 그날 오전 금천방에서 뽑은 무사 여덟 명을 전부 운남으로 보내 부상자를 옮기도록 했다. 이제 상단은 양향과 헌원지, 자운민을 비롯한 모양각의 소개로 지원 나온 스물네 명의 고수, 그리고 일꾼들과 안내자들이었다.

끝이 없을 것 같은 밀림을 뚫은 지 사흘. 사흘이 지난 오후에 숲이 끝나자 평지가 눈에 들어왔다. 평지라고 해봐야 이름을 알 수 없는 괴이한 들풀이 허벅지까지 빽빽이 차 있는 곳이었지만 그래도 길이라고 할 수 없는 나무숲을 뚫고 마차와 수레를 끌고 가는 것보다야 훨씬 나았다.

"잠시 쉬었다 가는 것이 어때요?"

양향의 말에 자운민이 고개를 끄덕였다.

"한 시진을 쉰다. 모두 마차와 수레를 정비하고 남은 인원은 식사 준비를 해라!"

그의 말에 상단 행렬이 멈추고 불을 지펴 식사 준비를 시작했다. 모두들 습하고 뜨거운 날씨에 이미 적응이 됐기에 한동안 더위로 잃어버렸던 식욕이 살아났던 것이다. 그렇기에 남만에 들어와 처음으로 낮에 먹는 식사였다.

사람들이 분주히 움직이고 있을 때 안내자들 중 한 사람이 다가와 평지 끝에 걸린 산 하나를 가리켰다.

"초이야 되부르 신가!"

남만 원주민 부족의 방언이었기에 양향이 같은 안내자로 중원의 말을 할 줄 아는 사내를 바라보았다. 그러자 그가 고개를 끄덕이며 통역을 했다.

"저 산 일대가 남만에서 초이라고 불리는 곳입니다."

양향이 고개를 갸웃거렸다.

"그게 어쨌다는 거죠?"

"저 산을 돌아가면 사황교의 지역이고, 거기에서 사십 리를 더 남하해야 사황교의 총단이 있습니다."

"그럼 이틀이면 도착하겠군요."

"그런데 문제가 있습니다."

말을 하며 원주민의 표정에 약간의 두려움이 서렸다. 그것을 놓치지 않은 양향이 의아함을 드러내며 물었다.

"문제라뇨?"

"몇 달 전부터 저 산에 괴물이 살고 있다는 소문이 퍼져 있습니다."

양향이 피식 웃었다. 호기심이 든 표정에, 재밌다는 듯한 표정까지 지어 보였다.

"무슨 괴물이죠?"

"머리가 붉은 괴물인데, 그 때문에 저 산에서 자주 사람들이 실종되 곤 했습니다. 그 붉은 괴물을 본 사람이 몇몇 있는데, 사람을 홀려 피를 빨아먹는다더군요."

"본 사람이 있다고요? 혹시 당신도 보았나요?"

안내자는 고개를 저었다.

"저도 소문만 들었죠."

그 말에 옆에서 듣고 있던 자운민이 나섰다. 역시 양향과 같이 황당하다는 표정이었다.

"우리가 있으니 걱정 마십시오. 당신은 안내만 하면 되고, 모두의 안전은 나와 표사들이 지켜줄 것이오."

지금 남아 있는 표사들의 실력을 삼 일 전 기습으로 직접 확인한 안내자였으나 그래도 걱정스러운 표정은 지워지지 않았다. 이들의 대화를 들은 헌원지가 다가와 안내자에게 물었다.

"그럼 이 길 말고 다른 길은 없소?"

곰곰이 생각하던 안내자가 초이에서 왼쪽으로 떨어진 숲을 가리켰다.

"저쪽으로 가는 길이 있지만 오 일이 더 걸립니다. 그리고 지금까지의 길보다 숲이 더 험합니다. 중간에 늪 지대도 있고요."

"흐음……."

잠시 생각하던 헌원지가 양향을 바라보았다.

"돌아가는 게 낫지 않겠소?"

"그보다 빨리 도착해서 쉬는 것이 좋겠죠."

"하지만 원주민들이 말하는 괴물을 만날 수도 있잖소."

"훗, 설마 저들의 말을 믿는 것은 아니겠죠?"

"아니 땐 굴뚝에 연기 나는 법은 없소. 무언가 있기는 있다는 말이죠. 굳이 위험을 감수할 필요는 없지 않소?"

그 말에 양향이 다시 생각을 했다. 그러자 자운민이 호기롭게 나섰다.

"표사들이 있는데 무슨 걱정입니까? 저들이 말하는 괴물이란 필시 사람일 것이 분명하오. 조금 특이한 부족민이겠죠."

"사람인지 아닌지는 잘 모르겠지만 무공을 익힌 사람들도 괴물을 잡으러 저곳에 들어가 실종된 일이 있었습니다!"

약간 발끈한 안내자의 말을 자운민은 듣지도 않았다. 양향을 바라보며 말할 뿐이었다.

"지금 사람들이 많이 지쳤습니다. 돌아간다고 해도 길이 지금보다 더 험하니 위험하기는 마찬가지입니다. 우리가 상단을 안전히 지킬 것이니 염려하지 말고 계획대로 가시지요."

헌원지의 말에 흔들렸던 양향이 다시 자운민의 말에 기울어졌다. 사실 설득되었다기보다는 그녀 자신도 너무 힘이 들었던 탓이다. 빨리 사황교에 도착해 물건을 건네주고 금천방과의 교류 약속을 받은 후 돌아가고 싶은 마음뿐이었다.

"초이로 가는 것으로 결정하겠습니다."

그것으로 길은 정해져 버렸다. 헌원지도 굳이 반대할 필요를 느끼지 못했으므로 쉽게 수긍을 했다. 혹시 귀찮은 일이 벌어질지도 모른다는 생각으로 다른 길을 제시했을 뿐, 별다른 뜻은 없었기 때문이다. 하지만 점심을 먹고 초이로 향한 지 한 시진이 지난 후 귀찮은 일이 벌어질 기미가 보였다.

"이, 이것이 무슨……."

금천방의 일행은 행렬을 멈추고 멍하니 앞을 바라보고 있었다. 그들의 시선은 백여 구의 시체 쪽을 향해 있었다. 모두 무기를 소지하고 있는 것과 어지럽게 흩어져 있는 것으로 보아 반항의 흔적이 역력해 보였다. 이들을 죽인 흉수는 상당히 강하거나 백여 명보다 훨씬 많았을 것이라 생각되었다.

"도대체 무슨 일이 벌어진 거죠?"

양향의 말에 자운민과 표사들 몇 명이 시체들을 하나하나 살펴보기 시작했다. 한참 후 자기들끼리 쑥덕거리더니 자운민이 다가와 말했다.

"이들을 죽인 흉수는 여럿이었지만, 오십을 넘은 것 같지는 않습니다."

"그럼 이들보다 상당히 강한 무공을 가지고 있었다는 말이군요?"

자운민이 고개를 끄덕였다.

"그렇습니다. 하지만 이들의 실력을 잘 모르니 흉수가 어느 정도인지는 파악하기 힘듭니다. 다만……."

말끝을 흐리는 자운민을 향해 양향이 재촉했다.

"다만 뭐죠?"

괴이한 사건 249

"흉수의 숫자는 발자국으로 알아낸 사실입니다. 하지만 시체의 사인과 상처로 보아 절반 이상이 한 명에게 당한 것 같습니다. 게다가 시체들이 있는 형세로 보아 기습이 아니라 정면으로 부딪쳤습니다."

"……."

잠시 침묵이 흘렀다. 양향은 믿어지지 않는 듯 고개를 갸웃거렸다.

"절반이 한 명에게 당했다는 것은 그 한 명의 실력이 상당하는 것이겠네요."

"그럴 가능성이 농후합니다. 그렇지 않고서야 이들을 죽인 일행으로 보이는 오십여 명 중 삼십여 명은 구경만 한 형세일 리가 없지 않습니까."

"그럼 이십여 명이 백여 명을, 그것도 정면으로 상대했다는 말인데……."

"그렇죠. 상당한 자신감이 있었던 것이 분명합니다. 아니면 이 죽은 이들의 실력이 정말 볼품없었을 수도 있고요."

자운민은 말과 함께 앞을 바라보았다.

"어떻게 할까요?"

"조금 불안하군요. 자 대협은 어떻게 했으면 좋겠어요?"

"그들의 의도를 아직 파악할 수는 없습니다. 남만을 중심으로 행단을 터는 산적들인지, 아니면 이 시체들과 원래부터 원한이 있어 그랬는지……. 그런 만큼 계획대로 빨리 지나치는 것이 좋겠습니다."

"위험하지 않겠어요?"

"하지만 다시 다른 길로 돌아가기에는 너무 멀리 왔습니다. 두 시진만 더 지나면 해도 떨어질 것 같은데."

"적이 산적들이라면 어쩌죠?"

"실력없는 이들이기를 기대해야지요. 하지만 산적들의 실력이 얼마나 되겠습니까? 그걸로 생각한다면 시체들의 실력이 정말 형편없었을 수도 있습니다."

그때 헌원지가 나섰다.

"그들의 실력은 아마 엄청날 거요."

자운민과 양향이 의아함을 드러냈다.

"그것을 어떻게 알 수 있나요?"

양향의 말에 헌원지가 선두에 있는 마차 위로 올라가더니 삼 일 전에 인질로 잡았던 운남금룡회의 무사를 잡아 내렸다. 헌원지는 사내를 질질 끌며 양향 앞으로 데려오더니 입을 열었다.

"이 녀석이 아는 자라고 하더군요."

"정말인가요?"

이미 헌원지에게 질렸던 사내가 순순히 대답했다.

"그렇습니다."

그는 세 구의 시체를 지목했다.

"다른 사람은 모르겠고, 저 사내와 저기 있는 두 사내는 잘 알고 있습니다. 저기 나이 든 사내는 운남금룡회에서 외당을 지키는 무사들을 책임지는 자입니다. 그리고 저 두 사내는 오래전에 한번 본 적이 있는데, 운남 남쪽에 위치한 심령방의 실력있는 고수인 것으로 알고 있습니다."

"운남금룡회!"

사내의 말을 되새긴 양향이 인상을 찡그렸다. 그러자 헌원지가 음흉한 표정을 지으며 사내에게 말했다.

"우리에게 거짓말을 했군."

순간 사내의 표정이 핼쑥해졌다.

"거, 거짓말을 한 적은 없습니다!"

"매복이 없다고 했잖아?"

"그, 그건……!"

"흐흐, 다시 한 번 고문을 해야겠군."

그 말에 경악한 사내가 두 눈을 질끈 감았다. 그리고는 절대 당할 수 없다는 듯 버럭 외쳤다.

"정말 저도 모르는 일입니다! 분명 우리가 전부라고……. 그래서 초반에 상당한 피해를 입히고 물건에 불을 지르라는 명을 받았을 뿐! 정말입니다!"

발악과 같은 그의 말이었지만 헌원지의 표정은 변하지 않았다.

"그건 내 알 바 아니고, 네놈의 말과 다르니 여기에서 죽여줘야겠다."

말과 함께 헌원지가 사내의 목을 잡았다.

"대단하군. 동료가 그 심한 고문을 당하며 눈앞에서 죽고, 스스로 인질이 되어 여기까지 끌려올 걸 알면서도 거짓말할 용기가 있었다니……."

"크으윽! 정말, 정말 몰랐……. 크윽!"

목이 졸리면서도 부정하던 사내의 안색이 점점 붉게 변하기 시작했다. 그때 양향이 나서서 헌원지를 말렸다.

"그만 하세요. 그가 거짓말을 했다고 생각되지 않아요."

하지만 헌원지는 손을 놓으려 하지 않았다. 급기야 양향이 다가와 헌원지의 팔을 슬며시 잡으며 고개를 저었다.

"살려주세요."

순간 헌원지와 그녀의 눈이 마주쳤다. 그리고 그때 헌원지는 움찔하는 느낌을 받았다. 차분한 그녀의 얼굴과 목소리에 거부할 수 없는 힘이 있는 것 같았기 때문이다. 내심 그것이 못마땅했던 그는 속으로 욕지기를 뱉으며 사내를 놓아주었다.

사내가 캑캑거렸지만 그에 신경 쓰는 사람은 아무도 없었다. 잠시 후 양향이 사내에게 말했다.

"이만 놔줄 테니 돌아가세요."

"저, 정말입니까?"

"네, 그런데 이들이 왜 이렇게 당했는지 알고 있나요?"

"모릅니다."

"혹시 운남금룡회가 사황교와 사이가 좋지 못한 건 아닌가요?"

"그럴 리 없습니다. 운남금룡회에서는 사황교와 거래를 유지하기 위해 상당히 신경 썼던 것으로 알고 있습니다."

"그럼 도대체 왜 당한 거지?"

그녀의 중얼거림에 자운민이 대답했다.

"사황교도 아니고, 이들의 실력도 출중한 것 같으니 산적의 소행도 아닐 것입니다."

"돌아가야 하는 것이 낫지 않을까요?"

"두 가능성이 모두 아니라면 원한 관계가 있었을지도 모르죠. 운남금룡회와 원한이 있으나 운남에서는 그들을 함부로 공격할 수 없으니 남만에서 기다렸다가 공격했을 가능성도 있습니다."

괴이한 사건 253

"그럼 최대한 빨리 이곳을 지나가도록 하죠. 사황교의 영역에 들어가면 안전할 거예요."

"그렇게 하는 것이 지금으로서는 최선이군요."

그때 이제나저제나 눈치만 살피고 있던 사내가 떠듬거렸다. 계속 가만히 있기가 불안했기 때문이다. 당장이라도 도망치고 싶은 마음이 굴뚝같았으나 헌원지가 살기 띤 눈으로 바라보고 있으니 사내로서는 미칠 지경이었다.

"저, 저는 이만 가봐도……."

"그렇게 하세요."

양향의 말에 곧 죽을 줄 알았던 목숨이 부지된 사내는 기쁜 마음을 드러낼 여유도 없이 급히 몸을 날렸다. 그 모습을 보며 헌원지가 조용히 투덜거렸다.

"젠장. 정말 이상하단 말이야."

헌원지는 지금 왜 좀 전에 양향의 명령 같은 말을 따랐는지에 대한 고민을 하고 있었다. 그 고민의 눈빛이 사내에게는 자신을 죽이려는 살기 띤 모습으로 비춰진 것이었지만…….

아무튼 헌원지는 이런 기분을 전에도 느꼈다는 것을 기억하곤 더욱 인상을 쓰기 시작했다.

그의 머리 속에 만월교의 교주가 떠올랐다. 만월교에 있을 때 그녀에게 좀 전 양향에게 느꼈던 느낌을 많이 받았던 것이다. 왠지 거부할 수 없는 묘한 목소리, 이상하게 헌원지 자신을 위축시키는 목소리가 좀 전 양향에게서도 느껴졌다.

'이렇게 끝낼 수는 없지.'

생각과 함께 묘하게 끓어오르는 반항심이 헌원지를 자극시키기 시작했다. 잠시 후 헌원지가 양향에게 말했다.

"먼저 출발하십시오."

"왜 그러시죠?"

"잠시 소피를 보고 가겠소."

순간 양향이 얼굴을 붉혔다. 그리고는 왜 그런 보고까지 하냐는 듯, 얄밉다는 표정을 지으며 고개를 끄덕였다. 하지만 헌원지는 그녀의 반응에는 전혀 신경 쓰지 않고 뒤로 몸을 돌려 걸어갔다.

일각 후, 헌원지가 행렬 뒤에 따라붙었을 때 자운민이 슬며시 다가와 호기심 가득한 얼굴로 확인하듯 속삭였다.

"결국 그자를 처리한 거요?"

"그것이 잘못됐소?"

"그런 것은 아니지만……. 그래도 굳이 그럴 필요는 없지 않았소."

"어차피 살려두면 운남금룡회에 돌아가 보고를 할 놈. 미리 죽여 후환을 없애는 것이 낫지. 그 녀석이 보고를 한다면 우리가 사황교에 일을 보고 돌아갈 때 분명 운남금룡회에서는 또 매복을 하고 공격해 올 것이 아니오?"

"흐음. 그럴지도."

"난 귀찮은 일은 딱 질색이오. 지금 쉽게 처리할 수 있는 일을 어정쩡하게 대처해 굳이 훗날 화근을 만들 필요는 없지."

헌원지의 말에 수긍한 자운민은 고개를 끄덕였다.

"그런데 이상하군."

"……?"

"왜 백여 명이나 되는 운남금룡회의 고수들이 당했지? 이렇게 쉽게 당할 자들은 아닌데……. 어떻게 생각하시오?"

헌원지는 대답없이 걷기만 했다. 백여 명이나 되는 실력있는 고수를 처리할 정도라면 분명 산적들의 소행은 아닐 것이고, 운남금룡회와 원한 관계가 있다고밖에 생각할 도리가 없었다. 그러니 금천방과 그들을 호위하는 자신은 상관없었다.

싸우지 않을 상대에 대한 걱정을 할 이유는 그에게 없는 것이다.

제19장
사황교주의 조건

사황교의 총단은 남무림의 열두 세력답게 거대했다. 단일 세력으로는 만월교와 같은 종교적인 입장을 취하기에 교도들도 운남 남쪽과 남만에 드넓게 퍼져 있었고, 총단은 밀림 속에 위치해 있어 그 크기를 짐작할 수 없었다. 다만 저 멀리 언뜻언뜻 보이는 거대한 목조 건물과 석조 건물들로 보아 남무림의 어떤 문파보다 클 것이라고만 예상할 수 있었다.

"무슨 소리죠?"
양향은 굳은 표정으로 세 번이나 되물었다. 운남 대리에서 힘들게 사황교 총단까지 찾아왔건만 교주를 만날 수 없다는 말을 들었기 때문이다. 그보다 총단 안으로 들어갈 수조차 없다는 말이 그녀를 당황스럽게 만들었다.

"우리는 운남의 금천방에서 왔습니다. 교주님께 말씀드려 주세요."

그녀의 간곡한 부탁에도 불구하고 문지기는 여전히 고개를 저으며 묵묵부답. 그런 문지기를 양향은 안타까운 표정을 지으며 바라보았다.

문지기는 외모로 보아 남만의 토박이는 아닌 듯했다. 중원의 말을 유창하게 하는 것으로도 알 수 있었다. 하지만 더운 지방에 오래 살아서인지 피부가 중원인보다 검게 그을려 있었고, 하의를 제외하고는 맨몸이었다. 상체는 말랐지만 오목조목 발달된 근육을 자랑스럽게 드러내 놓고 있는데, 팔에는 사황교답게 뱀 문신을 하고 있었다. 섬세한 문신은 살아 움직일 것처럼 생생해 징그럽게까지 보였다.

더 이상 안 되겠는지 이번에는 자운민이 나서서 입을 열었다.

"그럼 언제 교주님을 뵐 수 있겠소?"

문지기들끼리 잠시 이야기를 주고받더니 가슴까지 문신을 새겨 넣은 사내가 대답했다.

"지금 본 교에 중대한 일이 벌어져 언제라고 말씀드릴 수는 없소. 기다리든지 돌아가든지 당신들 마음이오."

그 말에 자운민이 양향을 바라보았다.

"어떻게 하시겠습니까?"

"어쩔 수 없죠. 하지만 지금 돌아갈 수는 없습니다."

말과 함께 양향은 문지기를 향해 물었다.

"숙식은 제공해 주실 수 있겠죠?"

"……!"

"꼭 교주님을 만나야 할 사정이 있으니 머물 수 있는 곳을 마련해 주세요. 운남에서 왔기에 바로 돌아갈 수도 없답니다."

그 말에 잠시 생각하던 문지기가 어디론가 사라지더니 잠시 후 나타나 고개를 끄덕였다. 상관을 만나 물어보고 온 모양이었다.

"이곳에서 조금 떨어진 곳에 장원이 있습니다. 거기에 있는 건물 하나를 비워 드릴 테니 따라오시오."

문지기는 총단을 돌아 삼 리 정도 떨어진 곳에 금천방 일행을 안내했다. 하지만 그곳에 도착하자 문제가 발생했다.

"너, 너희들이 어떻게……?"

정문을 통과해 안으로 들어오는 양향 일행을 알아본 한 사내가 기겁을 했다. 그는 바로 운남금룡회의 사람이었기 때문이다. 매복에 걸려 전멸했을 줄 알았는데 갑자가 나타났으니 놀랄 수밖에!

하지만 놀란 것은 그뿐만 아니라 양향도 마찬가지였다. 그보다 양향은 분노를 먼저 느꼈다. 자신들을 죽이려 고수들을 매복시켰던 자들이 눈앞에 있으니 그럴 수밖에 없었다.

"누구입니까?"

양향의 표정을 살핀 자운민이 묻자 그녀가 표정을 굳혔다.

"운남금룡회의 집사예요."

순간 자운민과 그 외 호위 무사들에게 살기가 감돌기 시작했다. 그것을 느낀 운남금룡회의 집사가 도망치듯 건물 사이로 들어가더니 잠시 후 백여 명의 호위 무사들을 데리고 나왔다.

스르르릉!

누가 먼저랄 것도 없이 동시 다발적으로 무기가 뽑히고 양편으로 갈려서 대치 상황이 이루어졌다. 그러자 양향 일행을 이곳으로 안내했던 문지기가 인상을 찡그렸다.

"멈추시오!"

그의 외침은 장내를 채 울리기도 전에 금천방과 운남금룡회의 격돌로 사라져 버렸다.

채채챙—!

삽시간에 병장기 부딪치는 소리가 장내를 메우고, 불똥이 튀기 시작했다. 삼십여 명의 금천방 무사와 백여 명의 운남금룡회 무사의 격돌은 볼 만했다. 실력이야 금천방 쪽이 월등히 앞섰지만 상대, 운남금룡회의 무사들은 백여 명. 그리고 꽤나 실력있는 고수들인지 조직적으로 금천방에 대항하고 있었다.

다행히 사황교 측에서 재빨리 고수들을 투입해 오는 바람에 금천방과 운남금룡회의 격돌이 중단되었지만 격렬한 전투답게 잠깐 사이에 부상자가 속출했다.

장내가 진정되자 나이가 지긋해 보이는 사황교의 중년 문사 차림의 사내가 인상을 쓰며 소리쳤다.

"도대체 이게 무슨 짓이오? 사황교 총단이 그대들의 싸움터인 줄 아시오? 빨리 무기를 거두시오!"

노기 서린 그의 말투에 아직도 상대에 대한 불만이 가득 차 있는 운남금룡회와 금천방의 무사들은 어쩔 수 없이 무기를 집어넣고 서로를 노려보았다. 그중 운남금룡회의 책임자가 기분 나쁜 듯 투덜거렸다.

"저들이 먼저 무기를 뽑아 들고 우리를 핍박했기에 우리로서도 어쩔 수 없었습니다."

"싸움을 원한다면 말리고 싶은 생각은 없소. 하지만 우리 사황교 세력권 밖으로 나가서 하시오. 사황교에서는 겨울에 피를 보는 것을 금한다는 걸 모르시오?"

그 말에 운남금룡회의 책임자가 양향을 한번 노려보더니 무사들을 향해 외쳤다.

"모두 들어간다. 부상자를 수습해라!"

운남금룡회가 사라지자 양향이 사황교의 문사를 향해 다가갔다.

"아직 숙소를 배정받지 못했습니다."

"반 시진만 대기하시오. 그리고 이번 일은 교주님께 보고할 것이니 당신들은 그리 좋은 인상을 주지 못할 것이오. 각오는 하는 것이 좋다는 이야기지."

돌아서는 그를 보며 양향의 아미에 주름이 잡혔다. 그러다 갑자기 무엇이 생각났는지 그를 급히 불러 세웠다.

"잠시만요!"

"왜 그러시오?"

"좀 전의 말씀 중에 사황교는 겨울에 피를 보는 것을 금한다고 하셨는데 무슨 뜻인가요?"

"우리 사황교는 뱀을 숭배하고 있소. 그래서 겨울에는 적들이 직접 우리를 공격해 오지 않는 이상, 즉 교를 지켜야 하는 상황에 몰리지 않는 이상 절대 피를 보면 안 되오. 교도 중에 그것을 어기는 사람이 있다면 사신의 저주가 따르기 때문이오."

양향은 잠시 황당한 기분이 들었지만 드러내지 않고 고개를 끄덕였다. 그리고 다시 물었다.

"그런데 사황교에 중대한 일이 있다고 들었습니다. 언제쯤 그 일이 끝나는 것인가요?"

"알 수 없소."

문사는 더 이상 말하기 싫은지 짧게 대답하고 사라졌다.

그의 말대로 반 시진 후에 숙소가 정해졌다. 큰 건물 하나가 모두 금천방에게 배정되었는데, 창고에 사황교에 건네줄 물건을 옮겨놓은 다음에야 짐꾼들과 무사들이 쉴 수 있었다. 사황교에서 의원을 보내주었기에 일곱 명의 부상자가 치료를 받을 수 있었는데, 그것으로 보아 사황교에서 겨울에 피를 보기 싫어한다는 말이 맞는 듯했다.

"뭐?"

거대한 대전이 말 한마디에 울렸다. 태사의에 앉아 있는 사내. 긴 얼굴은 덥수룩한 털로 덮여 있고, 긴 소매로도 가리지 못한 팔과 손 역시 털이 감싸고 있었다. 바로 현 사황교의 교주 사황랑(蛇皇郎) 장마륵(藏魔勒)이었다. 뱀을 숭배하고, 스스로 사신(蛇神)이라 칭하는 그는 의외로 뱀 같은 날카로움보다는 원숭이라 불려도 전혀 어색하지 않은 외모의 소유자였다.

그의 물음에 앞에 부복하고 있는 늙은 문사는 고개를 들지 못하고 진땀을 흘리며 대답했다.

"말씀드린 그대로입니다. 금천방과 운남금룡회의 고수들이 싸움을 벌였습니다."

"감히, 사황교 세력 안에서 피를 부르다니……. 그것을 가만 보고만 있었나?"

"다행히 초반에 저지를 했기에 큰일은 벌어지지 않았습니다. 본 교의 교도가 아니라 문제를 삼을 수는 없었습니다."

"금천방은 그렇다 쳐도, 우리의 교리를 잘 알고 있는 운남금룡회가 어찌 그럴 수 있단 말이냐? 그리고 또!"

"……?"

"너는 그들이 온 사실을 왜 지금에서야 알리느냐?"

"그, 그것은 소교주님의 납치 사건 해결이 중요하다고 여겼기에 사소한 일에 대한 보고의 필요성을 느끼지 못하여 그랬습니다. 다른 뜻은 없었사오니 노여움을 푸십시오."

"흐음……."

잠시 침음을 흘리며 생각하는 교주를 보며 노문사는 적이 안심을 했다. 하지만 평소의 들쭉날쭉한 교주의 성격 때문에 좌불안석일 수밖에 없었다. 화통한 성격이라고도 볼 수 있겠지만, 그보다는 변덕이 심하다 할 수 있었다.

"그런데 그들의 실력이 어떠하더냐?"

교주가 궁금함을 드러냈다. 좀 전의 노기도 잊어버린 모양이다.

"네? 무슨 말씀이신지……."

"그들의 무공 실력이 어떠냐는 말이다."

"상당히 뛰어났습니다. 특히, 금천방 쪽은 무사의 수가 적었으니 소인이 본 바로는 모두 절정의 실력을 겸비하고 있는 듯했습니다."

"호! 그 정도였나? 그럼 우리 사황대의 살무사들과 비교했을 때는?"

"금천방 쪽에서는 크게 뒤처져 보이지 않았습니다. 하지만 수가 적습니다."

"운남금룡회 쪽은?"

"운남금룡회는 금천방에 비해 많이 떨어졌지만 백여 명이나 됩니다."
"크하하하하!"
순간 교주가 광소를 터뜨렸다. 그 갑작스러운 웃음소리 때문에 노문사가 움찔거렸다. 그는 교주의 눈치를 살피며 두려운 빛으로 물었다.
"왜 그러십니까, 교주님?"
"하하하, 잘되었지 않느냐? 어차피 우리 사황교는 겨울에는 움직이지 못한다. 이것은 저 옛날 북해에서 우리 사황교가 창교(創敎)되었기 때문이지. 그때부터 철저하게 지켜져 온 교리를 어길 수는 없는 법. 하지만 저들은 어떠냐?"
"그럼 저들에게……."
교주는 고개를 끄덕였다.
"초이에 있는 놈들을 처단하고 소교주를 구해오게 하라!"
"과연 저들이 허락할까요?"
"이번 일을 성사시키는 쪽과 향후 이십 년간 독점으로 교류를 하겠다고 전하면 기필코 해낼 것이다."
"알겠습니다."

양향은 사황교에서 보내온 사내를 따라 총단으로 들어섰다. 드디어 교주를 만날 수 있다는 생각에 기대감에 부풀었다. 드넓은 사황교 총단 중간중간에 위치한 구덩이 안의 혐오스러운 뱀들과 내력이 약했다면 벌써 기절해 버렸을 독향이 물씬 풍기는 길을 지나치는 것도 그녀에게는 상관이 없었다.
하지만 목조 건물에 있는 작은 방에 들어서는 순간 그녀의 실망은 이만저만이 아니었다. 교주는 없고, 어제 보았던 사황교의 노문사와 그 옆에는 운남금룡회의 책임자가 앉아 있었기 때문이다.

그녀가 표정을 굳히며 주춤거리자 노문사가 어제와는 달리 온화한 말투로 입을 열었다.

"앉으십시오."

그녀가 자리에 앉자, 운남금룡회의 책임자 또한 표정을 굳히며 물었다.

"왜 금천방과 같이 저를 부르신 겁니까? 금천방에서도 올 줄 알았다면 오지 않았을 겁니다."

노골적으로 기분 나쁜 표정을 지어 보이는 그를 보면서도 노문사의 표정은 변하지 않았다.

"그대들의 조건을 받아들이기 위해서요."

그 말에 양향의 표정이 잠시 밝아졌다.

"그럼 우리 금천방과 거래를 하겠다는 말씀이신가요?"

노문사는 손을 저었다.

"더 들어보시오. 우리에게도 조건이 있소."

"무엇이죠?"

"사실 운남금룡회와 금천방의 사이가 좋지 못하다는 것은 우리 사황교도 잘 알고 있소. 그리고 두 상방과 동시에 거래를 할 수도 없는 입장이오. 그래서 말인데……."

잠시 뜸을 들인 그가 그녀와 운남금룡회에서 온 책임자의 표정을 살피더니 확정적으로 말했다.

"운남금룡회와 금천방이 내기를 해야겠소."

"내기?"

"그렇소. 내기를 해서 이긴 쪽과 향후 이십 년간 우리 사황교는 독점 거래를 할 것이오."

그 말에 이번에는 운남금룡회의 책임자가 입을 열었다.

"무슨 내기입니까?"

"우리 소교주님을 찾아 안전하게 모셔오는 것이오."

"소교주님? 그분이 지금 어디에 계신데 안전하게 모셔오라는 것입니까?"

"사실은……."

노문사는 잠시 난감한 표정을 짓더니 곧 설명하기 시작했다.

"얼마 전 소교주님이 사라지셨소. 남만에는 타차쿤이라는 거대한 부족이 살고 있는데, 그 부족을 이끌고 있는 족장님의 아들과 우리 소교주님의 혼인이 결정되었소. 그래서 소교주님이 그곳으로 가게 되었는데, 초이를 지날 때 산적의 습격을 받아 납치가 되셨소. 산적들도 소교주님인 것을 알았는지 무리한 요구 조건을 내걸어 우리 사황교를 난처하게 하고 있소."

양향이 이해할 수 없다는 표정을 지었다.

"그럼 고수들을 투입해 그들을 제압하고 소교주님을 데려오면 되지 않나요?"

"어제도 말했지만 우리 사황교는 교의 존망에 관련되지 않는 이상 겨울 동안은 절대 피를 보지 않소. 방어만 할 뿐, 사람을 핍박하지 않는다는 말이오. 그것은 불변의 교리고, 교주님이라도 어길 수 없는 것이오. 그것을 산적들도 알고 있기에 아직도 초이에서 무리한 요구를 하고 있는 것이오."

"그럼 그들의 조건을 들어주시면 되지 않나요?"

"말했지 않소? 너무 무리한 조건이라고."

"어떤 조건인데 그러시죠?"

"저들의 두목이 소교주님과의 혼인을 원하고 있소."

순간 양향뿐만 아니라 운남금룡회의 책임자 역시 실소를 머금었다. 사황교라면 남무림 열두 세력 중 하나! 그 규모로 본다면 만월교와 함께 단일 세력으로는 최강으로 꼽힌다. 그런데 그런 사황교의 소교주를 납치해 놓고 혼인을 시켜달라 협박을 한다니…….

배짱이라면 너무 큰 배짱이고, 간이 큰 것이라면 배 밖으로 나왔을 것이 분명했다. 한낱 산적들이 하는 협박이라고 보기에는 분명 무리가 있었던 것이다. 그런데 순간 양향은 머리 속을 스치는 것이 있어 급히 물었다.

"혹시, 그 산적들이 초이에 있다면 초이에 살고 있다는 붉은 괴물과 관련있지 않나요?"

그녀의 말에 노문사가 놀라움을 드러냈다.

"그것을 어찌 아셨소?"

"길 안내를 해준 원주민에게 들었습니다."

"맞소. 하지만 괴물은 아니오. 하도 신출귀몰한 녀석들이라 소문이 이상하게 난 것이지. 아무튼 소교주님을 먼저 구해오는 쪽과 거래를 할 테니 그리 아시오."

제20장
붉은 괴물의 정체

 양향은 금천방에 지원 나온 고수들에게 사정을 설명하고 다시 초이로 향했다. 얼마 전 초이를 지나올 때 운남금룡회의 고수들이 쓰러져 있는 걸 보았지만 소교주를 납치했던 산적들의 소행이 아닐 것이라는 판단 하에 별다른 준비도 없이 신속히 움직였다. 산적들이 실력이 있어봤자 얼마나 있겠느냐는 생각에서였다.
 정작 양향 일행이 신경 쓰고 있는 적은 소교주를 납치한 산적들이 아니라, 역시 소교주를 구하기 위해 움직이는 운남금룡회의 고수들이었다.
 두 세력이 소교주의 신변을 확보하기 위해 출발했지만 다른 길을 택했기에 문제는 없었다. 하지만 초이에 당도한 후에는 분명 산적들보다는 운남금룡회와의 일전을 피할 수 없을 거라는 예상을 했고, 그것은 운남금룡회에서도 마찬가지였다.

새벽부터 출발해 사십 리 길을 뚫고 초이에 도착했을 때는 늦은 밤이었다. 쉬지 않고 경공술을 펼쳤기에 모두가 상당히 지쳐 있을 수밖에 없었다.

"우선 이곳에서 야숙을 한 후, 내일 해가 밝아올 때 공격하는 것이 좋겠어요."

양향의 제안에 자운민이 고개를 저었다.

"차라리 밤에 기습하는 것이 좋지 않겠습니까? 운남금룡회에서도 새벽쯤에는 도착할 텐데요."

"하지만 하루 종일 달려왔는데, 괜찮겠어요? 그리고 적들이 숨어 있는 장소도 정확히 알 수 없으니 오늘은 몇몇 무사들을 보내 정탐한 후, 새벽에 소교주를 구하는 것이 좋을 것 같은데……."

"흐음, 하기야 운남금룡회의 고수들이 그리 뛰어나 보이지는 않았으니 새벽에 움직여도 크게 문제는 없겠군요. 그들도 쉬어야 할 테니까요. 알겠습니다."

대답과 함께 그가 몇몇 무사들을 지목하더니 명했다.

"너희들은 본진에서 따로 떨어져 나가 초이를 뒤져라. 은밀히 행동하여 산적들의 소굴이 어디 있는지 파악되면 즉시 돌아와 보고를 해야 한다. 두 명씩 조를 이루되, 중간에 변수가 생기면 즉각 신호를 해라."

"알겠습니다!"

여섯 명의 사내가 사방으로 흩어졌다. 그들이 사라지는 것을 보며 자운민이 궁금증을 드러냈다.

"그런데 헌원지라는 분은 왜 이번 일에 제외시킨 것입니까?"

"몸이 좋지 않아 빼달라고 해서요. 게다가 이번 일은 그가 나설 필요까지도 없을 것 같기도 했고요."

'그가 나설 필요까지도 없다?'

그녀의 말을 곱씹어 생각한 자운민이 물었다.

"말을 들어보면 상당한 고수인 것 같군요. 어느 정도의 고수입니까? 겉으로 보기에는 연약해 보이는데 눈빛이나 행동은 정반대라서 짐작하기가 힘들군요."

"글쎄요……. 그것은 저도 정확히 모르겠네요."

양향은 화경의 고수라는 말을 하려다가 은근슬쩍 넘겨 버렸다. 자운민이 어떤 문파에서 지원을 나왔는지 모르는 상태에서 헌원지에 대한 정보를 알려주면 안 될 것 같았기 때문이다.

시간이 흐르자 초이를 수색하러 나갔던 무사들이 하나둘씩 돌아오기 시작했다. 그중 한 명이 산적들의 소굴을 발견했다고 보고를 올렸다.

"이곳의 산 반대편에 분지가 있습니다. 그곳에 여러 개의 나무 집이 발견되었는데, 산적들이 만든 것이 아니라 원주민들을 쫓아냈거나 죽인 후 정착한 것 같습니다. 그 외에 그 뒤편 절벽의 동굴에서 빛이 흘러나오는 것이 그곳 역시 산적들이 사는 듯했습니다."

양향이 자운민을 보았다.

"오경(五更)까지 쉰 후 공격을 하도록 해요."

"알겠습니다. 모두 휴식을 취해라!"

말과 함께 스물네 명의 무사가 자리를 잡고 휴식에 들어갔다. 하지만 모두들 잠을 청하는 것이 아니라 가부좌를 틀고 앉아 운기조식을 시작했다.

이번 상단을 책임진 운남금룡회의 집사 은자월은 어둠 속에서 초이를 바라보고 있었다. 그때 정탐을 나갔던 수하 한 명이 돌아오더니 보고를 올렸다.

"금천방에서는 이미 도착해 있습니다."

"무공 실력이 엄청나더니 역시 지름길로 달려온 우리보다 일찍 도착했군."

"어떻게 할까요? 공격을 하는 것이……."

은자월은 고개를 저었다. 그리고 흘리는 음침한 웃음.

"아니, 대기한다."

"하지만 조금 있으면 날이 밝아올 것입니다. 먼저 금천방을 공격하든지, 아니면 산적들을 소탕하고 소교주를 구해 선수를 치든지 하는 것이 좋지 않겠습니까?"

"흐흐흐, 그것도 좋겠지만 두 마리 토끼를 한 번에 잡기로 하지."

"그럼 역시……."

은자월은 흡족한 미소를 지었다.

"금천방에서 산적들을 소탕하고 소교주의 신변을 확보할 때, 공격을 감행한다. 소교주의 신변을 놓고 싸울 수는 없으니 저들이 산적들과 싸움을 벌일 때 갑자기 공격하는 것이 좋겠지. 그때까지 모두 푹 쉬도록!"

"존명!"

다음날 날이 밝기 무섭게 양향은 무사들을 이끌고 분지로 향했다. 산적들의 실력을 깔보고 있었기에 분기탱천, 속력에 박차를 가해 한번에 쓸어버릴 작정이었다. 그런데 분지로 가기도 전에 갑자기 십여 명의 사내가 갑자기 모습을 드러내더니 출수해 왔다.

너무 갑작스러운 공격이었기에 선두에 있던 양향이 급히 몸을 뒤로 물렀다. 하지만 열 명의 사내 중 하나가 끝까지 따라붙으며 그녀의 가슴을 향해 검을 내질렀다. 그것을 본 자운민이 인상을 쓰며 급히 양향을 막고 나섰다.

"감히!"

채챙!

두 번의 칼이 부딪침과 함께 상대가 뒤로 홀쩍 물러섰다. 그리고 자운민과 상대 둘 다 상당히 놀란 표정을 지었다. 자운민은 산적으로 보이는 사내의 검에 실린 내력이 엄청난 것에, 사내는 자운민의 실력이 자신보다 월등히 앞선다는 것에 놀라웠다.

순간 열 명의 사내가 서로 눈치를 보더니 그중 하나가 외쳤다.

"후퇴!"

약속이라도 한 듯 갑자기 뒤로 재빠르게 물러나는 산적들을 향해 자운민이 손을 앞으로 뻗었다. 그러자 스물네 명의 무사가 일제히 산적들을 쫓아 달리기 시작했다.

분지까지 쫓아가자 어제 정찰을 한 무사의 보고대로 여러 개의 나무집이 옹기종기 모여 있는 것이 보였다. 그리고 그 사이사이 산적들이 눈에 들어오자 자운민이 우렁차게 외쳤다.

"한 놈도 살려두지 마라!"

사방으로 무사들이 몸을 날렸다. 그리고 이리저리 산적들이 내몰리며 한바탕 집단전이 벌어졌다.

스팟!

"크윽!"

일검에 산적 하나를 죽인 자운민의 인상이 찌푸려졌다. 산적들치고는 모두 실력이 뛰어났기 때문이다. 마구잡이식이 아닌, 제대로 무공을 익힌 고수들이 대부분이었다. 왠지 불안한 마음이 들어 주위를 둘러보았다. 같이 온 무사들 또한 산적들을 상대로 검을 날리며 분전하는 모습이 보였지만 압도적이라기보다는 오히려 수에 밀리고 있었다.

'산적들치고는 너무 실력이 좋지 않은가.'

하지만 이미 너무 깊숙이 들어와 산적들과 엉켜 있었기에 몸을 빼기가 쉽지 않았다.

'이렇게 되면 어쩔 수 없지. 끝까지 가는 수밖에.'

다행히 자신의 실력과 수하들의 실력이 뛰어났기에 시간이 지날수록 다시 유리한 상황으로 변하고 있었다. 그런데 문제는 다음이었다.

"쳐라!"

갑자기 일갈과 함께 백여 명의 무사가 뒤에서 치고 들어오기 시작했다. 자운민은 급히 상대를 죽이고 뒤를 돌아 확인했다. 그러자 운남금룡회의 무사들임을 알 수 있었다. 문제는 운남금룡회의 무사들이 산적들이나, 자신들이나 가리지 않고 공격을 가해오고 있다는 것.

자운민의 인상이 더욱 구겨졌다. 일각의 전투로 스무 명으로 줄어 있는 상태. 산적들 또한 수가 상당히 줄어 있는데, 백여 명이 밀고 들어오자 속수무책으로 당할 수밖에 없었다. 그렇다고 산적들과 같이 운남금룡회와 싸울 수는 없으니 생각지도 못한 삼파전으로 돌입할 수밖에 없었다.

"아가씨를 보호해라!"

가장 중요한 양향이 한곳에서 위태로워 보이자 자운민이 외쳤다. 그러자 두 명의 수하가 양향을 향해 몸을 날리더니 그녀 주위에 있는 산적 두 명을 일검에 죽인 후 보호 형태를 유지했다.

산적들과 금천방, 운남금룡회가 한치의 물러남도 없이 접전을 벌인 지 일각쯤 됐을까? 갑자기 어디선가 고동 소리가 울려 퍼지며 은은한 내력이 실린 음성이 일시에 싸움을 중단시켰다.

"멈춰라!"

모두가 상대를 견제한 상태에서 소리가 들린 쪽을 바라보았다. 그곳은 분지 앞에 멀찍이 떨어져 있는 절벽 동굴 입구였다. 그리고 동굴 앞에 세 명의 사내가 서 있는 것이 보였다.

순간 산적들이 몸을 날리며 그곳으로 달려가기 시작했다. 그와 동시에 흩어져 있던 금천방의 무사들과 운남금룡회의 무사들이 각각 무리를 이루며 대형을 갖추었다.

세 명의 사내는 천천히 금천방과 운남금룡회 쪽으로 걸어오고 있었다. 그 뒤로 몰려갔던 산적들, 오십여 명이 대열을 갖추어 따랐다.

세 집단이 얼굴을 알아볼 수 있을 정도로 가까워지자 양향의 두 눈이 동그랗게 변했다. 언젠가 본 적 있는 자들이었기 때문이다.

'저들은 분명 운현에서 보았던 납치범들인데…….'

가장 선두에 선 안대를 쓴 사내, 그 뒤에 당당한 위풍을 드러낸 구레나룻이 인상적인 사내, 왜소하지만 눈빛이 날카로운 사내는 분명 운현에서 보았던 자가 분명했다.

"당신들 혹시……."

양향이 자신들을 알아보는 것 같자 안대를 한 사내가 인상을 썼다. 상대는 자신을 아는 것 같은데 자신은 양향을 몰랐기 때문이다. 그때 운현에서 양향은 헌원지와 함께 숲에 숨어 있었기에 기억할 수 없는 것이 당연했다.

"우리를 알고 있나?"

양향은 별로 좋지 못한 만남이었기에 급히 고개를 저었다. 그때 당시 산적들은 유 총관의 실력에 눌려 어쩔 수 없이 이를 갈며 물러났기 때문이다.

그때 은자월이 끼어들었다.

"사황교의 소교주를 우리에게 내놔라! 그렇지 않으면 살아남지 못할 것이다!"

그 말에 안대의 사내가 인상을 찌푸렸다.

"사황교에서 보내서 왔나? 의외로군. 사황교는 겨울에는 싸움을 하지 않는 것으로 알고 있는데."

"우리는 사황교도가 아니다."

"흐흐, 그럼 사주를 받고 온 셈이로군."

말과 함께 그가 혀를 찼다.

"쯧쯧, 무엇 때문에 사황교를 위해 일하는지는 모르겠지만 목숨이 아깝지 않은 거냐? 감히 여기가 어디라고 찾아와, 찾아오길! 지금 형님

붉은 괴물의 정체 275

께서 바쁘시니 조용히 돌아가서 사황교에 전해라. 소교주는 우리가 보살피고 있다고."

"닥쳐라!"

말과 함께 운남금룡회의 무사들이 산적들을 향해 덮쳐들려 했다. 하지만 또 다른 사내의 등장에 주춤거릴 수밖에 없었다. 갑자기 경풍이 분다 싶더니 세 집단 사이에 한 사내가 나타났기 때문이다. 하얀 얼굴에 뾰족한 콧날, 불같은 느낌을 주는, 사방으로 솟아 뻗친 붉은 머리카락이 인상적인 사내였다.

붉은 머리카락과는 대조적으로 순백의 옷을 입고 있는 사내의 외모는 한눈에 보기에도 여인들을 꽤나 홀릴 듯한 준수한 청년이었다. 하지만 생긴 것과는 달리 고개를 삐딱하게 꺾은 모습과 심드렁한 눈빛이 건방지게 보였다.

놀라운 것은 그가 나타나자 산적들이 너나 할 것 없이 무릎을 꿇는다는 것이었다.

"형님, 왜 나오셨습니까?"

안대사내의 물음에 사내는 붉은 머리를 휘날리며 피식 미소를 지었다.

"사황교에서 손님을 보내왔다는데 가만있을 수 있어야지."

말과 함께 그가 은자월과 운남금룡회의 무사들, 그리고 금천방의 무사들을 훑어보며 말을 이었다.

"혼인을 허락하면 어련히 알아서 보낼까 왜 귀찮게 사람을 보냈는지 모르겠군. 몸이라도 풀라 이건가?"

그 건방진 말투에 은자월이 으르렁거렸다.

"닥쳐라! 사황교를 건드리고도 살아남을 것 같으냐?"

순간 붉은 머리 사내의 표정이 싸늘하게 변했다.

"넌 뭐냐?"

"운남금룡회에서 왔다."

"운남금룡회? 운남금룡회라면 장사꾼 아닌가? 장사꾼이면 짐이나 나를 일이지……. 뭐, 그건 내가 상관할 바는 아니지만."

그때 양향이 나섰다.

"혹시 붉은 괴물?"

붉은 머리 사내가 다시 미소를 지었다. 그리고 양향을 살피더니 호기심 가득한 표정이 되었다.

"호! 소저께서는 어디에서 오셨소? 이런 거친 일을 할 분으로 안 보이는데?"

"당신에게 대답할 필요는 없어 보입니다. 사황교의 소교주의 신변을 우리에게 넘겨주세요."

그녀의 말에 붉은 머리 사내가 잠시 갈등의 빛을 드러냈다. 그리고 잠시 후 붉은 머리 사내의 말에 모두들 황당해할 수밖에 없었다.

"당신같이 아름다운 소저는 본 적이 없소. 소교주를 넘겨줄 테니 그럼 당신이 나와 혼인을 하겠소?"

순간 양향이 얼굴을 붉혔다.

"무, 무슨 소리를!"

"당신이 남겠다면야 소교주를 보내주겠소."

"더 이상 못 듣고 있겠군!"

은자월이 나섰다.

"어린 놈이 보자 보자 하니까, 끝이 없구나! 네놈이 붉은 괴물인지 아닌지는 모르겠지만 오늘이 제삿날인 줄 알아라!"

 말과 함께 은자월이 검을 들고 붉은 머리 사내를 향해 달려들자, 그 뒤로 운남금룡회의 고수들이 무기를 들고 뒤따랐다. 단번에 쓸어버리 겠다는 듯 기세가 대단했다. 그런데 의아한 것은 붉은 머리 사내의 표정이었다. 운남금룡회의 기세에 눌려 위축될 만도 하련만, 그렇기는커녕 오히려 웃고 있는 것이다.

 은자월과 운남금룡회의 무사들이 지척까지 다다를 때쯤 붉은 머리 사내가 뒤를 향해 외쳤다.

 "무기!"

 짧은 말을 끝으로 안대를 쓴 사내가 들고 있는 창을 던졌다.

 "한번 놀아볼까?"

 창을 받아 쥔 붉은 머리 사내는 재밌다는 듯 말을 내뱉고는 몸을 움직이기 시작했다. 그리고 다음은 말도 안 되는 살육전이었다. 창이 살아 있기라도 한 듯 사방으로 꿈틀거리며 움직이는데 막아설 수 있는 자가 하나도 없었다. 한 창에 한 명씩 피를 뿜으며 쓰러지기 일쑤.

 운 좋게 막은 자가 있어도 창에 얼마나 많은 내력이 실려 있는지 무기가 부러지고 살이 뚫렸다. 그쯤 되자 금천방에서는 놀라고 있을 수만은 없었다. 운남금룡회가 아무리 적이라지만 붉은 머리 사내가 운남금룡회를 모두 죽이고 나면 자신들 차례였기 때문이다. 차라리 힘을 합하는 것이 낫다고 생각했는지 자운민이 외쳤다.

 "공격!"

 명을 끝으로 붉은 머리 사내와 운남금룡회, 금천방의 싸움이 한순간에 벌어졌다.

"크윽!"

창이 은자월의 복부를 뚫었다. 그 때문에 그는 쓰러지지도 못하고 창에 꿰어져 중심을 잃었다.

"어때? 아픈가?"

붉은 머리 사내는 자신의 창에 꿰어진 은자월을 재밌다는 듯 바라보았다. 그러면서 창을 이리저리 돌리는데 은자월의 입에서 고통의 비명이 새어 나왔다.

그것을 보고 있던 양향은 치를 떨 수밖에 없었다. 이제 남은 인원은 자신을 제외한 자운민과 세 명의 무사. 운남금룡회는 붉은 괴물의 엄청난 무공을 보고 도망친 한 명을 제외하고는 전멸이었다. 꽤 많은 무사들이 중간에 도주를 감행했지만 그중 한 명만이 살아서 도망쳤다는 것이 붉은 머리 사내의 빠른 신법을 말해 주고 있었다.

그녀는 혼란스러워지기 시작했다. 일 대 수십이라는 대결에서 그 일이 승리했다는 것, 더욱이 자신이 데리고 온 스물네 명의 무사는 실력이 절정이 아닌가! 단신으로 창 하나를 들고 이 많은 고수들을, 그것도 도망치는 자들까지 하나하나 쓰러뜨렸다는 것과 오랜 시간의 격전을 치르고도 전혀 지쳐 보이지 않는다는 것이 경이롭기까지 한 그녀였다.

투악!

창이 은자월의 복부에서 거칠게 빠져나왔다. 그때 옆구리에 부상을 입은 자운민이 이제야 생각난 듯 몸을 떨며 떠듬거렸다.

"마, 마창 진립?"

제21장
음공의 대가 vs 창술의 대가

양향이 초이로 떠난 지 삼 일째가 되는 날 헌원지는 숙소에 앉아 홀로 술을 마시고 있었다. 혼자 술을 마시며 음공에 대한 고민을 하고 있을 때 갑자기 방문이 열렸다.

"크, 큰일났소!"

돌연한 자운민의 등장에 헌원지가 고개를 갸웃거렸다. 그리고 그의 상처를 보고는 대충 어떻게 일이 돌아갔는지 알았다는 듯 고개를 끄덕였다.

"일이 틀어진 모양이군요."

"그렇소. 오히려 아가씨가 잡혔소."

"산적들의 실력이 엄청났던 모양이군. 도대체 어느 정도의 실력이기에 당신 정도의 고수가 부상까지 입었소?"

"마창 진립이라고 아시오?"

순간 헌원지가 자리에서 벌떡 일어섰다.

"마창 진립?"

"소문의 붉은 괴물이 소교주를 납치했는데, 그 괴물이 마창 진립이었소."

"그 출가경의 고수라는 창술의 대가 말이오?"

자운민은 더 이상 대답할 기력도 없는지 바닥에 주저앉으며 고개를 끄덕였다. 잠시 후 한숨을 돌린 그가 떠듬거리며 물었다.

"어떻게 하면 좋겠소? 사황교에 알리려다 헌원 소협이 먼저 알아야 할 것 같아 이곳으로 왔소."

"흐음!"

잠시 생각하던 헌원지가 자운민을 부축해 침상에 눕혔다.

"어떻게 된 건지 자세히 설명해 보시오."

자운민은 출발할 때부터 마지막까지의 일을 찬찬히 설명하기 시작했다.

"그렇게 해서 아가씨까지 인질로 잡혔고, 나보고는 금천방에 사실을 알려 몸값을 가져오라고 했소."

그의 말에 헌원지가 실소를 머금었다.

"그 정도 실력을 가지고 있으면서 그런 짓을……. 듣던 대로 상당히 특이하게 미친놈인 것 같군."

말과 함께 헌원지는 자운민의 상처를 살폈다.

"다행히 큰 부상은 아니니 며칠만 치료하면 될 거요. 의원을 불러줄 테니 여기에서 기다리시오."

"어떻게 할 작정이오?"

"며칠 후 찾아가 잘 타일러야지."

헌원지의 말에 자운민이 아픈 중에도 황당한 표정을 지었다.

"무슨 소리요? 타이르다니?"

"알아듣게 말을 하면 된다는 말이오."

"그, 그게 가능할 것 같소?"

"부딪쳐 보면 알겠지."

"허!"

실소를 머금은 자운민이 걱정을 내비쳤다.

"그러지 말고 금천방에 연락을 하는 것이 어떻겠소?"

"그건 당신 마음대로 하시오. 솔직히 난 양향이라는 아가씨보다는 마창이라 불리는 진립이란 놈에게 더 관심이 있으니……. 그를 꼭 만나봐야겠소."

"후회할 텐데……."

"누가 후회할지는 가보면 알겠지."

'저 말도 안 되는 자신감은 어디에서 나올까?' 라는 생각을 하던 자운민이 순간 몸을 떨었다. 그리고는 헌원지의 눈치를 살피며 슬며시 물었다.

"호, 혹시 악마금이라는 사내를 아시오?"

그러자 헌원지의 대답.

"그 이름 버린 지 꽤 됐지."

순간 자운민의 두 눈이 경악으로 물들었다.

"서, 설마설마 했는데……."

"흐흐, 나를 아는 것으로 보아 귀주에서 왔나 보군. 어느 문파에서 왔소?"

예전 먼발치에서 악마금이라는 존재를 한번 봤던 자운민은 두려운 표정을 역력히 드러내며 자신도 모르게 대답했다.

"저, 적룡문!"

"호오! 이거 반가운 자를 몰라봤군! 하지만 이제 난 악마금이 아니니 그 이름이 다시는 내 귀에 들리지 않게 하시오."

자운민은 주문에라도 걸린 듯 고개를 미친 듯 끄덕였다.

그날 이후 헌원지가 초이로 향한 것은 사흘 뒤였다. 느긋하게 며칠 더 쉬는 것으로 보아 정말 양향의 안전에는 관심이 없는 모습이었다. 덕분에 자운민은 더욱 예전 악마금의 모습을 헌원지에게서 느낄 수 있었다. 귀주에 있을 때 직접 겪어봤던 것은 아니었지만 소문으로 잔악무도하고 안하무인인 것으로 들어 알고 있었다. 그리고 적룡문에서 비무대회를 멀리서 지켜보았던 자운민이었기에 헌원지가 충분히 그러고도 남을 위인이라는 생각이 들었다.

그런데 묘한 것은 아직 다 낫지도 않은 자운민이 헌원지와 같이 동행했다는 것이다. 헌원지에 대한 거부감이 들었지만 이상하게 마창 진립과 어떤 대결을 펼칠지 기대가 되었기 때문이다.

하기야 무인이라면 절정고수들의 대결을 볼 수 있다는 자체가 대단한 행운이다. 좀 더 깊고 높은 경지의 무공을 눈으로나마 경험할 수 있고, 자신의 무공 발전에 도움이 될 수 있는 것이다. 하물며 헌원지는 귀주 최강의 고수로 출가경의 경지고, 마창 진립은 한때 운남을 떨게 했던 출가경의 고수였으니, 그들 대결은 자운민으로서는 놓칠 수 없는 절호의 기회일 수도.

초이에 도착한 헌원지는 한 시진 정도 휴식을 취한 후 산적들이 있는 분지로 향했다. 휘적휘적 산보라도 나온 양 앞서 가는 그를 향해 자운민이 걱정스럽게 물었다.

"자신이 있는 것이오?"

"나도 모르겠소."

헌원지가 고개를 젓자 자운민의 표정이 핼쑥해졌다.

'자신도 없으면서 왔다는 말이야? 아니면 다른 뜻이 있다는 건가?'

혼란스러운 마음에 걷는 둥 마는 둥 하는 자운민을 헌원지가 돌아보았다.

"어쨌든 구할 사람은 구해야 하니 당신이 그 일을 맡아주시오."

"어떻게 하면 되겠소?"

"방법이야 별거없지."

"……?!"

"내가 최대한 소란을 피울 테니 숨어 있다가 산적들이 나에게 몰려들면 소교주와 양 소저를 구하시오."

"그럼 마창 진립은?"

"소란을 피우면 나와 보지 않겠소?"

"대책없군요."

말 그대로 헌원지는 산채가 보이자 대책없이 그곳으로 곧장 걸어나갔다. 그사이 자운민은 급히 옆 숲으로 몸을 숨기며 기회를 엿보기 시작했다.

"웬 놈이냐!"

무턱대고 걸어오는 헌원지를 향해 네 명의 사내가 모습을 드러냈다. 그중 한 사내가 갑자기 인상을 썼다.

"네, 네놈은……?"

순간 헌원지의 인상 또한 구겨졌다. 운현 숲에서 나무에 묶여났던 놈이었기 때문이다.

"네놈이 여기엔 왜 있나? 관에 잡혀가지 않았었나?"

"닥쳐! 너 때문에 현상금까지 걸린 걸 생각하면……."

"흐흐, 관에서 도망쳤나 보군."

빙글거리는 헌원지의 말에 사내가 이를 갈았다.

"오늘이 네 제삿날인 줄 알아라!"

말과 함께 검 손잡이를 잡은 사내는 빠른 신법으로 헌원지의 눈앞으로 쏘아져 나갔다. 하지만 검을 채 뽑기도 전에 헌원지의 손짓 한번에 대낮에 별을 보아야 했다.

휘릭!

귀찮은 듯한 손짓에 사내가 무언가에 강타당한 듯 뒤로 튕겨 나갔다. 무슨 일이 일어났는지 모르는 사내가 당황하며 자리에서 일어서려 했지만 이미 헌원지는 그의 눈앞에 서 있었다.

투두둑!

"크아악!"

헌원지가 사내의 가슴을 밟았다. 지그시 누르자 발의 압력에 사내의 입에서 비명이 터져 나왔다. 눈 깜짝할 사이에 이루어진 일련의 행동에 남은 사내의 동료들이 경악한 표정을 지었고, 정신을 차린 후 동료를 구하기 위해 무기를 뽑아 들었을 때는 이미 늦은 상태였다. 헌원지가 손을 몇 번 더 휘젓자 세 명의 사내의 머리가 터져 나가며 바닥을 굴렀기 때문이다.

아직도 헌원지의 발 아래 깔려 있는 사내의 두 눈이 더 이상 커질 수 없을 정도로 커지기 시작했다. 그런 사내의 모습을 보며 헌원지가 나직하지만 빈정거리는 투로 입을 열었다.

"마창 진립이라는 놈이 여기에 있다고 들었다. 맞나?"

"네, 네놈은 누구냐?"

투둑!

"크아악!"

다시 한 번 사내의 가슴을 밟고는 헌원지가 심드렁한 표정으로 물었다.

"마창 진립이 여기 있냐고 물은 것으로 아는데?"

"우, 우리 큰형님이시다."

"그렇군. 알려줘서 고맙다. 이제 그만 쉬어라."

말과 함께 헌원지가 발을 바닥까지 밀어붙였다. 그러자 사내의 가슴팍이 으스러지며 답답한 한숨 소리가 정신을 잃고 절명했는데도 흘러나왔다.

죽은 사내를 보며 헌원지가 안됐다는 듯 고래를 절레절레 흔들더니 이내 다시 산채로 걸어 들어가기 시작했다.

헌원지가 산채 입구까지 도착했을 때까지도 별다른 변화가 없었다. 힘도 제대로 못 쓸 것 같은 서생 같은 놈이 산보라도 나온 듯 여유롭게 걸어 들어오고 있으니 산적들에게는 크게 신경 쓰일 일이 없었다. 하지만 헌원지가 입구를 지나쳐 두 명의 사내를 죽이고, 나무로 만든 집 몇 채를 지나 중앙 공터에서 또 네 명의 사내를 죽였을 때부터는 상황이 변하기 시작했다.

헌원지가 지나칠 때마다 주위에 있던 동료들이 피를 쏟으며 픽픽 쓰러지고 있으니 그때부터는 오히려 그 누구보다 눈길을 끌게 된 것이다.

"웨, 웬 놈이냐?"

"……."

헌원지는 귀찮은지 대답도 하지 않고 계속 걸음을 옮기고 있었다. 그럴 때마다 몇몇이 출수를 해왔지만 먹혀들 리가 없었다. 지금까지 쓰러진 동료들과 별반 다르지 않게 신체 중 어딘가가 터지며 피를 쏟을 뿐이었다.

그렇게 십여 명 정도를 처리했을까? 헌원지 주위로 삼십여 명의 사내가 빙 둘러싸고 있었다. 하지만 감히 공격할 생각은 하지 못하고 헌원지가 가는 쪽으로 내몰리며 원으로 만들어진 대형만 유지할 뿐이었다.

순간 헌원지가 멈추었다. 갑작스런 그의 행동에 산적들이 움찔거렸다. 헌원지가 멈춘 곳은 산채에서 이십여 장이나 떨어진 곳이었다.

헌원지가 손을 들어 동굴을 가리켰다.

"저곳에 마창 진립이 있을 것 같은데……. 맞나?"

헌원지를 둘러싼 산적들 중 하나가 떠듬거리며 물었다.

"고, 고인은 누구십니까? 왜 우리 형님을 찾으시는 겁니까?"

"그런 건 너희들이 알 필요 없다. 여기에서 기다릴 테니 가서 불러와."

건방진 말투에 몇몇 산적들이 인상을 썼지만 신기한 방법으로 동료들을 죽이는 모습이 떠올라 마땅히 대응하지 못했다. 그러니 어쩔 수 있나? 철석같이 믿고 있는 그들의 형님, 마창 진립을 불러 이 건방진 놈을 혼내줄 수밖에.

몇몇 사내들이 눈치를 주고받더니 그중 하나가 동굴 쪽으로 빠르게 쏘아져 나갔다. 헌원지는 그것을 보며 피식 미소를 짓고는 팔짱을 끼고 두 눈을 감았다.

헌원지가 진립을 기다리고 있는 사이 자운민은 약속대로 양향을 구하기 위해 산채를 뒤지고 있었다. 헌원지가 워낙 눈길을 끌어 산적들을 모두 끌고 가버리자 남아 있는 사람은 아무도 없었다. 특별히 몸을 숨길 필요가 없었던 자운민은 일곱 번째 건물에 들어섰을 때야 양향을 만날 수 있었다.

다른 건물보다 제법 큰 건물의 문을 열자 그 안에 다시 철문이 나왔다. 자운민이 내력을 끌어올려 철문의 이음쇠를 부수자 '철컥' 하는 소리와 함께 철문이 열리고 양향이 눈에 들어왔다.

"괜찮습니까?"

자운민의 물음에 양향이 고개를 번쩍 들더니 다행이라는 듯 고개를 끄덕였다.

"어떻게 된 거죠?"

"그건 나중에 설명하기로 하고, 우선……."

스르릉!

그는 검을 뽑아 든 후, 재빨리 양향의 팔과 발에 채워져 있는 쇠사슬을 끊었다.

"괜찮습니까?"

"네. 하지만 등에 장침이 박혀 있어 움직이기 불편하네요."

자운민이 그녀의 등을 보자 내력을 사용하지 못하도록 다섯 군데에 장침을 박혀 있었다. 그것까지 뽑아낸 자운민이 주위를 둘러보았다.

"누가 소교주입니까?"

방 안에는 양향 말고도 십여 명의 여인이 더 있었다. 모두들 양향처럼 쇠사슬에 묶여 있었다.

"저기."

양향이 가리킨 곳에는 한 여인이 무릎을 감싸 안은 채 고개를 숙이고 있었다. 자운민이 그녀에게 다가가 입을 열었다.

"혹시, 사황교의 소교주님이십니까?"

여인이 힘없이 고개를 들었다. 순간 자운민은 몸을 경직될 수밖에 없었다. 혼인 이야기가 오가기에 못해도 열여덟 살은 된 줄 알았건만 많이 봐줘야 십사 세 정도의 소녀였기 때문이다.

잠시 할 말을 잃은 그는 양향을 다시 바라보며 확인을 요구했다. 그러자 양향이 고개를 끄덕였다.

"저분이 사황교의 소교주님이 맞아요."

자운민은 다시 한 번 소교주를 바라보았다. 하지만 지금 시간을 끌 여유가 없었다. 그는 급히 쇠사슬을 끊은 후, 양향처럼 소교주의 등에 꽂혀 있는 장침을 뽑아냈다. 그때 양향은 다른 여인들을 풀어주고 있었다. 그것을 보고 자운민이 고개를 저었다.

"지금은 그냥 가는 것이 좋을 것 같습니다. 사람이 많으면 많을수록 도주하는 데 무리가 뒤따릅니다."

"하지만 이대로 버려둘 수는 없어요. 우리가 직접 보호해 주지는 못하겠지만 도망칠 기회를 주는 것이 좋지 않겠어요?"

잠시 생각하던 자운민이 고개를 끄덕였다. 보호해 줄 필요가 없다는 데야 크게 문제가 되지 않기 때문이다.

"알겠습니다. 따라오십시오."

"그런데 어떻게 혼자 오셨죠? 문 앞을 지키는 사람이 없던가요?"

"지금 이곳에는 산적들이 없습니다."

"무슨 소리죠? 모두 어디에 갔기에……?"

"그건……."

자운민은 말끝을 흐리며 사실을 말해야 하는지, 말아야 하는지를 잠시 고민했다. 그리고는 짧게 설명을 이었다.

"헌원 소협이 미끼가 되어 산적들의 이목을 끌고 있습니다."

그 말에 양향이 경악한 표정을 지었다.

"그것을 보고만 있었단 말인가요?"

"그가 원한 일이니 어쩔 수 없습니다. 그보다 빨리 이곳을 빠져나가야 합니다."

자운민은 양향의 말을 기다리지 않고 밖으로 빠져나가 주위를 살폈다. 헌원지가 어떻게 하고 있는지 모르겠지만 산적들은 아직도 보이지 않았다.

아무도 없는 것을 확인한 그가 뒤를 돌아보며 양향을 향해 나직이 말했다.

"따라오십시오."

그가 길을 뚫고 숲 속으로 들어가자 양향과 소교주, 그리고 남은 여인들이 숨을 죽이며 뒤를 따랐다. 일각 정도 지나 초이산을 반쯤 내려왔을 때, 갑자기 양향이 걸음을 멈췄다.

"왜 그러십니까?"

의아해하며 묻는 자운민에게 양향이 불안한 표정을 지우질 못한 채 말했다.

"안 되겠어요."

"……?"

"이대로 그를 혼자 적이 있는 곳에 남겨두고 갈 수는 없어요."

자운민이 기겁하며 돌아가려는 그녀의 팔을 잡았다.

"지금 가시면 위험합니다."

"하지만 결과라도 알아야 할 것 같아요. 어떻게 되는지 확인이라도 해야겠어요. 그리고 구할 수 있으면 구해야죠. 당신은 소교주님과 사황교로 돌아가세요. 결과를 확인한 후 뒤따라가죠."

자운민은 어쩔 수 없이 그녀를 보내주었다. 그리고 멀어져 가는 그녀를 보며 그 자신도 고민할 수밖에 없었다.

'어떻게 하지?'

그는 잠시 앳된 소교주를 바라보았다. 그리고 한숨을 쉰 후 소교주와 남은 여인들을 향해 조용히 말했다.

"따라오십시오."

그가 간 곳은 그리 멀지 않은 바위틈이었다. 나무가 빽빽이 자라나 있어 바위가 있는지조차 알 수 없을 정도로 숨겨진 장소. 그는 소교주와 여인들을 그곳에 숨기고는 당부의 말을 했다.

"이곳에 숨어 있으십시오. 만약 두 시진이 지나도 제가 오지 않으면 그때는 사황교로 가십시오. 바로 직행하지 마시고, 꼭 돌아가셔야 합니다. 그래야 적들의 추격을 피할 수 있을 겁니다."

말과 함께 그는 재빨리 양향이 간 방향으로 되밟아 그녀를 따라잡았다.

양향이 자운민이 따라오는 것을 보고 놀라 물었다.

"어떻게 된 거죠?"

"은밀한 장소에 숨어 있게 했습니다. 이번 일은 저도 꼭 지켜봐야 할 것 같아서……."

양향과 자운민은 혹시나 하는 마음에 곧장 산채로 가지 않고 그 주위를 돌아 산채가 보이는 풀숲에 몸을 숨겼다. 거기에서 헌원지와 그를 둘러싼 삼십여 명의 사내를 볼 수 있었다. 그리고 헌원지의 맞은편에 서 있는 붉은 머리 사내, 절대 다시는 마주치고 싶지 않은 출가경의 고수 마창 진립도 볼 수 있었다.

산채 뒤편으로 조금 떨어진 들판엔 침묵이 감돌고 있었다. 진립이 모습을 드러냄으로 기세등등했던 산적들도 침묵을 지키며 의아함만을 드러내고 있었다. 믿고 있던 큰형님이 헌원지를 보자 인상을 굳힌 채 말없이 서 있기만 했기 때문이다. 그것은 헌원지 또한 마찬가지였다.

헌원지는 지금 이 순간 두근거리는 가슴을 억누르느라 고생하고 있었다. 자신도 모르게 쿵쾅거리며 요동치는 심장. 그리고 전율이 온몸을 감싸고 있었기 때문이다.

한참 동안 그것이 무엇인지에 대해 생각했을 때, 정답을 찾아내고는 인상을 굳혔다.

'지금 내가 떨고 있는 건가?'

마창 진립을 마주하는 순간 느꼈던 감정이 은근한 두려움이라는 것이 마음에 들지 않는 헌원지였다. 평생 처음 느껴보는 생소한 감정이 그를 짓누르기 시작했다. 반면 끓어오르는 호승심 또한 지금까지 느껴보지 못했던 감정이었다.

하수라면 절대 알 수 없는, 몸에서 은근히 배어 나오는 자신감과 괴이한 기운이 마창 진립에게서 퍼져 나오고 있었다. 헌원지만이 느낄 수 있는 그런 기운이었다.

이각 동안 그렇게 서로를 노려보며 서 있자 급기야 마창과 함께 모습을 드러냈던 안대의 사내가 입을 열었다.

"형님, 왜 그러십니까?"

마창 진립이 손을 저었다. 그리고는 처음으로 헌원지를 향해 입을 열었다. 지금까지와는 달리 입가에 미소가 걸린 채였다.

"왜 날 찾아왔지? 이런 궁벽한 곳에 있을 만한 놈은 아닌데 오뢰문에서 보냈나?"

오뢰문이라는 말이 나오자 처음부터 진립을 따랐던 그의 추종자들이 인상을 굳혔다. 그 말에 헌원지는 고개를 젓고는 피식 웃었다.

"얼마나 강한지 보고 싶어서."

"단지 그것뿐?"

"출가경의 경지를 뚫었다던데 정말인가?"

"글쎄……."

진립은 말과 함께 주먹을 쥐었다. 그러자 주먹에서 푸르스름한 빛이 일어나더니 그것은 종내에 전신을 감싸기 시작했다.

"이 정도면 대답이 됐나?"

순간 헌원지의 표정이 일그러졌다. 진립의 몸에서 퍼져 나오는 기운에는 지금까지 한 번도 경험해 보지 못한 괴이한 힘이 실려 있었기 때문이다.

"뭐지? 마공인가?"

진립은 고개를 저었다.

"나도 모른다. 아무튼 내 힘을 봤으니 그만 가는 것이 어떠냐? 너랑 싸울 생각은 없다."

"왜지?"

"풍기는 기도가 다르군. 그건 절정의 고수라 해서 나올 수 있는 것이 아니지. 몸 내부에서 이미 기의 변형이 이루어져야 가능한 거지. 난 목숨을 걸고 싶은 생각은 없다. 그리고 너 같은 놈을 죽이기도 아깝고."

헌원지의 표정이 굳어졌다.

"날 죽이는 것이 아깝다? 자신있다는 말투로군!"

말과 함께 헌원지가 급속히 내력을 끌어올려 한기를 뿜어내기 시작했다.

산적들이 헌원지의 모습을 보고 경악하기 시작했다. 희뿌연 빛이 전신을 감싸는데 그것이 얼마나 지독한 한기인지 헌원지의 주위로 나부끼는 풀들이 순식간에 굳어버렸기 때문이다. 하얗게 서리가 낀 것으로 보아 얼었다는 것을 알 수 있었다.

"저, 저럴 수가!"

여기저기에서 경악성이 튀어나오는 가운데 진립이 주위를 향해 외쳤다.

"모두 멀리 떨어져라!"

그러자 풍채가 거대한 구레나룻사내가 창을 그러쥐며 고개를 저었다.

"형님, 저 녀석의 실력이 대단한 것 같은데 우리 전부 나서겠습니다."

진립의 표정이 험악해졌다.

"휘말려 죽기 싫으면 흩어져!"

"하지만……."

고개를 젓는 구레나룻사내를 옆에 있던 안대사내가 어깨를 잡으며 고개를 저었다.

"형님 말씀대로 따르자. 우리가 끼면 오히려 방해만 될 뿐이다."

말을 하면서도 그는 이미 몸 주위로 삼 장이나 빛에 가려 흐릿하게 보이는 헌원지에게서 눈을 떼지 못했다. 구레나룻사내는 자신의 어깨에 올려진 둘째 형의 손이 떨리고 있다는 것을 느끼고 어쩔 수 없이 고개를 끄덕였다. 실제 자신도 헌원지가 뿜어내는 한기에 다리가 떨려오고 있었기 때문이다.

서른 명의 산적이 멀찍이 대형을 유지하며 물러나자 이제 헌원지와 마창 진립만이 남았다.

아우들이 최대한 거리를 벌리고 나자 진립이 비릿한 미소를 지으며 입을 열었다.

"이런 감정 처음이군. 모용세가의 늙은이 하나가 출가경이라는 소문을 들었지만, 그 정도 나이로는 보이지 않고……. 건방진 자네 이름은 뭔가?"

"헌원지."

"처음 들어보는군!"

말과 함께 바닥에 떨어져 있던 창 하나가 허공에 떠오르더니 진립의 앞으로 다가왔다. 진립은 그것을 잡으며 원을 그리듯 돌리더니, 창을 등 뒤로 가져가 뒷짐을 졌다.

"얼마나 뛰어난지 한번 볼까?"

그 건방진 말투와 행동에 헌원지는 속이 뒤틀리는 느낌을 받았다. 하지만 가만히 있을 그가 아니다. 그 또한 한 손을 뒤로 돌리더니 뒷짐을 진 후 한 손은 앞으로 뻗어 손가락을 까딱거려 상대를 도발했다. 그 모습을 보고 진립이 괴이한 미소를 지었다.

"그럼 후회하지 말도록!"

말과 함께 진립의 신형이 앞으로 쏘아져 나갔다. 몸을 감싸고 있는 거대한 불길이 그 움직임에 따라 사방으로 퍼지고, 유성과 같은 모습으로 헌원지 앞으로 질주하기 시작했다.

"저, 저것이 인간이 낼 수 있는 힘인가요?"

멀리서 마창과 헌원지의 대결을 지켜보고 있던 양향의 입에서 믿을 수 없다는 듯한 말이 무심결 튀어나왔다. 대답을 요구하는 물음이었지만 그 옆에서 역시 경악하고 있는 자운민는 대답할 수 있을 리 없다. 멍하니, 하나라도 놓칠 수 없다는 듯 대결을 바라볼 수밖에 없었다. 새로운 세계의 사람을 보는 것처럼 경이로움만 느끼고 있을 뿐이었다.

잠시 후 양향이 다시 입을 벌렸다.
"그런데 저분의 무공이 저 정도일 줄은 몰랐어요."
그녀의 말에 자운민이 대결에 시선을 떼지 않은 채 떠듬거렸다.
"저자의 신분은 모르겠지만, 사실 귀주의 만월교 사람입니다."
양향이 놀랍다는 듯 고개를 돌렸다.
"만월교요? 현재 귀주를 통합한 그 만월교?"
"그렇습니다. 그리고 한 가지 더 말씀드리면, 저자는 귀주 최고의 고수로 알려져 있습니다. 출가경의 고수니까요."
그 말까지 듣자 양향은 입을 벌렸다.
"그런 자가 왜 운남에서 아이들을 가르치고 있었던 거죠?"
"저도 자세한 내막은 모릅니다. 축출당한 것으로 알고 있습니다."
"저런 고수를 왜요?"
자운민은 역시 고개를 저었다. 그리고 더 이상 말할 틈이 없는 듯 인상을 찡그렸다. 헌원지가 밀리기 시작했기 때문이다. 양향 또한 그것을 보고 입을 다물어 버렸다.
그녀는 이제 헌원지의 안전보다는 초절정고수들의 대결 모습에 매료되었다. 전신이 빛으로 둘러싸여 신선처럼 빛을 뿜어대는 출가경 고수들에게.
무공에 관심이 많은 그녀였기에 당연한 것이었다.

콰콰쾅!
'빌어먹을!'
헌원지는 정신없이 내력을 끌어올리며 호신음강을 펼치는 데 주력

했다. 진립의 창이 살아 있는 듯 뱀처럼 꿈틀거리기도 하고, 굳센 만년한철처럼 거대한 기운을 머금고 찔러 들어오기도 했기 때문이다.

초식 면에서는 이미 인간의 경지를 완전히 벗어나 버린 진립의 공격에 특별히 대응할 만한 기술이 헌원지에게는 아직 부족했다. 마창의 몸에서 흐르는 음파를 감지하기 위해 애를 쓰기는 했지만 워낙 빠르게 변하고 있었기에 제대로 느낄 수조차 없었다.

초반의 팽팽한 선이 무너진 것도 그때였다. 갈수록 창의 변화가 심해 헌원지로서는 정신이 없었다. 다행이라면 음공 자체가 내력이 크게 필요하지 않는다는 것. 마창의 강기가 실린 창법에 지금까지 호신음강으로 막아낸 것도 그 때문이었다.

'좀 더!'

헌원지는 진립의 내력이 고갈되길 기다릴 생각이었다. 출가경의 고수이니 누가 먼저 쓰러질지는 모르지만 그 편이 가능성이 높았다. 그렇다고 헌원지가 방어만 한 것도 아니었다.

거리가 멀어지면 어김없이 소리를 이용해 강기를 뿜어냈고, 호신음강이 붕괴될 정도의 파괴력이 있는 공격에는 강기에 흐르는 음파를 순간적으로 자신이 주위에서 터져 나오는 소리와 맞춰 도중에 터뜨려 버렸다. 그럴 때마다 진립이 경악한 표정을 드러냈지만 그것도 잠시, 곧이어 다시 공격에 공격을 가해왔다.

콰콰콰쾅!

창에서 뿌려지는 강기와 헌원지의 몸을 보호하는 호신음강이 부딪쳐 굉음을 토해냈다.

"끝도 없군!"

진립은 헌원지의 방어막에 질린 듯 일갈을 터뜨리더니 갑자기 몸을 솟구쳤다.

"이것도 받아낼 수 있는지 한번 보자!"

순간 진립은 머리를 아래쪽으로 향하게 하더니 창을 뻗어 원을 그리듯 돌렸다. 그러자 창이 수십 개의 잔상을 그리며 그곳에서 어김없이 뇌전 같은 붉은 일자형 강기가 헌원지를 향해 쏟아져 나갔다.

이번에는 상당한 내력을 실은 모양. 강기에서 퍼지는 기운이 다른 때와는 사뭇 다르자, 헌원지가 인상을 쓰며 급히 강기에서 퍼져 나오는 음파를 감지하기 시작했다. 진립의 몸에서 흘러나오는 음파는 변화가 극심해 감지하기가 상당히 힘들었지만 강기는 고정되어 있어 크게 무리가 없었다.

하지만 수십 개의 강기가 모두 음파가 제각각이었기에 일일이 다 맞춰야 된다는 번거로움이 있었다. 결국 다 해결하지 못했음을 느낀 헌원지는 급히 절반만 맞춰 차례대로 터뜨려 버리고 남은 이십여 개의 강기 중 절반은 방향을 틀어버렸다.

쉬이익!

허공을 가르는 거대한 소리와 함께 방향을 틀지 못한 남은 십여 개의 강기는 그대로 헌원지에게 떨어져 내렸다.

"이얍!"

헌원지는 대성과 함께 호신음강에 내력을 더욱 싣고는 따로 몸 주위로 호신강기를 만들어 이차 방어막을 급히 만들었다.

콰콰쾅!

진립이 제대로 노렸는지 강기의 파괴력은 엄청났다. 다섯 개의 강기가 호신음강에 부딪쳐 터졌지만, 남은 다섯 개는 호신음강을 뚫고 이차 방어막에까지 타격을 주었기 때문이다.

"콰콰쾅!"

헌원지의 몸 주위로 폭음이 터져 나오며 사방이 흙먼지로 들끓었다. 그것을 보고 성공을 확신한 진립이 창날 반대편 끝으로 손을 옮겨 잡더니 좀 더 많은 내력을 끌어올려 헌원지에게 떨어져 내렸다. 몽둥이 찜질이라도 하려는 듯 창끝을 잡은 손이 아래로 떨어져 내리자, 그 속도에 못 이긴 창이 활처럼 구부려져 푸르스름한 빛을 발했다.

그러는 사이 결국 헌원지의 입에서 선혈이 튀어나왔다. 호신강기까지 파괴되어 내상을 입었기 때문이다.

"크윽! 감히!"

그는 말과 함께 머리 위로 떨어져 내리는 진립을 보고 괴성을 질렀다.

"크아아악!"

소리와 함께 불끈 쥔 두 주먹을 바닥을 향해 내리쳤었다.

"쿵!"

엄청난 내력을 실었기에 둔탁한 소리가 크게 터져 나왔다. 그리고 진립이 헌원지의 지척까지 다달았을 때 그의 몸에서 빛이 번뜩였다.

순간 진립의 인상이 굳어졌다. 빛이 몸에 부딪치는 것은 둘째 치고, 그 빛과 함께 대기가 뒤틀리는 느낌을 받았기 때문이다.

"이, 이런!"

진립은 급히 몸을 틀어 헌원지에게서 멀어지려 했다. 하지만 빛이 터지는 것이 더욱 빨랐다.

"크읍!"

진립의 신음과 함께 헌원지의 주위로 거대한 폭풍이 일었다. 그리고 터지는 폭발은 주위 이십여 장을 단숨에 삼켜 버렸다.

쿠콰콰콰콰쾅—!

사방으로 퍼지는 폭풍은 삼십 장이나 떨어져 구경하던 삼십여 명의 산적에게까지 영향을 주었다. 거대한 공기의 진동이 퍼져 나옴과 동시에 그들은 삼 장이나 튕겨 바닥을 굴러야 했다.

산적들은 일어나 진립과 헌원지를 찾았다. 멀리 떨어진 양향이나 자운민도 그랬다. 인간의 대결이라고 하기에는 무지막지한 공격이 난무한 가운데 결과가 궁금했던 것이다.

휘이잉—!

흙먼지가 가라앉기도 전에 뜨거운 열기가 사라지고 그 사이로 찬바람이 끼어들었다. 잠시 후 먼지가 서서히 가라앉더니 헌원지와 진립의 모습이 보였다.

헌원지는 바닥에 주저앉아 피를 토하고 있었다. 처음 장기전으로 몰고 가려 했던 생각은 강한 진립 앞에서 사라지고, 자신이 밀렸다는 패배감에 전 내력을 끌어올려 음폭을 사용해 버렸기 때문이다. 너무 급한 음폭의 시전이라 안 그래도 상태가 좋지 않은 몸이 받쳐 줄 리 없었다. 상당한 내상을 입은 그의 입에서는 계속해서 피가 흘러내리고 있었다.

하지만 부상을 당한 것은 진립도 마찬가지였다. 헌원지의 마지막 일격을 그대로 정면으로 받아들였기에 온전했다면 오히려 이상했을 것이다.

급히 호신강기로 몸을 보호하기는 했지만 음폭의 파괴력에 온전할

리 없었다. 호신강기가 무너지고 이어 불어닥친 뜨거움은 그의 옷을 중심부만 남겨놓고 모조리 태워 버린 상태였다.

그는 떨리는 몸을 지탱하며 헌원지를 노려보았다.

"뭐, 뭐냐?"

"……"

헌원지가 말없이 고개를 쳐들자 진립이 다시 물었다.

"방금 전 그건 무슨 무공이지?"

헌원지가 대답할 기운도 없는지 짧게 말했다.

"음폭."

"음폭이라……"

말을 되새긴 진립이 갑자기 웃음을 터뜨렸다.

"크흐흐흐, 재밌군, 재밌어."

그러면서 그 또한 털썩 자리에 주저앉았다. 그리고는 뒤로 벌렁 누워 버리는데, 지켜보던 서른 명의 아우가 급히 소리치며 달려왔다.

"괜찮습니까, 형님?"

"형님!"

몇 명은 헌원지를 둘러싸 공격할 태세를 갖추고, 남은 자들은 모두 진립에게 다가갔다. 그러자 진립이 버럭 소리쳤다.

"괜찮지! 죽기라도 바랐냐!"

그는 부축하는 사내를 밀쳤다.

"내가 그렇게 연약한 줄 아느냐? 이 정도 부상은 끄떡없어."

말은 그렇게 했지만 입을 열수록 속에서 피가 울컥울컥 쏟아져 나왔다.

"혀, 형님, 그만 말씀하십시오."

"됐다. 우선 저 녀석을 부축해라."

진립이 헌원지를 턱으로 가리키자 안대사내가 인상을 썼다.

"저자는 왜요? 차라리 죽여 버리는 것이……."

진립은 고개를 저었다.

"무공으로 날 이렇게까지 괴롭힐 놈이 남무림에 있을 줄은 몰랐다. 우선 치료해 줘라. 나중에 이야기 좀 나눠봐야겠다."

그의 말에 산적 몇 명이 헌원지를 부축하기 위해 어깨를 잡아 올렸다. 헌원지가 기분 나쁜 듯 그들을 밀치며 진립을 노려보았다.

"부축 따위는 필요없어."

말과 함께 일어선 헌원지는 그대로 뒤로 쓰러져 버렸다. 그리고 진립 또한 그를 보며 실소를 머금더니 이내 바닥에 무너져 내렸다.

양향과 자운민이 모습을 드러낸 것은 그때였다. 마창 진립까지 쓰러졌으니, 헌원지의 음폭에 부상을 입은 산적들을 상대해도 승산이 있었다고 판단했기 때문이다. 하지만 상황이 이상하게 돌아가기 시작했다.

"해칠 생각 없으니 무기를 거두시오."

안대사내의 말에 양향이 경계의 빛을 늦추지 않으며 물었다.

"무슨 소리죠? 이 상황에서 어떻게 당신의 말을 믿을 수 있겠어요?"

"우리는 형님 말에 따를 뿐이오. 큰 형님께서 치료해 주라고 했으니 관여치 마시오."

그 말에 자운민이 이해가 간다는 듯 고개를 끄덕였다.

"우선 저들 말에 따르는 것이 좋겠습니다. 지금 상당한 내상을 입은 것 같은데, 우리로서는 치료하기 힘듭니다."

"하지만……."

"괜찮을 겁니다. 그게 강자에게 호기심을 느끼는 무인의 심리죠. 이해관계에 얽히지 않은 순수한 힘의 대결이었으니 자신을 괴롭힌 상대에 대한 배려라고 생각하시면 될 겁니다."

그러자 양향이 나직이 속삭였다.

"그럼 소교주는 어떻게 하죠?"

"우리는 그냥 빠지는 것이 좋겠습니다. 소교주를 사황교에 넘겨준 후 다시 찾아오든지, 아니면 사황교에서 기다리든지……."

"알겠어요."

양향은 고개를 끄덕인 후 안대사내에게 부탁했다.

"우린 그럼 믿고 가겠습니다. 하지만 절대 저분에게 해를 입히셔서는 안 됩니다."

"걱정 붙들어 매시오. 큰형님의 명은 우리들에겐 절대적이오."

『음공의 대가』 제6권 끝